Au cœur du danger

ALEX KAVA

Au cœur du danger

BestSellers

Titres originaux : DAMAGED
A BREATH OF HOT AIR

Traduction française de BARBARA VERSINI

HARLEQUIN®
est une marque déposée par le Groupe Harlequin

BEST-SELLERS®
est une marque déposée par Harlequin S.A.

Photos de couverture

Mer : © DREAM STOCK/MASTERFILE
Bateau : © KONSTANTIN SUTYAGIN/ROYALTY FREE/FOTOLIA
Femme : © PETER NICHOLSON/GETTY IMAGES
Fond : © ROYALTY FREE/PHOTODISC/GETTY IMAGES

83/85, boulevard Vincent-Auriol, 75646 PARIS CEDEX 13.
Tél : 01 42 16 63 63
Service Lectrices — Tél. : 01 45 82 47 47
www.harlequin.fr
ISBN 978-2-2802-1947-1 — ISSN 1248-511X

A Phillys Grann, pour sa patience,
sa persévérance et sa sagesse.
Aux nouveaux départs !

Samedi 22 août

1

Baie de Pensacola
Pensacola, Floride

L'hélicoptère H-65 de la brigade de surveillance aéromaritime vrombissait à moins de soixante mètres des eaux agitées du golfe. Il s'était stabilisé près d'un objet flottant que Liz fixait d'un air méfiant. Ce truc-là ressemblait plutôt à une glacière qu'à un bateau chaviré. Il n'y avait manifestement personne à l'eau — pas de membre ou de tête affleurant à la surface —, donc personne à secourir. Et pourtant le lieutenant-commandant Wilson, le pilote de l'appareil, insistait pour qu'ils aillent voir ça de plus près. C'est-à-dire pour qu'*elle*, Elizabeth, aille voir ça de plus près.

En dépit de ses vingt-sept ans, Liz Bailey était déjà une sauveteuse chevronnée. Elle était intervenue à La Nouvelle-Orléans, juste après le passage de l'ouragan Katrina. Deux jours durant lesquels on l'avait larguée sur des balcons branlants, sur des toits battus par le vent, dans des eaux charriant des débris et puant les égouts. Au cours de ces deux jours cauchemardesques, elle avait probablement sauvé plus de vies que Wilson en deux ans de carrière.

Mais elle se garda bien de le lui faire remarquer. Il le savait déjà et, visiblement, ça ne l'impressionnait pas. Les autres membres de l'équipe s'en fichaient aussi. Elle était nouvelle, elle devait faire ses preuves. Peu importaient ses prouesses passées.

Leurs relations avaient plutôt mal commencé. Quelqu'un — elle aurait bien voulu savoir qui — avait cru spirituel de placarder sur la porte de son vestiaire des photos d'elle provenant d'un numéro de *People* datant justement de l'après-Katrina. A l'époque, l'armée et les instances gouvernementales étant critiquées pour leur attentisme face à la catastrophe, les supérieurs de Liz avaient jugé qu'un reportage vantant le courage des gardes-côtes serait de circonstance. On avait pensé à elle parce qu'elle était une femme : elle n'avait pas cherché à jouer les vedettes — on le lui avait demandé. Mais, dans une profession qui exigeait des équipes soudées, attirer l'attention sur soi n'était pas sans conséquence. Cinq ans après, cette fâcheuse notoriété lui faisait encore l'impression du baiser de la mort. Elle la poursuivait comme une malédiction.

Bref, comparé à ce qu'elle avait vécu à La Nouvelle-Orléans, les exigences déplacées de Wilson paraissaient modestes. Après tout, quelle importance, si cet objet flottant n'était qu'une glacière de pêcheur jetée par-dessus bord ? Bien sûr, un sauveteur était censé risquer sa vie pour sauver d'autres vies, pas pour ramasser des objets inanimés. Il s'agissait d'une règle non formulée, mais néanmoins en vigueur. Depuis que des hommes avaient été intoxiqués en s'immergeant dans une eau contaminée pour sortir un ballot contenant de la drogue, on estimait que les gardes-côtes n'avaient pas à prendre de risques inutiles. Mais Wilson n'avait pas retenu la leçon. Ou il avait oublié l'incident.

De plus, un sauveteur avait le droit de refuser une mission. En d'autres termes, Liz aurait pu répondre à ce lieutenant-commandant qui comptabilisait moins de mille heures de vol, que non, bien sûr que non, elle n'allait pas plonger dans cet océan déchaîné pour récupérer un vague objet dont un malotru avait sûrement voulu se débarrasser.

Wilson se tourna vers elle et, une fois de plus, elle songea que l'angle de son menton évoquait celui d'un boxeur qui se prépare à encaisser un coup. Il lui lança un regard perçant — il avait même relevé la visière de son casque pour en augmenter l'impact. Un regard qui le dispensait de dire tout haut le fond de sa pensée, à savoir qu'elle n'était pas là pour jouer les stars, mais pour former une équipe.

Liz n'était pas stupide. Les unités de nageurs sauveteurs ne comptaient guère plus d'une douzaine de femmes dans leurs rangs, ce qui faisait d'elle un oiseau rare. Elle s'était habituée à devoir faire ses preuves. Elle connaissait les risques et les enjeux de son métier. Tout à l'heure, quand elle se balancerait au bout d'un câble, à la merci du vent, à vingt-cinq mètres au-dessus des flots déchaînés, elle dépendrait des trois hommes qui l'entouraient.

Une fois hors de l'hélicoptère, il lui faudrait agir et réagir seule, mais sa vie serait suspendue à ceux qui resteraient en haut, dans l'appareil. Et tant qu'elle n'aurait pas fait ses preuves, elle serait *la* nageuse sauveteuse et pas *notre* nageuse sauveteuse — celle que l'on veut remonter à tout prix.

Elle garda donc ses remarques pour elle-même, évita le regard de Wilson et continua de fixer l'objet. Wilson donnait maintenant ses ordres à son copilote, le sous-lieutenant Tommy Ellis, et à son mécanicien de vol, Pete Kesnick. Ils allaient entamer l'approche terminale en réduisant l'altitude de deux cents à quatre-vingts pieds, puis faire plonger la nageuse et lui envoyer un filet d'hélitreuillage.

— Et s'il s'agissait d'une simple glacière vide ? fit remarquer Kesnick.

Liz lui jeta un regard en coin. Kesnick était le plus vieux de l'équipe. Lui non plus ne voyait pas l'intérêt de sortir le grand jeu. Il avait un visage buriné par le temps, de fines rides autour des yeux, une bouche impassible qui ne laissait rien deviner de ses états d'âme.

— Ou chargée de cocaïne ? renchérit Ellis. Il paraît qu'ils ont repêché récemment une cinquantaine de kilos, quelque part au large du Texas.

— A McFaddin Beach, précisa Wilson. Enveloppée dans du plastique scellé. Une livraison ratée sans doute. Ou bien quelqu'un qui a paniqué et qui s'est débarrassé de sa cargaison. Vous avez raison, on pourrait très bien trouver de la drogue là-dedans.

— Dans ce cas, on devrait plutôt envoyer un message radio et demander à un de nos bateaux de repêcher ce container, non ? insista Kesnick en jetant de nouveau un coup d'œil du côté de Liz.

Elle comprit qu'il serait de son côté, si elle refusait de descendre.

Wilson aussi avait compris.

— A toi de voir, Bailey, dit-il. Tu y vas ou pas ?

De nouveau, elle évita son regard, pour ne pas lui montrer sa réticence.

— On pourrait utiliser le harnais d'évacuation plutôt que le filet, fit-elle d'un ton neutre. Ce sera plus facile de glisser des sangles sous la glacière que de l'envelopper dans un filet.

Elle jubila intérieurement à l'idée qu'ils étaient probablement surpris qu'elle ne rechigne pas à prendre des risques pour une glacière. A présent, tout était dit. Elle ôta son casque de vol, coupant la communication avec ses camarades. Kesnick et Ellis pouvaient bien pérorer à son sujet, elle n'entendrait rien.

Elle glissa sous sa capuche en caoutchouc quelques mèches de cheveux rebelles et attacha son casque Seda. Puis elle arrima une ceinture à son harnais, passa les bras dans la sangle de treuillage et s'assura que le mousqueton était en place. Une fois cette opération achevée, elle se posta à l'arrière de l'hélicoptère, s'accroupit, et attendit le signal de Kesnick.

Il s'agissait d'une manœuvre de routine. Ils l'avaient déjà effectuée ensemble une demi-douzaine de fois. Kesnick comptabilisait quinze ans de carrière en tant que mécanicien de vol et se comportait avec elle comme il se serait comporté avec un homme. Pourtant, ses yeux bleu acier s'attardèrent dans les siens quelques secondes de plus que nécessaire avant qu'il se décide à rabattre la visière de son casque, et, quand il la tapota de ses deux doigts gantés pour lui demander si elle était prête, il visa un peu trop haut, au-dessus de ses seins, presque à la base de son cou. Elle ne s'en formalisa pas. Il s'agissait d'un détail. Il tenait à ce que son geste soit dépourvu d'ambigüité. Rien de plus.

Elle desserra sa ceinture et leva le pouce pour indiquer à Kesnick qu'elle était prête. Il manœuvra pour la suspendre dans le vide, puis s'arrêta et attendit qu'elle se replace pendant que le câble se tendait. Enfin, elle se tourna vers lui et leva de nouveau le pouce. Kesnick actionna le câble.

Elle ne mit que quelques secondes à évaluer la situation. La glacière — une caisse en acier appartenant vraisemblablement à la marine marchande — mesurait environ un mètre de long sur près de quatre-vingts centimètres de hauteur et de profondeur. Une corde jaune vif et bleu était encore nouée à l'une des fixations. Elle l'attrapa et l'attacha à son harnais pour éviter que les remous causés par le souffle du rotor de l'appareil éloignent la glacière.

De nouveau, elle fit signe à Kesnick : le bras gauche levé, le bras droit plié au-dessus de la tête, avec la main sur le coude gauche. Elle pouvait maintenant réceptionner le harnais d'évacuation.

La glacière venait battre contre elle, puis le ressac des vagues l'écartait, mais la corde jaune et bleu l'empêchait de trop s'éloigner. Elle dut s'y reprendre à deux fois et il lui fallut près de quinze minutes pour passer le harnais qu'elle sangla, en le serrant au maximum, avant de lever de nouveau le bras, pouce en l'air.

Quand Kesnick l'aida à se hisser à l'intérieur de l'hélicoptère, elle sentit que l'équipe était satisfaite de son intervention. Pas vraiment impressionnée. Simplement satisfaite. Mais c'était déjà une petite victoire.

Le lieutenant-commandant Wilson paraissait impatient. Liz se donna à peine le temps de reprendre son souffle, puis elle ôta son casque Seda et l'échangea contre le casque de vol muni du dispositif radio. Wilson était en train d'ordonner à Kesnick d'ouvrir le loquet de la glacière.

— On ne devrait pas attendre ? demanda prudemment Kesnick.

Il ne voulait pas avoir l'air de discuter les ordres ; pourtant, ouvrir cette glacière n'était pas tout à fait de leur ressort et risquait de leur attirer des ennuis.

— Le couvercle n'est pas scellé. Jette un coup d'œil à l'intérieur.

Liz s'écarta pour défaire son harnachement. Elle refusait d'être mêlée à ça. Elle avait accompli sa part du travail. Le reste ne la regardait pas.

Kesnick marqua un temps d'arrêt. Elle crut qu'il allait refuser — mais non. Il contourna la glacière, tout en remontant la visière de son casque, en prenant soin d'éviter son regard. Il fit coulisser sans effort la boucle de la corde, mais dut frapper du plat de la main pour débloquer le système de fermeture de la glacière. Liz remarqua qu'il prenait une longue inspiration avant de soulever le couvercle.

La première chose qu'elle remarqua, ce furent les graduations imprimées sous le couvercle. Elles servaient manifestement à mesurer le poisson. Bien qu'anodine, l'image resta longtemps gravée dans sa mémoire. Puis une odeur fétide la frappa de plein fouet. Pas une odeur de poisson, plutôt de poubelle.

Au fond de la glacière, elle distingua plusieurs objets oblongs et recouverts d'un plastique mat et épais — un grand et quatre plus petits. Rien à voir avec des blocs de cocaïne qui se seraient présentés sous forme de pavés.

— Alors ? s'impatienta Wilson en tentant de jeter un coup d'œil par-dessus son épaule.

Kesnick toucha du bout de son doigt ganté l'un des objets. Puis il le poussa légèrement et le fit rouler. De l'autre côté, le plastique était plus transparent et ce qu'il enveloppait devenait aisément identifiable.

Kesnick échangea un regard avec Liz, et elle surprit une expression paniquée sur son visage d'ordinaire impassible.

— Je crois qu'il s'agit d'un pied, murmura-t-il.

— Quoi ? fit Wilson.

— Je crois qu'il s'agit d'un putain de pied humain, répéta-t-il.

2

Newburgh Heights, Virginie

Maggie O'Dell avait tellement hâte de se débarrasser de son chemisier ensanglanté qu'elle arracha un bouton au passage. Tant pis. Il était fichu, de toute façon. Aucun teinturier ne parviendrait à nettoyer des taches pareilles. Elle le roula en boule et le lança dans le lavabo.

Un truc resta collé dans son cou. Elle le détacha du bout des doigts et secoua sa main au-dessus du chemisier.

C'était rose et épais. Comme du fromage caillé.

Quand le coup de feu était parti, elle n'avait pas eu le temps de s'écarter.

Elle souleva ses cheveux pour vérifier qu'il ne restait rien dans sa nuque. Ses doigts restèrent collés aux mèches poisseuses de sang. Mais non. Plus rien. Ouf.

Ils ne s'attendaient pas à trouver le tueur sur les lieux du crime. Quand ils étaient entrés, l'entrepôt semblait vide. Ils avaient vite compris qu'ils se trouvaient bien dans l'endroit qui lui avait servi de chambre de tortures, comme Maggie l'avait pressenti. Mais pourquoi était-il resté ? Ou revenu ? Pour admirer son œuvre, sans doute...

C'était Raymond Kunze, le supérieur de Maggie, qui avait appuyé sur la détente. Un réflexe. Il le lui avait reproché ensuite, comme si tout était sa faute. Comme si elle lui avait forcé la main... C'était absurde. Comment aurait-elle pu deviner que le criminel serait là, tapi dans l'ombre ? Elle n'était pas responsable de ce qui s'était passé ! Kunze ne pouvait décemment pas lui coller ça sur le dos. Mais il n'allait pas se gêner, elle le savait déjà.

Harvey, son labrador blanc, attrapa l'une de ses chaussures pleines de boue. Mais au lieu de jouer avec, comme d'habitude, il se laissa tomber sur le flanc et se mit à gémir.

— Lâche ça, Harvey, ordonna Maggie d'une voix douce.

Comme chaque fois qu'il sentait l'odeur du sang, son chien était inquiet. Il lui obéit, pourtant. Et laissa tomber le soulier au sol.

— Désolé, mon grand, dit-elle.

Elle ramassa la chaussure, qui alla rejoindre le chemisier dans le lavabo. Puis elle s'agenouilla près d'Harvey pour le flatter du plat de la main. Elle aurait voulu le serrer contre elle, mais préféra s'abstenir. Pas avec tout ce sang.

— Va m'attendre dehors, dit-elle en l'entraînant hors de la pièce.

Elle le fit asseoir dans la chambre, de l'autre côté de la porte, en s'arrangeant pour qu'il puisse la voir. Elle prit le temps de le gratter derrière les oreilles, jusqu'à ce qu'il pousse un gros soupir et accepte de s'allonger.

L'odeur du sang le paniquait encore. Elle lui rappelait le jour où il s'était battu pour protéger son ancienne maîtresse, laquelle avait été enlevée puis, plus tard, assassinée. Maggie avait trouvé Harvey sous le lit de cette femme, recroquevillé, blessé, baignant dans son propre sang.

— Je vais bien, fit-elle d'un ton qui se voulait rassurant.

Elle se pencha tout de même vers le miroir pour s'en assurer.

Ce qu'elle vit la rasséréna un peu. Elle avait vécu pire. Au moins cette fois, le sang qui la souillait n'était pas le sien.

Elle remarqua que ses cheveux d'un auburn sombre atteignaient presque ses épaules et songea qu'il aurait été temps de rafraîchir sa coupe. Elle avait les yeux rouges, mais c'était sans rapport avec l'incident d'aujourd'hui… Elle dormait mal depuis des mois.

Elle se réveillait toutes les heures, avec une régularité surprenante, comme si un réveille-matin sonnait dans son crâne. Le manque de sommeil commençait à la rattraper.

Elle avait tout tenté. Un footing avant de se coucher. Pas d'exercices après 19 heures. Se plonger dans un bain chaud. Boire un verre de vin. Ingurgiter une tasse de lait chaud. Elle avait aussi essayé la méditation. Arrêté la caféine. Lu. Ecouté des enregistrements de bruits de la nature. Utilisé la phytothérapie. Allumé des bougies odorantes aux vertus apaisantes. Versé quelques gouttes de whisky dans son lait chaud.

Rien n'y avait fait.

Elle n'avait pas essayé les somnifères. Pas encore, du moins.

En tant que profileuse du FBI, elle pouvait être appelée à n'importe quelle heure du jour ou de la nuit. Or, la plupart des médicaments pour dormir — en tout cas ceux qui marchaient — exigeaient huit heures de sommeil ininterrompu. Elle n'était jamais assurée de les avoir.

Elle prit une douche, en s'attardant longuement sous le jet chaud, puis, résistant à l'envie de se récurer, elle se savonna délicatement, les yeux fermés pour ne pas voir ce qui descendait dans le siphon. Elle ne se sécha pas les cheveux en sortant et enfila un short large et son T-shirt de l'université de Virginie. Puis elle enferma dans un sac en plastique les vêtements irrécupérables avant de les jeter dans la poubelle et se rendit dans la pièce principale, Harvey sur ses talons.

Elle alluma la télévision et glissa la commande à distance dans sa poche tout en filant vers la cuisine. Elle s'était offert un écran plasma géant, une folie pour quelqu'un qui ne regardait que rarement la télévision. Mais elle avait l'excuse d'en profiter tout l'automne, pendant les championnats de football américain. Il y avait aussi les soirées « pizzas et films » avec

Ben — ils adoraient tous deux les grands classiques du cinéma. Le médecin colonel Benjamin Platt était devenu un ami. Un ami très proche…

Mais seulement un ami. Et ça leur convenait parfaitement. Du moins pour le moment.

Maggie aimait parler avec Ben. Elle aimait aussi les longs silences qu'il leur arrivait de partager. Parfois, quand ils s'asseyaient dans son jardin et regardaient folâtrer Harvey et Digger, le chien de Ben, elle se surprenait à penser qu'ils formaient une sorte de famille. Et peut-être aussi qu'ils comblaient l'un l'autre le vide affectif de leurs existences.

Oui, décidément, leur relation était simple et agréable. Certes, Maggie ressentait un drôle de picotement quand Ben l'effleurait par inadvertance… mais elle se ressaisissait vite. Il n'y avait pas de place dans leur vie pour une relation amoureuse. De plus, leurs emplois du temps étaient incompatibles. Surtout depuis quelques mois.

Ils s'en tenaient donc à l'amitié, par défaut plus que par choix, mais c'était parfait ainsi. Pourtant, Maggie ne put s'empêcher de vérifier son portable en espérant y trouver un message. Elle n'avait pas vu Ben depuis qu'il était revenu d'une mission de deux semaines en Afghanistan. Ils avaient juste échangé quelques messages et de brèves conversations téléphoniques.

En ce moment, il se trouvait en Floride, toujours en mission, mais elle n'avait pas eu récemment de ses nouvelles. Il lui manquait. Sans doute parce qu'ils avaient l'habitude de partager leurs soucis et leurs expériences — ce qui avait d'ailleurs contribué à les rapprocher. Elle lui parlait de ses enquêtes ; il évoquait les maladies infectieuses qu'il devait diagnostiquer et traiter. Il leur était même arrivé de travailler ensemble plusieurs fois, dans le cadre d'une collaboration entre le FBI et l'USAMRIID, le centre de recherche en infectiologie de l'armée américaine, où Platt dirigeait un service. Mais l'Afghanistan et cette dernière mission en Floride étaient classés « Top Secret ». Ben n'avait pas même le droit de lui dire où il se trouvait exactement. Elle en déduisait qu'il s'agissait d'une affaire délicate. Donc dangereuse.

Elle remplit la gamelle d'Harvey et se servit une assiette de salade, tout en tendant l'oreille pour écouter les nouvelles.

Les ouragans de l'été faisaient grimper le prix du gaz. Et ce n'était pas terminé : Isaac, le cyclone de catégorie 4 qui balayerait cette nuit la Jamaïque, ferait bientôt son entrée dans le golfe du Mexique…

La sonnerie du téléphone portable la fit sursauter. Elle renversa une partie de son assiette sur le comptoir. Elle dut s'avouer qu'elle était sur les nerfs. L'épisode d'aujourd'hui l'avait secouée, qu'elle le veuille ou non.

Elle attrapa l'appareil, vérifia le numéro et constata, un peu déçue, qu'il ne s'agissait pas de celui de Platt.

— Maggie O'Dell, annonça-t-elle en décrochant.

— Salut, mon chou, fit une voix de baryton.

Elle avait reconnu la voix et l'accent traînant.

Charlie. Il n'y avait que lui pour oser l'appeler « mon chou ».

— Salut, Charlie… Qu'est-ce qui me vaut le plaisir de t'entendre ?

Charlie Wurth était le sous-directeur du département de la Sécurité intérieure des Etats-Unis. Ils avaient passé ensemble le dernier Thanksgiving, dans le Minnesota, à déjouer une série d'attentats à la bombe visant un gigantesque centre commercial. L'affaire était complexe et Maggie, comme souvent, ne s'était pas sentie épaulée par Raymond Kunze. Heureusement qu'elle avait eu Charlie… Ils s'étaient liés d'amitié, au point que Wurth tentait depuis de la convaincre d'intégrer son service.

— Je pars en vadrouille, répondit Charlie. Et cette fois tu ne peux pas refuser de m'accompagner. Pense au soleil de la Floride. A une mer vert émeraude. A des plages de sable blanc.

Il revenait régulièrement à la charge avec ce genre de propositions. C'était devenu un jeu, mais Maggie se demandait tout de même parfois pourquoi elle n'acceptait pas de quitter le FBI pour la sécurité intérieure. Elle passa la main dans ses cheveux en songeant vaguement au sang et aux débris de cervelle dont elle venait de se débarrasser — et au fait qu'elle ferait peut-être bien de reconsidérer la proposition de son confrère.

— C'est plus que tentant, répondit-elle sur le même ton. Et trop beau pour être vrai. Je flaire un piège. Je me trompe ?

— Oh… Un tout petit piège… Nous serons sur la route de l'ouragan Isaac.

— Peux-tu me répéter pourquoi je devrais avoir envie de t'accompagner ?

— Ce serait pour me rendre service, fit Charlie en redevenant sérieux. Moi, une fois sur place, je m'occuperai d'organiser les secours. Toi, tu serais chargée d'une enquête. Des gardes-côtes ont trouvé une glacière à poisson dans l'océan.

Il se tut, pour lui laisser le soin de compléter.

— Laisse-moi deviner…, fit-elle. Quand ils ont ouvert la glacière, il n'y avait pas de poisson à l'intérieur.

— Exactement. Ici, les forces de police sont débordées. Tout le monde se prépare à affronter Isaac. Les gardes-côtes ont remis l'affaire entre les mains de la sécurité intérieure, mais il me semble que rassembler les morceaux épars d'un corps serait plutôt du ressort du FBI. J'ai déjà vérifié auprès de Kunze. Je peux t'emprunter.

— Tu as parlé à Kunze ? Aujourd'hui ?

— Il y a quelques minutes. Il a eu l'air de trouver que c'était une bonne idée.

Une bonne idée. Bien sûr… Maggie ne fut pas surprise que Kunze se réjouisse de l'envoyer dans l'œil d'un cyclone.

3

Base aéronavale de Pensacola, Floride

Bien qu'il soit déjà intervenu, quelques années auparavant, sur la base de Pensacola, le médecin-colonel Benjamin Platt ne reconnut pas les lieux que la voiture traversait. Il ne s'en étonna pas : ses missions étaient souvent trop brèves pour qu'il se souvienne des rues ou des bâtiments où il séjournait.

— C'est splendide, murmura-t-il en se tournant vers la baie de Pensacola.

Le commentaire surprit le capitaine Carl Ganz, qui se retourna pour suivre la direction de son doigt tendu, tandis que le chauffeur ralentissait, comme pour accompagner le regard du capitaine.

— C'est vrai, approuva Ganz. Mais nous y sommes tellement habitués que nous avons tendance à l'oublier. Pensacola est un endroit merveilleux. Et pour vous, qui revenez tout juste de Kaboul, j'imagine que ça ressemble au paradis.

— Vous ne vous trompez pas, fit Platt.

— Comment c'était ?

— Vous parlez du voyage ?

— De l'Afghanistan.

— La poussière ne vous lâche jamais. J'ai l'impression que mes poumons n'ont pas encore tout craché.

— Je vois ce que vous voulez dire, commenta Ganz. J'ai effectué une mission d'évacuation sanitaire, là-bas, en 2005.

— Je l'ignorais.

— C'était pendant l'été, fit Ganz en gardant les yeux obstinément fixés vers la baie. Nous avions perdu une de nos unités de nageurs de combat. Une équipe de quatre hommes avait été attaquée au sol et l'hélicoptère qui venait en renfort s'était fait descendre. Il transportait seize soldats. Ils sont tous morts. Ainsi que les quatre qui se trouvaient au sol.

Platt secoua la tête.

— Ce n'était pas leur jour de chance, soupira-t-il.

— Vous étiez là-bas, vous aussi, à cette époque, n'est-ce pas ?

— J'y étais plus tôt, répondit Platt. J'y ai passé les premiers mois de la guerre. Je faisais partie de l'équipe chargée de lutter contre les armes biologiques et chimiques. En fait, j'ai surtout recousu et opéré.

— Alors, est-ce que ça a changé ?

— La guerre ?

— L'Afghanistan.

Platt se tut et prit le temps d'observer le capitaine Ganz. Il était un peu plus âgé que lui — sans doute la quarantaine —, avec un visage enfantin sous des cheveux poivre et sel. C'était la première fois qu'ils se rencontraient. Jusque-là, leurs contacts s'étaient limités à un échange de courriels et de conversations téléphoniques. Platt était médecin militaire et directeur du centre de recherche en infectiologie de Fort Detrick — lourde tâche qui consistait à vacciner les soldats, ainsi qu'à prévenir et à juguler la propagation de certaines maladies tropicales mortelles. Ganz était médecin, lui aussi. Il dirigeait pour les marines un programme couvrant l'ensemble des interventions chirurgicales pratiquées sur les soldats blessés au combat.

— Hélas, non, ça n'a pas changé, répondit enfin Platt en décidant de se montrer franc avec Ganz. Ce deuxième séjour m'a rappelé le premier. On continue à se mordre la queue. Sauf que, maintenant, c'est avec les mains attachées dans le dos.

Il se frotta les yeux, comme si ça pouvait effacer son envie de dormir. Il avait reçu l'appel du capitaine Ganz moins de quarante-huit heures après son retour et n'avait pas eu le temps de se remettre du décalage horaire.

— Parlez-moi de ce mystérieux virus, dit-il.

Il était venu pour ça, après tout.

— Nous avons mis en quarantaine un certain nombre de sujets susceptibles d'avoir été en contact avec les premiers patients contaminés. Tant que nous ne savons pas à quoi nous avons affaire, nous avons jugé plus sage de prévenir que de guérir.

— Vous avez bien fait. Quels sont ces symptômes ?

— C'est ça le problème. Il y en a très peu. Du moins

au début. Ça commence par de violentes douleurs dans la zone opérée, ce qui n'est pas forcément inhabituel, surtout quand il s'agit de fractures multiples et de blessures profondes atteignant parfois les os.

Il se tut pour laisser passer des avions qui survolaient la voiture en faisant un boucan infernal.

— Nous déplaçons les avions à cause de l'ouragan Isaac, expliqua Ganz.

— Je croyais qu'il passait plus à l'ouest… Vers La Nouvelle-Orléans.

— Les médias ne s'intéressent qu'à La Nouvelle-Orléans. répondit Ganz en haussant les épaules. Ça fait grimper le taux d'écoute, je suppose. Mais certains spécialistes en météo annoncent que l'ouragan fonce droit sur nous. Espérons qu'ils se trompent ! Notre amiral est sur les dents, à cause des malades. C'est aussi pour ça que je lui ai proposé de vous contacter. Nous comptons sur vous !

— Je ne vous promets rien, fit Platt. Je ne sais pas si je serai capable de résoudre votre problème.

— Bien sûr que si. Il le faut. Vous n'avez pas le choix.

— Vous parliez de douleurs violentes dans la zone opérée, reprit Platt pour l'encourager à poursuivre tant qu'il avait encore la force de se concentrer. Ça ne peut pas venir des drains et des pansements ?

— Nous avons pensé aux drains et aux pansements, bien sûr, et nous les avons enlevés, ce qui a soulagé la douleur, mais seulement dans un premier temps.

— Une infection locale ?

— Nous n'avons pas observé d'œdèmes au niveau des cicatrices ou des régions opérées, les patients n'ont pas de fièvre, même s'ils se plaignent d'avoir très chaud et transpirent parfois abondamment. Ils se plaignent également de nausées. Certains ont vomi. Ils souffrent de maux de têtes. Et pourtant, les signes vitaux sont normaux. La pression sanguine, le rythme cardiaque… Tout est normal.

Le capitaine Ganz se tut quand le chauffeur arrêta la voiture devant une petite porte, aménagée sur la façade latérale d'un bâtiment de trois étages.

— Nous y sommes, annonça-t-il.

Blindée d'acier, la porte était équipée d'un Digicode dont l'écran affichait en rouge clignotant « C Class 1 ».

Ganz tapa plusieurs chiffres, puis appuya son pouce sur l'écran. Les trois points de fermeture s'ouvrirent l'un après l'autre avec un claquement sec. La porte donnait sur un petit hall d'accueil, mais Ganz ne s'y arrêta pas, entraînant Platt dans le premier couloir de droite. Un couloir si étroit que leurs épaules se frôlèrent lorsqu'ils s'engagèrent à l'intérieur.

— L'amiral voudrait que j'évacue ces soldats, expliqua Ganz. Que je les envoie à l'hôpital naval, à l'abri de l'ouragan. Mais comme vous le savez, les déplacer pose un certain nombre de problèmes.

Ils arrivèrent devant une autre porte et il fallut encore taper un Digicode, mais, cette fois, quand les tiges de fer coulissèrent, Ganz se contenta d'entrouvrir légèrement le battant, avant de se tourner vers Platt pour le regarder droit dans les yeux.

— Au bout d'une semaine, parfois moins, la pression sanguine chute brusquement et le cœur s'accélère, comme si le corps luttait pour s'approvisionner en oxygène, poursuivit-il. Les sujets tombent dans le coma et nous sommes impuissants à les ranimer. Les organes vitaux ralentissent leur activité, puis cessent de fonctionner. Nous en avons déjà perdu deux hier. Je ne veux pas qu'ils finissent tous comme ça.

— Je comprends. Je ferai de notre mieux.

Ganz acquiesça, puis il poussa le battant et entra dans une petite pièce vitrée donnant sur une autre pièce, longue et large, aussi vaste qu'un gymnase, divisée en petites sections délimitées par des tentes en plastique encombrées de tubes et de cordons, d'écrans de contrôle, d'appareils médicaux et d'ordinateurs.

Platt parvint de justesse à étouffer un cri. Il y avait là près d'une centaine de lits médicalisés. Et pas loin d'une centaine de soldats couchés à l'intérieur.

4

Pensacola Beach

Liz Bailey aurait préféré affronter l'océan déchaîné plutôt que de rester consignée au sol. Oui, la pire des tempêtes aurait mieux valu que ces heures de remontrances par téléphone interposé. Ils avaient d'abord entendu les griefs du chef des autorités de Santa Rosa, puis ceux d'un haut gradé de la base aéronavale de Pensacola, d'un enquêteur des fédéraux, et du vice-président de la sécurité intérieure lui-même. A présent, c'était au tour du shérif du comté d'Escambia de leur remonter les bretelles.

Ils leur tombaient tous dessus. C'était de la folie.

Liz ne pouvait s'empêcher de penser qu'ils auraient évité tous ces ennuis en s'abstenant d'ouvrir la glacière. Le fait qu'ils aient pris connaissance de son contenu posait un problème, apparemment. Leurs supérieurs craignaient que l'affaire ne s'ébruite.

— A qui d'autre en avez-vous parlé ? répéta le shérif.

— Nous n'avons fait que suivre la procédure

normale en cas de découverte de restes humains en mer, protesta Wilson, qui ne cherchait plus à dissimuler son agacement.

Trop jeune, songea Liz. Il n'avait pas encore appris à garder la tête froide.

Regrettait-il d'avoir donné à Kesnick l'ordre d'ouvrir ce fichu container ? Peut-être... En tout cas, assister au spectacle d'un Wilson sur la défensive et obligé d'assumer les conséquences de ces actes irréfléchis était plutôt réjouissant. Ça compensait le fait d'être coincés au sol. Enfin... presque...

Tout à l'heure, quand Wilson avait posé les yeux sur le pied enveloppé de plastique, elle avait compris qu'il voyait pour la première fois des membres humains amputés. Il avait d'abord eu du mal à y croire. Puis elle avait surpris dans son regard une lueur qui ressemblait à s'y méprendre à de la peur. Ensuite, il avait relevé sa visière pour examiner le contenu de la glacière. Elle avait alors constaté qu'il était sous le choc. Sa réaction aurait dû lui inspirer de la sympathie, mais elle n'avait fait que renforcer le mépris qu'elle éprouvait à son égard.

On les libéra enfin, et ils sortirent. Dehors, le soleil brillait.

— Je vous paye une bière, proposa Wilson. Il est tôt, on aura de la place sur la jetée du Tiki Bar. On va se détendre en reluquant les jolies filles en Bikini.

Quelqu'un se racla la gorge. Liz ne se retourna pas pour savoir qui.

— Oh, ça va, protesta Wilson. Ça ne dérangera pas Bailey. Pas si elle est l'une d'entre nous.

Une fois de plus, il remettait en question son intégration à l'équipe.

— Ça me semble une bonne idée, approuva-t-elle.

Elle mit ses lunettes de soleil en évitant de croiser le regard de ses camarades.

— Moi, ça me va, si on peut manger un hot-dog, commenta Tommy Ellis, qui était constamment affamé.

— Bon sang, Ellis ! Tu ne pourrais pas penser à autre chose qu'à ton estomac ? protesta Wilson. On mangera après.

— Et si le type qui vend les hot-dogs n'est plus là ?

— Non seulement il sera là, assura Liz, mais il nous proposera de boire une dernière bière avec lui.

Elle avait pris la tête du groupe et se dirigeait déjà vers le Tiki Bar.

— Qu'est-ce que tu en sais ? demanda Ellis.

— Je le sais parce que c'est mon père.

5

Newburgh Heights, Virginie

Après avoir téléchargé le document envoyé par Wurth, Maggie O'Dell l'imprima. Elle poussa un soupir découragé en découvrant les photographies prises par l'équipe du comté d'Escambia : elles manquaient terriblement de précision. Tant pis. Elle s'en contenterait.

Le premier cliché montrait des paquets de forme bizarre, enveloppés dans du plastique, jetés au fond d'une glacière beaucoup trop grande. Ensuite, le photographe avait aligné ces paquets sur un sol de béton pour réaliser des gros plans, mais ce qu'on distinguait à travers l'emballage transparent ressemblait plus aux morceaux de viande d'un étalage de boucher qu'à des parties de corps humain.

Elle avait demandé à Wurth si on pouvait l'attendre pour défaire le plastique, mais il lui avait répondu qu'il était probablement déjà trop tard.

— Tu sais bien comment ça se passe, O'Dell, s'était-il excusé. La curiosité…

Puis il avait soupiré, avant d'ajouter qu'il verrait s'il pouvait encore faire quelque chose.

Maggie s'était maintenant installée en tailleur au milieu de son salon, en étalant les photos à sa droite pour ne pas gêner Harvey, qui s'était allongé à sa gauche, sa lourde tête sur ses genoux. Elle avait branché la télévision sur une chaîne météo qu'elle écouta d'une oreille distraite, jusqu'à ce qu'un reportage sur la Floride attire son attention. Puisqu'elle allait affronter un ouragan, autant s'informer sur la question, non ?

On classait les ouragans selon l'échelle de Saffir-Simpson, qui prenait en compte la vitesse des vents et permettait d'évaluer les dommages à redouter. Cette échelle divisait les ouragans en cinq catégories : un ouragan de catégorie 3 correspondait à des vents de 178 à 210 km/h et à la destruction de petits bâtiments en bord de mer. Un ouragan de catégorie 4, caractérisé par des vents de 210 à 249 km/h, occasionnait des dégâts sur la côte et à l'intérieur. Enfin, lors d'ouragan de catégorie 5, les vents dépassaient 249 km/h et mettaient en péril toutes les constructions en dur, laissant derrière lui ce qu'on appelait une catastrophe.

Qu'éprouvait-on face à un vent qui soufflait à plus de 250 km/h ? Maggie n'en avait pas la moindre idée. En revanche, elle savait très bien ce qu'était une catastrophe.

L'ouragan Isaac, qui avait déjà tué soixante personnes dans les Caraïbes, se déplaçait lentement vers le nord-ouest. Dans quelques heures, lorsqu'il atteindrait Grand Cayman, il passerait de la catégorie 4 à la catégorie 5, avec des vents de 260 km/h. Dimanche, il balaierait Cuba. Lundi, il entrerait dans le golfe du Mexique.

Et toutes les prévisions indiquaient que Pensacola, en Floride, se trouvait sur son chemin. Charlie Wurth ne plaisantait donc pas en disant qu'il l'emmenait au milieu d'un ouragan… Cela expliquait aussi pourquoi les vols pour Pensacola étaient suspendus. Maggie avait dû se rabattre sur l'aéroport d'Atlanta, où Charlie viendrait la chercher. Ils feraient ensuite ensemble les cinq heures de route pour rejoindre la Floride. Quand elle lui avait demandé ce qu'il faisait à Atlanta — il habitait La Nouvelle-Orléans et son bureau se trouvait à Washington, DC —, il lui avait simplement répondu : « Ne me le demande pas, il paraît que je ne dois pas en parler. »

Wurth avait obtenu le poste de directeur adjoint à la sécurité intérieure à la suite d'un rapport sur les dysfonctionnements et la corruption des services fédéraux au moment de l'ouragan Katrina. Mais, comme Maggie, il avait du mal avec la bureaucratie.

Elle consulta sa montre. Il était temps de faire ses bagages. Elle avait toujours un sac prêt avec le minimum vital. Il ne lui restait plus qu'à le compléter. Qu'emportait-on quand on se préparait à affronter un ouragan ? Des chaussures pratiques, certainement… Son amie, Gwen Patterson, lui disait toujours qu'elle n'accordait pas suffisamment d'intérêt aux chaussures.

Elle appellerait Gwen pour l'informer de son départ, bien sûr, mais pas tout de suite. L'épisode d'aujourd'hui était trop frais, dans sa mémoire et sur sa peau. Gwen était psychiatre. Elle savait lire entre les lignes et détecter les silences lourds de sens — une déformation professionnelle, disait-elle… Maggie voyait très bien ce qu'elle entendait par là.

Elles s'étaient rencontrées à Quantico, au cours d'une enquête où Gwen intervenait en tant que consultante privée. Gwen avait dix-sept ans de plus que Maggie et une tendance à laisser son instinct maternel intervenir dans leur amitié. Ça ne dérangeait pas Maggie, qui s'appuyait volontiers sur elle. Gwen avait toujours été à son côté. Elle l'avait soutenue lors de sa longue et éprouvante procédure de divorce ; elle était restée à son chevet quand un séjour prolongé dans une chambre froide l'avait clouée sur un lit d'hôpital ; elle avait attendu à l'entrée de l'unité de soins réservée aux malades contagieux quand elle avait contracté le virus Ebola, et, plus récemment, elle l'avait accompagnée au cimetière de l'armée d'Arlington, le jour où on avait enterré l'homme qui lui avait tout appris.

Pourtant, il y avait des jours, comme aujourd'hui, où Maggie n'avait pas envie de dévoiler ses faiblesses. En ce moment, elle évitait de parler à Gwen pour ne pas avoir à s'expliquer sur ses insomnies. Car elle n'avait pas seulement du mal à s'endormir : des cauchemars la réveillaient en sursaut. Elle rêvait de son jeune frère, Patrick, attaché par des menottes à une valise piégée. Elle rêvait de son ex-patron, celui qu'elle venait d'enterrer, allongé dans un lit d'hôpital, réduit à l'état de squelette, le corps truffé de perfusions. Elle rêvait d'elle-même, enfermée dans un tombeau de glace. Elle rêvait d'une glacière suintant le sang, posée sur le comptoir d'un relais routier. Elle rêvait de longues étagères couvertes de pots de verre remplis de débris humains.

Le pire, c'était que les images de ses cauchemars n'étaient pas les productions d'une imagination débordante et perturbée, mais des souvenirs, des instantanés de ce qu'elle avait vécu. Elle avait réussi jusque-là à les cantonner dans un recoin de son esprit, mais les murailles qui les protégeaient commençaient à se fissurer, comme Gwen l'avait prédit.

« Il faudra bien que tu acceptes un jour de réfléchir à ce que tu as vu, à ce que tu as fait, à ce que l'on t'a fait. Ça ne pourra pas rester enfoui pour toujours. »

Le téléphone portable de Maggie sonna de nouveau, et cette fois Harvey sursauta avec elle. Elle lui flatta gentiment le dos tout en se penchant pour attraper l'appareil. Peut-être était-ce Gwen…

— Maggie O'Dell, dit-elle.

— Salut, toi ! répondit gaiement une voix d'homme.

Elle n'était pas tombée très loin. Il ne s'agissait pas de Gwen, mais de R.J. Tully, son compagnon.

Tully avait été le coéquipier de Maggie, autrefois, avant que la politique de restriction budgétaire imposée au FBI ne les obligent à enquêter seuls. Par chance, il leur arrivait encore de travailler ensemble sur certains dossiers. Justement, Tully avait fait partie aujourd'hui du contingent d'hommes qui avait assisté au carnage de l'entrepôt.

— J'appelle pour savoir si tout va bien, fit-il.

— Tout va bien.

Elle se mordit la lèvre : elle avait répondu trop précipitamment. Tully n'était sûrement pas dupe. Lui ferait-il remarquer qu'elle bluffait, comme l'aurait fait Gwen ? Elle se dépêcha de changer de sujet pour ne pas lui laisser le temps de réagir.

— J'étais sur le point d'appeler Emma, dit-elle.

— Emma ? fit Tully comme s'il ne se souvenait pas du prénom de sa propre fille.

— Oui. Pour garder Harvey. Je pars demain matin très tôt. Charlie Wurth a besoin de mon aide pour une affaire en Floride. Emma est là ?

Il marqua un temps de pause. Il avait compris qu'elle cherchait à faire diversion. Il était profileur lui aussi, après tout.

— Elle n'a pas encore emménagé sur le campus, n'est-ce pas ? insista Maggie.

Elle posait la question pour meubler le silence. Elle savait très bien qu'Emma rechignait à quitter la maison familiale et attendrait le dernier moment pour rejoindre sa résidence universitaire.

— Non. Elle reste ici jusqu'à la semaine prochaine. Elle est sortie, mais je suis certain qu'elle sera d'accord pour s'occuper d'Harvey. Envoie-lui un SMS pour lui poser la question, si tu veux.

Il se tut de nouveau.

— Kunze est au courant, pour ton départ ?

— Bien sûr qu'il est au courant !

Sa voix trahit son angoisse, ce qui l'agaça.

— Wurth l'a appelé, précisa-t-elle d'un ton plus ferme.

Elle n'ajouta pas que Ray Kunze avait donné sa bénédiction. Tully l'avait sûrement compris tout seul. Il avait déjà été mis à pied par leur nouveau patron : il savait de quoi celui-ci était capable.

— Ça ne devrait pas être trop compliqué, ajouta Maggie. On a repêché des parties de corps humains dans une glacière réfrigérée.

— Encore des parties de corps humains, ricana Tully. Tu te spécialises dans les bouchers qui découpent leurs victimes !

Elle en aurait volontiers ri avec lui, s'il n'avait pas été si proche de la vérité.

— Rends-moi service, dit-elle. Ne parle pas à Gwen de ce qui s'est passé aujourd'hui.

La phrase s'apparentait à un aveu de faiblesse, mais elle ne le regretta pas, cette fois.

— Compte sur moi, répondit Tully d'un ton chaleureux.

Elle se détendit : il se comportait en coéquipier, à présent. Il la soutenait.

— Appelle-moi, si tu as besoin d'aide, ajouta-t-il. Pour ta nouvelle affaire.

Elle acquiesça. Il ne faisait pas seulement allusion à sa nouvelle affaire. Et ils le savaient autant l'un que l'autre.

6

Hotel Hilton
Pensacola Beach, Floride

Scott Larsen buvait sa bière pression à petites gorgées, tout en attendant l'homme qu'il appelait « le Représentant de la mort », un sobriquet affectueux qu'on pouvait se permettre entre collègues. Après tout, lui-même acceptait que certains — dont sa femme — le qualifient de « marchand de mort » : c'était plus sexy qu'entrepreneur de pompes funèbres ou directeur de maison funéraire.

Scott s'était installé au comptoir du bar, ce qui lui permettait de jeter de temps à autre un œil vers la porte du fond. C'était la première fois qu'il rencontrerait le Représentant de la mort en dehors de son bureau. Les relations publiques n'étaient pas sa tasse de thé, et il évitait en général de mêler travail et plaisir — ce qui arrivait rarement dans sa profession, de toute façon. Il avait accepté de faire une exception aujourd'hui, parce que les circonstances l'exigeaient.

La jolie barmaid blonde l'avait déjà resservi et il

commençait à se sentir un peu confus. Il ne tenait pas l'alcool, pas même la bière, bien qu'il prétendît le contraire. Il avait appris à donner le change : quand son esprit s'embrumait, il parlait plus lentement, en pesant chaque mot, de sorte que personne ne se doutait de rien.

Sa femme, Trish, le jugeait excellent comédien. Question de pratique. Il jouait la comédie toute la sainte journée. Dans les pompes funèbres, on passait son temps à faire comme si l'on était persuadé que le défunt reposait en paix, comme s'il était parti pour un endroit plus agréable, comme si sa disparition vous causait du chagrin.

Scott jeta un coup d'œil à sa montre et se retourna pour contempler la mer, en évitant de s'attarder sur les corps en Bikini qui s'exhibaient sur la plage par ce bel après-midi ensoleillé. Il était marié et ça lui donnait une excuse pour ne plus regarder les femmes. En vérité, il était aussi nul quand il s'agissait de draguer que quand il s'agissait de boire. Il s'en sortait bien avec les veuves à consoler parce qu'il suffisait de leur prendre la main et de les laisser pleurer sur son épaule, mais lâché dans une pièce remplie de jolies femmes, il se sentait oppressé, il ne savait plus que dire ni que faire, il se mettait à transpirer des mains, il était impuissant à dissimuler son trouble, incapable de paraître naturel. Il lui arrivait même de bégayer. Il se demandait parfois comment il avait pu décrocher une belle fille comme Trish et se disait souvent qu'il avait eu de la chance qu'elle s'intéresse à lui. Il lui en était reconnaissant et s'efforçait de ne pas oublier ce qu'il lui devait.

Il allait de nouveau surveiller la porte, quand il remarqua un type qui traversait la plage d'un pas assuré et élégant. Il tenait ses mocassins dans une main, tandis que l'autre était négligemment glissée dans la poche de son bermuda kaki. Le bas de sa chemise rose, qu'il portait déboutonnée, flottait au vent. Sans être vraiment beau, il avait de l'allure et sa démarche attirait l'œil. Plusieurs femmes se retournèrent d'ailleurs sur son passage. Scott le suivit des yeux quelques instants avant de le reconnaître : c'était le Représentant de la mort — l'homme avec lequel il avait rendez-vous.

Il agita la main dans sa direction, puis se sentit un peu idiot quand le Représentant se contenta de fendre la foule des jolis Bikini, sans lui adresser en réponse le moindre signe, comme s'il ne l'avait pas vu. Il vint tout de même s'installer près de lui et grimpa sur un tabouret sans l'avoir gratifié d'un regard ou d'un hochement de tête. Scott ne put s'empêcher d'admirer sa décontraction. Ce type-là était à l'aise partout.

— Qu'est-ce que vous avez comme whisky ? demanda-t-il à la charmante barmaid qui se précipitait déjà pour le servir. Du single malt ?

— Non. Parmi ceux que je peux vous proposer, le Johnnie Walker est le meilleur.

— Du Blue Label ?

Scott surprit le regard admiratif de la barmaid.

— Non, désolée. Je n'ai pas mieux que du Black Label.

— Ça sera parfait, répondit-il comme si c'était précisément ce qu'il voulait depuis le début.

Puis il se tourna enfin vers Scott.

— Je vous en offre un verre ?

Cette soudaine attention décontenança Scott. Il se sentit comme un spectateur brusquement propulsé sur le terrain de jeu. La barmaid, qui croyait probablement qu'ils ne se connaissaient pas, parut encore plus impressionnée, et attendit religieusement la réponse de Scott.

— Bien sûr, merci, parvint-il à articuler en s'efforçant d'adopter un ton dégagé.

— Avec des glaçons pour tous les deux ? demanda la barmaid.

— Oui, parfait, avec des glaçons, assura Scott comme s'il adorait le whisky avec des glaçons, alors qu'il ne se souvenait pas d'en avoir déjà bu.

— Pas pour moi, intervint le Représentant.

Le sourire ravi de la barmaid fit regretter à Scott d'avoir choisi l'option glaçons.

— Cet endroit est vraiment parfait, Scott, commenta le Représentant de la mort, tandis que la serveuse s'éloignait. Excellent choix. Je vous félicite.

Scott se détendit aussitôt et fut envahi d'une bouffée de… De quoi, au juste ? Aussi étrange que cela puisse paraître, le Représentant de la mort le poussait à quêter son approbation.

Mmm. Il était plus gris qu'il ne le pensait et s'en

inquiéta un peu. Il devait veiller à ne pas laisser échapper le sobriquet de son interlocuteur, lequel s'était présenté sous le nom de Joe Black — probablement un pseudonyme emprunté au héros du film *Rencontre avec Joe Black*. Le Représentant n'était pas aussi beau que Brad Pitt, mais il avait autant de charme et d'assurance que lui. De plus, le recul ironique que trahissait ce choix ne pouvait que forcer l'admiration. Joe Black, le personnage du film, était la mort déguisée en M. Tout-le-monde. Scott prit brusquement conscience que ce nom avait probablement contribué à lui inspirer le sobriquet de Représentant de la mort. Sauf que son nouvel ami… — non, pas « ami »… Ils n'étaient pas amis, même si Scott aurait bien voulu qu'ils le soient. Sauf que son homologue, donc, n'avait rien d'un M. Tout-le-monde.

— Oui, cette plage est magnifique, répondit Scott. Et il fait un temps superbe. Difficile de croire qu'un ouragan est en route.

La barmaid apporta leurs boissons, avec, en prime, des cacahuètes et des bretzels. Joe Black avait toujours droit à une petite attention supplémentaire, et Scott songea qu'il avait de la chance d'en profiter, même momentanément.

— Vous êtes prêt, pour l'ouragan ? demanda le Représentant.

— Oui.

— Vous auriez une place, si j'avais besoin de mettre de la marchandise au frais pendant quelques jours ?

— Bien entendu, répondit Scott en avalant sa première gorgée de whisky.

Elle lui brûla la gorge et la trachée. Il dut se contrôler pour ne pas grimacer.

— Quand j'ai racheté ma maison funéraire, j'ai fait installer une toute nouvelle chambre froide beaucoup plus grande que l'ancienne. Et ne vous en faites pas pour l'ouragan : je suis paré !

En vérité, Scott ne s'était pas encore soucié de l'arrivée de l'ouragan Isaac. Il était né dans le Michigan et, depuis deux ans qu'il s'était installé ici pour rejoindre Trish, originaire de Pensacola, il n'avait jamais eu à affronter une menace sérieuse. On leur avait déjà annoncé trois ouragans depuis le début de l'été, mais aucun n'était remonté aussi haut dans le golfe. Quand il avait acheté la maison funéraire, il lui avait paru évident qu'elle était conçue pour résister aux intempéries de la région. Elle était probablement équipée d'un groupe électrogène de secours et il s'était toujours dit qu'il embaucherait quelqu'un pour le faire fonctionner en cas de besoin, s'il n'y parvenait pas lui-même.

L'entreprise de pompes funèbres Holmes et Meyers n'était pas la première qu'il dirigeait. Là-haut, dans le Michigan, il en avait géré trois. Celle-ci lui appartenait, mais, à part ça, il n'y avait aucune différence. Il était doué pour les affaires, il savait comment réaliser des profits, réduire les coûts de fonctionnement, trouver des solutions innovantes pour résoudre un problème. Il avait eu la sagesse de conserver le nom de l'entreprise — Holmes et Meyers —, même si aucun Holmes ou Meyers n'y travaillait plus depuis longtemps. Malheureusement, on ne pouvait pas miser uniquement sur la réputation d'une maison, surtout dans les pompes funèbres. Il devait s'avouer qu'il était parfois angoissé quand il songeait que tout ça lui appartenait et qu'il était responsable de tout, ainsi que du paquet de dollars qu'il devait à la banque. Mais c'était parce que son affaire marchait bien et parce qu'il était capable de prendre des risques que Joe Black l'avait choisi.

— Vous restez toute la semaine ? lui demanda-t-il.

— J'ai une autre conférence en Floride, lundi. A Destin, pour être précis. A condition qu'elle ne soit pas annulée à cause de l'ouragan… Enfin, en principe, j'aurai besoin d'un endroit pour entreposer ma marchandise.

— Pas de problème. Amenez-la demain. Je lui trouverai une place. On est toujours d'accord pour demain, n'est-ce pas ?

— Absolument, fit le représentant en faisant tourner son whisky dans son verre.

Puis il le regarda droit dans les yeux.

— Ainsi, c'est votre premier *indij*.

— *Indij* ?

— Donneur indigent.

— Ah… Euh… oui…

Il rit pour dissimuler sa gêne, tout en songeant qu'il allait devoir apprendre le vocabulaire technique, histoire de se sentir dans le coup.

— Je n'aurais jamais pensé que ce serait si facile, ajouta-t-il.

— La livraison est arrivée ?

— Oui. Elle vous attend.

— Parfait.

Le regard de Joe se fixa sur un point derrière Scott, lequel se retourna, puis fit la moue en découvrant que son compagnon s'intéressait à une femme entourée de quatre hommes qui riaient en l'écoutant.

— Que se passe-t-il ? fit Joe. Vous la connaissez ?

Le groupe était installé à une table du restaurant voisin.

— C'est ma belle-sœur, dit Scott.

— Vraiment ? fit Joe d'un air prodigieusement intéressé.

— Je vous conseille de l'oublier, répondit Scott. Elle ne joue pas *du tout* dans notre cour, si vous voyez ce que je veux dire.

Joe haussa un sourcil interrogateur, mais comme son portable sonnait, il n'attendit pas la réponse de Scott et tira de sa poche un petit rectangle argenté et rouge, aussi fin qu'un rasoir, dont l'écran s'éclairait en rose quand on l'ouvrait.

— Joe Black, dit-il.

Puis il se tut et écouta d'un air songeur, tout en caressant du bout de l'index le rebord de son verre. Scott se surprit à le surveiller du coin de l'œil, puis, comme il ne voulait pas paraître indiscret, il fit pivoter son tabouret vers la table de Liz. Elle ne l'avait pas remarqué. De toute façon, personne ne le remarquait jamais.

En y regardant de plus près, Scott se rendit compte que son beau-père était l'un des quatre hommes qui entouraient Liz. Il aurait bien voulu qu'il le voie — et Liz aussi —, installé à ce comptoir, un verre de whisky à la main, avec ce type qui avait la classe. Sans doute auraient-ils eu une autre image de lui. Présenter Joe ne l'inquiétait pas. Ça ne l'aurait pas dérangé que sa belle-famille raconte à Trish qu'il discutait affaires dans un bar de la plage. Ne lui disait-elle pas qu'il ne sortait pas assez ? Mais il n'osa pas se manifester et fit mine de s'absorber dans la contemplation du paysage.

— C'est un délai bien court, disait Joe dans le téléphone. Si, je peux l'honorer. Mais je m'inquiète de ce que ça va vous coûter.

Scott retint un sourire. Joe Black s'apprêtait à faire cracher le maximum à un client et il avait le culot de lui dire qu'il s'en préoccupait. Ça, c'était un commercial !

— Je vais voir ce que je peux faire et je vous rappelle demain, conclut Joe.

Puis il raccrocha, sans même une formule de politesse, en fermant son téléphone d'un coup sec. Juste « clic », suivi de « flap ».

— Toujours en train de travailler, commenta Scott.

— Vous êtes bien placé pour le savoir, répondit Joe Black. Un autre verre, ça vous dirait ?

Il vida son whisky d'un trait — comme une vulgaire bière —, puis, tout en appelant la barmaid, il jeta un coup d'œil à la dérobée par-dessus l'épaule de Scott, en direction de Liz Bailey.

7

Base aéronavale de Pensacola

Benjamin Platt avait insisté pour ausculter les patients les plus atteints. Il souffrait encore du décalage horaire, mais il avait refusé de partir sans avoir vu de près quelques cas. Il n'aurait pas pu dormir, de toute façon… Il n'aurait pensé qu'à ces pauvres bougres sous leurs tentes de plastique, qui attendaient qu'on leur vienne en aide.

Au bout du cinquième patient, il demanda à faire une pause. Il était de plus en plus perplexe. Ces hommes avaient tous été opérés d'un membre, mais la similitude s'arrêtait là. Certains ne souffraient que de fractures, d'autres avaient été amputés et attendaient une cicatrisation avant appareillage. C'était un crève-cœur de voir un homme perdre un bras ou une jambe, mais même une amputation ne suffisait pas à justifier leur état.

— Est-ce que ça pourrait venir d'un virus contracté ici, à l'hôpital ? demanda-t-il au capitaine Ganz.

Ils s'étaient retranchés dans une salle d'attente et enlevaient leurs gants, leurs masques et leurs lunettes.

— Nous avons respecté les règles d'asepsie et suivi les procédures habituelles. J'ai tout vérifié. Je ne vois pas d'où ça pourrait venir, répondit Ganz.

— Vous pensez donc qu'ils auraient ramené ça d'Afghanistan ?

— Eh bien… J'ai effectivement envisagé l'hypothèse d'une souche de virus dormant.

— Un virus que l'opération aurait activé ? fit Platt.

Ganz eut la mine de quelqu'un qui vient d'entendre formuler tout haut ses pires craintes.

— Je n'ai jamais entendu parler d'un tel virus, poursuivit Platt.

— Mais ce n'est pas théoriquement impossible ?

Ben ne répondit pas. Au cours de sa carrière de biologiste, il avait eu le temps de comprendre que rien n'était impossible.

— Vous avez combien de soldats en quarantaine ?

Ganz n'eut pas besoin de réfléchir.

— Soixante-seize, répondit-il.

— Et depuis combien de temps ?

— Nous avons commencé à les isoler il y a huit jours. Mais pour certains de nos soldats, l'opération remonte à dix-huit jours.

— Ils ont tous été opérés ici ?

— Oui, mais certains ont reçu des soins d'urgence à Bagram avant d'être transportés.

— Et vous avez pu isoler des similarités concernant les cas traités à Bagram ?

— Non. Aucune. Vous croyez que le problème pourrait venir de là-bas ?

— Je suppose que vous avez conservé des échantillons de sang des soldats décédés. J'aimerais y jeter un coup d'œil.

— Notre laboratoire a déjà effectué toutes les analyses et…

Ganz s'interrompit et secoua la tête, comme un somnambule qui s'éveille brusquement.

— Bien sûr, reprit-il. Je vais demander à ce qu'on vous les sorte. Vous comptez chercher quoi ?

Platt haussa les épaules.

— Parfois, lorsqu'on se concentre sur des virus spécifiques, on laisse passer des éléments plus évidents, soupira-t-il.

Il se frotta les yeux. La fatigue reprenait le dessus.

— Je vais commencer par chercher des signes de dégradation cellulaire.

— Vous devriez dormir quelques heures, suggéra Ganz. Vous n'avez guère eu le temps de souffler depuis que vous êtes rentré d'Afghanistan.

— Non. Pas la peine. Un café bien serré fera l'affaire.

La porte de la salle d'attente s'ouvrit, livrant passage à un médecin en blouse blanche. Il resta sur le seuil. Son regard trahissait son angoisse.

— Capitaine, dit-il. Nous sommes en train d'en perdre un autre.

Dimanche 23 août

8

Dimanche matin
Aéroport international d'Hartsfield-Jackson
Atlanta, Géorgie

L'avion de Maggie avait décollé à 6 heures du matin. Il se posa à Atlanta un peu avant 8 heures. Moins de deux heures de vol, donc. Pourtant, elle se sentait laminée. Elle haïssait les voyages en avion. Pas à cause des queues à l'aéroport, ni des tracas en tous genres, pas vraiment non plus par peur d'un accident, mais tout simplement parce qu'elle supportait mal l'idée de se sentir coincée à 38 000 pieds au-dessus du sol, enfermée dans une coque de métal, sans le moindre contrôle sur la situation. Charlie Wurth avait réussi à lui obtenir un fauteuil en première classe, mais le confort avait à peine adouci son calvaire.

Il l'attendait devant le tapis roulant des bagages. Il était plutôt petit, mais il la serra contre lui avec tant de force qu'elle suffoqua.

— Doucement ! protesta-t-elle. Que vont penser les gens ?

— Ici, à Atlanta, personne ne songera à s'offusquer d'une embrassade entre un homme noir et une femme blanche, répondit posément Wurth. Mais quand nous roulerons vers le Sud, tu devras te tenir à distance. Le mieux serait même que tu t'installes à l'arrière, comme ça je passerai pour ton chauffeur.

Elle leva les yeux au ciel. Il ne plaisantait qu'à moitié. Il restait dans le Sud des endroits enclavés où un Noir et une Blanche dans une voiture attiraient encore des regards désapprobateurs. Elle ne s'en inquiétait pas. Ils étaient suffisamment soudés pour affronter les médisances.

— C'est tout ? demanda Wurth quand elle lui désigna sa petite valise Pullman.

Elle acquiesça, puis se dirigea vers le bureau des réclamations où elle devait récupérer son arme à feu.

— O'Dell, pour la plupart des femmes, cette valise serait tout juste assez grande pour servir de sac à main, ironisa Wurth.

— Il faut croire que je ne suis pas comme la plupart des femmes, répondit-elle du tac au tac.

— Tu es ce que nous, les hommes, appelons une femme facile à vivre. J'avais entendu parler de cette espèce rare, mais je n'avais jamais eu le plaisir de rencontrer un spécimen en chair et en os.

Elle récupéra son revolver et le pendit à son étui, dans sa ceinture. Puis elle suivit Wurth jusqu'à une berline noire garée à l'extérieur. L'agent de sécurité de l'aéroport qui montait la garde près du véhicule ouvrit le coffre en les voyant arriver, tandis que Charlie hissait la valise.

— Merci, mon petit, lança-t-il par-dessus son épaule à l'agent qui le dépassait d'une bonne tête.

Il fit monter Maggie à l'avant.

— Tu seras bien installée, lui dit-il.

A l'intérieur, le véhicule était d'une propreté irréprochable, à l'exception d'une pile de CD étalés sur la console entre eux.

— J'ignorais que les agences de location proposaient encore des bagnoles aussi luxueuses, s'étonna Maggie.

— Ils n'en proposent plus, en effet, répondit Wurth, qui avait mis le moteur en route et l'air conditionné à fond. Cette voiture est la mienne.

— Tu te rends avec ta propre voiture dans une région qui va être balayée par un ouragan ?

— Ce n'est pas la question, ma chère, fit-il en secouant la tête. Nous allons dans le bon vieux Sud. Je te rappelle que je suis un petit Noir rabougri, et toi une magnifique jeune femme blanche. J'ai préféré utiliser ma voiture et tous les documents qui prouvent qu'elle est en règle et bien à moi, carte grise, permis de conduire, justificatif d'assurance. En plus de mon badge, bien entendu.

Elle éclata de rire, mais Wurth ne riait pas.

— Tu es sérieux, murmura-t-elle.

— On ne peut plus sérieux, répondit-il.

Il enfonça une série de boutons sur le tableau de bord et une douce musique de jazz emplit l'habitacle.

— Comme nous avons près de cinq heures d'autoroute, j'ai pensé qu'on pourrait s'acheter un hamburger et manger en route. Ça nous éviterait de perdre du temps.

— Tout en écoutant du jazz ? Voilà qui serait parfait.

— Pas du tout chichiteuse et *très* facile à vivre, approuva Wurth. Tu me plais de plus en plus.

Elle le laissa manœuvrer pour sortir de l'aéroport, avant d'aborder le vif du sujet.

— Du nouveau, depuis hier soir ?

— Ils ont déjà tout sorti des emballages en plastique, avoua-t-il en lui jetant un coup d'œil par-dessus ses lunettes de soleil. Désolé. J'aurais dû leur dire de ne rien toucher. A ma décharge, je ne suis pas habitué à m'occuper d'un corps en morceaux et incomplet.

— Ne t'inquiète pas. Ils ont dû suivre les procédures.

Elle se garda bien d'ajouter qu'*elle* avait l'habitude des corps morcelés et incomplets. Ce n'était pas le genre de spécialité qu'elle souhaitait revendiquer.

— Il y avait cinq paquets dans la glacière, poursuivit Wurth. Un torse d'homme, un pied, trois mains.

— Gauches ou droits ?

— Pardon ?

— Les mains et le pied.

Il eut un sourire gêné.

— Zut, Dell, je n'ai même pas pensé à leur demander. Vraiment, je suis désolé.

Il secoua la tête.

— Je croyais que mon boulot était plein de finesses qui échappaient aux non-initiés, mais je vois que tu me bats de plusieurs longueurs dans ce domaine.

Maggie ne releva pas.

— Trois mains ? fit-elle d'un air songeur. Ça fait plus d'une victime.

— Tu penses que nous avons découvert les trophées d'un tueur, ou les parties dont il a voulu se débarrasser ?

Maggie haussa les épaules tout en renversant la tête sur le repose-tête en cuir. La clim était parfaitement silencieuse. Un air frais et léger, aussi léger que le jazz qu'ils écoutaient, emplissait doucement l'habitacle.

— Cette glacière était censée flotter, reprit-elle. Et le couvercle n'était pas scellé… On pourrait donc penser que celui qui l'a larguée voulait que les prédateurs marins se chargent de la vider. Pourtant, il avait soigneusement enveloppé ce qu'elle contenait, ce qui contredit cette première hypothèse. Je ne peux pas trancher… J'en saurai peut-être plus quand j'aurai examiné de près les éléments. J'aurai la possibilité de me rendre à l'endroit où l'on a repêché la glacière ?

— On m'a assuré que oui.

— Et d'examiner la glacière ?

— La glacière t'attend. Mais son chargement est déjà entre les mains d'un légiste. Il doit procéder demain à l'examen des échantillons et il tient à ce que tu sois là. Tu ne rencontreras ni résistance ni hostilité. Au pire, un manque de zèle. Avec cet ouragan qui arrive, les forces de l'ordre ont d'autres préoccupations.

— Un ouragan, ça leur paraît plus grave qu'un tueur dans la nature ?

Charlie lui jeta un regard en coin, tout en bifurquant pour entrer sur le parking d'un McDonald's.

— Tu n'as jamais affronté un ouragan, n'est-ce pas ?

— Ça se voit donc tant que ça ?

— Ton tueur a découpé combien de corps ? Six ? Une douzaine en tout ? Isaac a déjà tué soixante-dix-sept personnes en quarante-huit heures. Désolé, O'Dell, mais mon criminel est beaucoup plus dangereux que le tien.

9

Pensacola, Floride

Liz Bailey fouillait dans les placards de la cuisine pour réunir de quoi préparer un petit déjeuner digne de ce nom, tout en dressant mentalement la liste de ce qui manquait. Elle avait quitté la maison paternelle après le lycée. Sa sœur cadette, quant à elle, y était restée jusqu'à son mariage avec Scott. Cela faisait donc deux ans que leur père occupait seul les lieux — rangeant et dérangeant les objets familiers à sa guise.

Liz s'était réinstallée provisoirement chez lui, le temps que le logement qu'on lui avait attribué avec son nouveau poste se libère. Elle avait encore deux mois à attendre… Elle cherchait maintenant le grille-pain et commençait à se demander si elle tiendrait le coup deux mois dans ce capharnaüm.

Elle soupira et alluma la radio pour écouter la météo locale.

« L'ouragan Isaac atteindra l'ouest de Cuba aujourd'hui, annonça le présentateur. Il a dévasté la nuit dernière Grand Caïman, inondant les maisons, arrachant les toits et les arbres. Plus de la moitié des habitations de l'île seraient sinistrées. A l'heure qu'il est, Isaac n'a rien perdu de sa violence, et se classe maintenant dans la catégorie 4. Il se déplace lentement, à une vitesse de 15 km/h, avec des vents atteignant les 220 km/h. Son trajet bifurque légèrement vers le nord-nord-est, ce qui signifie, comme vous l'avez compris, que nous nous trouvons sur son chemin. Il sera chez nous dans la journée de vendredi. Vous pouvez d'ores et déjà commencer à barricader portes et fenêtres et à faire des provisions. Nous conseillons vivement de partir à ceux qui le peuvent. »

— Inutile de s'inquiéter : la météo raconte toujours n'importe quoi ! bougonna le père de Liz en entrant dans la cuisine.

Il était debout depuis une heure, mais il portait encore son pyjama. Il aimait paresser en lisant le journal et en buvant du café à petites gorgées.

Liz dénicha enfin le grille-pain sous l'évier — le dernier endroit où elle aurait pensé le trouver, bien entendu. Elle le brancha sans faire de commentaires. Trish en aurait fait, elle. Elle aurait râlé en expliquant où se rangeait un grille-pain.

— Tu te trompes, papa, rétorqua Liz. Cette fois, les gardes-côtes et le centre d'études des ouragans sont formels : l'ouragan se dirige droit vers le nord de la Floride.

— Il peut changer de route… C'est déjà arrivé, insista son père. A La Nouvelle-Orléans, ils sont tous là, sur le pied de guerre, à attendre. Le journal de ce matin prévoit qu'il va balayer la côte, de Galveston à Tampa, mais partout on ne parle que de La Nouvelle-Orléans, comme si le reste n'existait pas.

— Tu devrais faire des provisions d'essence, aujourd'hui. Et aussi de piles et d'eau potable. Trish et Scott vont venir ici, n'est-ce pas ? Ils ne peuvent pas rester dans la baie.

— J'ai un bac rempli de piles, plusieurs packs d'eau dans le garage, de quoi manger pendant une semaine dans le réfrigérateur

— Il te faudrait un groupe électrogène, pour faire fonctionner tes trois réfrigérateurs en cas de coupure de courant.

— J'en ai trois.

— Dans ce cas, occupe-toi de l'essence. Tu me promets de remplir tes jerricans ?

— Oui, oui, ça va.

— Tu ne remettras pas à demain ?

— J'irai avant le déjeuner. Mais tu ne seras plus là. Ils vous envoient où ?

— A Jacksonville, probablement. A l'abri, de l'autre côté, mais à vol d'oiseau c'est tout près, et nous serons en mesure d'intervenir dès que le vent le permettra. Pour Katrina, ça s'est passé comme ça. On est arrivé si vite que j'ai vu s'éloigner la houle cyclonique. Je pense que ça sera la même chose cette fois.

— Les gars de ton équipe ont dû se prendre d'affection pour toi, fit remarquer son père.

Il se resservit du café tandis qu'elle attendait que le grille-pain crache sa tartine.

— Oui, on s'entend bien. Comme une bande de copains.

Elle faillit ajouter que c'était tout de même plus facile après quelques bières, mais elle se tut. Elle n'avait jamais évoqué avec son père ses difficultés pour se faire accepter en tant que femme dans son métier.

— Il y a un petit article dans le journal, à propos de la glacière que vous avez repêchée hier.

— Vraiment ?

— Oui, en première page. En bas à droite. Je te le mets de côté.

— Dis-moi plutôt ce qu'il raconte.

Elle tartina son pain avec du fromage frais et mordit dedans. Son père lisait le *Pensacola News Journal* avec tant d'application qu'il était capable de restituer, presque mot pour mot, les articles qui l'avaient intéressé.

— Une glacière au contenu suspect repêchée par les gardes-côtes, dit-il, tout en versant de la crème dans son café, par petits jets, comme s'il se rationnait. On ne dit pas de quel contenu il s'agit et on n'évoque absolument pas les parties du corps.

Liz faillit s'étouffer avec sa tartine.

— Comment peux-tu savoir que… ?

— T'inquiète pas, je n'en parlerai à personne, coupa-t-il. C'est le gamin, celui qui s'est gavé de hot-dogs et qui ne tenait pas l'alcool. Tommy, c'est ça ? Sa langue a fourché et il m'a parlé d'un pied. Ensuite il a ajouté que ce n'était pas tout. J'en ai déduit que vous aviez trouvé plusieurs parties d'un corps humain.

Wilson et Ellis étaient des bleus, d'accord, mais tout de même... A quoi servait la formation qu'ils avaient suivie ? Une bourde pareille mettait toute l'équipe en danger ! Ils risquaient d'être mis à pied.

— La semaine dernière, j'ai lu dans ce même journal un article au sujet d'un tueur en série près de Washington qui découpait les gens, poursuivit son père. Un de ces malades qui conservent des parties du corps de leurs victimes en guise de trophées. Votre découverte a peut-être un rapport avec...

— Papa, je n'ai pas le droit de parler de ça et tu le sais, coupa-t-elle.

— Mais nous ne faisons que discuter de ce que j'ai lu dans le journal, protesta-t-il tout en se débattant avec un petit pain qu'il tentait de couper en deux dans le sens de la longueur.

Liz le lui prit gentiment, sépara les deux moitiés et les glissa dans le grille-pain.

— Très bien, fit-elle. Je t'écoute. Raconte-moi ce que tu as lu au sujet de ce tueur en série.

10

Voie inférieure de l'échangeur routier
de la 17e Avenue
Pensacola

Billy Redding était content de sa matinée. Son chariot de courses brinquebalant tintinnabulait déjà de canettes vides. Il les écrasa pour les tasser, jusqu'à ce que ses mains en saignent. Avoir de petites mains était un fléau. Billy s'était persuadé depuis longtemps qu'il avait raté sa vie à cause de ses petites mains. Mais la chance était peut-être en train de tourner. Maintenant qu'il avait aplati une bonne partie de ses canettes, il pouvait en empiler encore une douzaine dans son chariot.

Le samedi soir, les poubelles de la ville se remplissaient de canettes vides. Le truc, c'était de se lever suffisamment tôt le dimanche matin, avant le passage de l'équipe de nettoyage. En vendant ce qu'il venait d'amasser en quelques heures, Billy gagnerait de quoi survivre pendant une semaine.

Il se dirigea vers la voie inférieure de l'échangeur

routier pour cacher son butin. Il n'avait parcouru que la moitié du chemin, mais s'essoufflait déjà, quand il entendit une voiture derrière lui. Il s'écarta pour lui laisser le passage. La voiture ralentit. Billy continua à grimper la colline, en haletant dans l'air humide du matin. Son T-shirt collait à son dos comme une seconde peau. Il détestait cette sensation et portait en plus du T-shirt une chemise à manches longues qu'il ne boutonnait pas — cette deuxième couche était censée l'isoler de l'humidité ambiante, ou du moins en absorber une partie. Peu lui importait d'avoir chaud, du moment qu'il ne se sentait pas trempé. Quand vous étiez mouillés, les insectes restaient coincés dans vos poils. Billy ne s'éloignait que rarement de l'échangeur routier afin de pouvoir s'abriter rapidement sous le pont en cas de pluie.

— Hé, Billy ! appela une voix.

Billy était pressé et il fut tenté de poursuivre son chemin comme s'il n'avait rien entendu. Mais il arrivait que des gens s'arrêtent pour lui donner quelques billets, et il ne put s'empêcher de jeter un coup d'œil par-dessus son épaule.

Merde ! Une voiture de flics !

Il s'arrêta net et bloqua son chariot en coinçant sous l'une des roues arrière la grosse pierre qui lui servait à le caler.

En s'approchant de la voiture, il reconnut celui qu'il avait surnommé le « flic roux ». Parfois, les hommes lui disaient leur nom, mais il ne les retenait pas. Il se montrait toujours poli avec eux. Tant qu'il était correct, eux l'étaient aussi. Donc Billy gardait la tête basse, répondait le plus souvent « oui », et leur donnait du « monsieur ». Une fois, il avait même appelé « monsieur » une femme flic. Il s'était senti tellement gêné qu'il s'était mis à bredouiller des excuses inaudibles. Attendrie, elle lui avait donné cinq dollars, avant de partir en lui assurant que ce n'était pas grave.

— Un ouragan approche, Billy, fit le Flic roux à travers sa vitre baissée.

— Oui monsieur.

— Quand ce sera le moment, j'enverrai quelqu'un te chercher. Il faudra que tu acceptes de te réfugier dans un abri. Tu comprends ça, Billy ? Tu ne pourras pas rester ici.

— Oui, monsieur. Est-ce que je pourrai emporter mon chariot ?

— Pas la peine. On te fournira de la nourriture et tout ce dont tu auras besoin.

Billy garda la tête baissée et donna un coup de pied dans le rebord du trottoir.

— C'est dur à trouver, des chariots comme celui-là, grommela-t-il.

Le flic ne répondit pas tout de suite et, du coin de l'œil, Billy le vit secouer la tête.

— Entendu, Billy. On trouvera une solution. Je dirai aux hommes que tu peux emporter ton chariot.

Billy enveloppa une partie des canettes et les mit à l'abri dans sa cachette, un coin herbeux et désert à quelques mètres de l'échangeur. Il songea qu'il avait encore le temps de retourner dans le parking pour accumuler quelques canettes de plus avant le passage de l'équipe de nettoyage. Il n'échangerait son butin contre de l'argent que le lendemain, au centre de recyclage. Une démarche qui allait lui prendre toute la journée.

A moitié vide, avec les canettes qui glissaient d'un côté à l'autre, son chariot faisait encore plus de bruit. Billy aimait ce cliquetis rythmé qui lui rappelait le son des pièces de monnaie dans la poche de pantalon de son père.

C'est de l'argent pour les glaces ? avait-il coutume de lui demander.

Puis ils éclataient d'un rire complice. Cette phrase apparemment anodine leur permettait de cacher à sa mère qu'ils allaient bientôt pouvoir se payer une bouteille de vodka bon marché.

Billy venait tout juste d'atteindre le parking quand une voiture s'arrêta de nouveau derrière lui. Il s'écarta sagement, mais la voiture avança encore, au ralenti, avant de stopper à sa hauteur.

— Hé ! appela un homme.

Billy continua à marcher, tout en jetant un coup d'œil à la dérobée du côté du véhicule. Il ne s'agissait pas d'une voiture, mais d'une camionnette. L'homme qui la conduisait portait des lunettes noires. Il avait posé son bras sur le rebord de la vitre. Billy remarqua un insigne au niveau de son épaule. Un uniforme… Un genre de flic ? Lui avait-on déjà envoyé quelqu'un pour l'ouragan ? Il leva les yeux vers le ciel bleu et limpide, puis se tourna du côté de la baie. La mer était agitée et les vagues venaient battre les récifs, mais on n'avait pas l'impression qu'un ouragan se préparait.

— Vous devez venir avec moi, fit l'homme. L'ouragan approche, même si ça ne se voit pas.

— Oui, monsieur, on m'a prévenu, répondit sagement Billy. Et on m'a dit aussi que je pourrai emmener mon chariot.

L'homme le contempla quelques secondes d'un air surpris.

— Bien sûr, dit-il enfin. J'ai de la place pour un chariot.

Il descendit de sa camionnette et fit glisser la portière.

— Montez, proposa-t-il à Billy. Je vous passerai le chariot.

Tout en grimpant à l'arrière de la camionnette, Billy se demanda s'il avait déjà vu un flic portant un short kaki et d'élégants mocassins. Ce fut sa dernière pensée avant que la grosse pierre qu'il transportait dans son chariot lui fende le crâne.

11

Base aéronavale de Pensacola, Floride

Benjamin Platt sursauta quand le sol de la salle de bains trembla de nouveau. Et merde. Il s'était encore coupé… Au-dessus de sa tête, les avions et les hélicoptères se succédaient à un rythme infernal. A chaque décollage, les bâtiments tremblaient du sol au plafond. Il était déjà couvert d'égratignures. Il se demanda s'il ne ferait pas mieux de se laisser pousser la barbe.

Aux dernières nouvelles, la météo annonçait que le centre du tourbillon se dirigeait droit sur le nord de la Floride. Isaac n'était pas encore entré dans le golfe du Mexique, mais les responsables de l'armée avaient décidé de ne prendre aucun risque. On avait fait venir des pilotes, des instructeurs, et même des élèves de l'école de pilotage, pour rapatrier la flotte aérienne dans un endroit sûr. De plus, l'amiral insistait pour que l'on déplace les soldats en quarantaine.

La veille au soir, Ben avait quitté Ganz à une heure avancée. Ensuite, obsédé par l'image de ces jeunes soldas sous leurs tentes de plastique, il avait eu du mal à fermer l'œil.

Quand il rejoignit le capitaine Ganz après sa pénible séance de rasage, l'amiral avait déjà appelé. Ganz était perturbé d'avoir encore perdu un patient, mais l'insistance de son supérieur à déplacer les malades avait encore aggravé l'état de ses nerfs. Platt comprit qu'on attendait de lui qu'il apporte des réponses et des solutions. Et vite.

Il fila donc vers le laboratoire où l'on devait pratiquer l'autopsie du dernier soldat décédé, avec la sensation de porter un lourd fardeau sur ses épaules. Il n'avait pas encore eu le temps de jeter un œil aux échantillons de sang. Ganz était pressé. Il voulait des résultats avant le prochain mort et avant l'arrivée de l'ouragan. Platt avait failli lui conseiller de se calmer. Il faudrait sans doute des semaines, voire des mois, avant de trouver l'ébauche d'une explication. Ganz l'avait sollicité en tant que spécialiste en infectiologie : il espérait sans doute qu'il identifierait un virus caché ou une nouvelle souche de bactéries mortelles — et aussi, tant qu'il y était, qu'il découvrirait le moyen de la combattre. Bref, il attendait de lui des miracles. Et d'après ce que Ben avait pu observer depuis son arrivée, il faudrait effectivement un miracle pour répondre à de telles attentes.

Il ne cessait de penser au jeune soldat qui était mort la veille. On lui avait dit qu'il avait vomi un liquide vert avant de sombrer dans le coma. Quand il s'était rendu près de lui, il lui avait trouvé un visage incroyablement apaisé. Il avait gémi une fois, une seule, pendant que son corps luttait pour s'alimenter en oxygène. La cicatrice de son opération n'était ni infectée ni enflée. Il n'avait pas de fièvre, pourtant ses draps trempés indiquaient qu'il avait abondamment transpiré durant les heures précédentes. Il n'avait pas les pupilles dilatées, ni les yeux injectés de sang. Durant sa dernière heure de vie, son cœur avait ralenti et sa tension s'était effondrée. Rien de plus. Il n'avait pas repris conscience avant de mourir. Le virus qui attaquait les cellules de ces jeunes soldats — à supposer qu'il s'agisse d'un virus — était aussi sournois que mortel.

12

Montgomery, Alabama

L'essence déborda du bidon en éclaboussant les chaussures de Maggie. Elle remit la pompe en place d'un geste nerveux.

— Bon sang, Wurth… Tu peux m'expliquer pourquoi le directeur adjoint à la sécurité intérieure des Etats-Unis est censé charger sa voiture de jerricans d'essence ? Tu ne devrais pas plutôt t'occuper de la logistique des camions et des caravanes qui doivent approvisionner les victimes de l'ouragan ?

— Qu'est-ce que tu racontes ? Cette essence, c'est pour moi. Pose donc ce jerrican près des bouteilles d'eau, au lieu de dire des bêtises.

Maggie ôta ses chaussures et les laissa tomber dans le coffre, entre les jerricans et les bouteilles. Elle dut rejoindre son siège pied nu et l'asphalte lui brûla les pieds. Une fois installée sur son siège, elle fit descendre la vitre en dépit de la chaleur. Les odeurs de pots d'échappements lui donnaient déjà mal à la tête et, d'après ses calculs, il leur restait encore trois heures de route.

Wurth se glissa derrière le volant en lui tendant une canette glacée de Pepsi Light — une façon de lui proposer une trêve. Elle accepta avec reconnaissance.

— Tu devrais me remercier : j'ai mis à l'arrière un pack de cannettes dans la glace rien que pour toi ! dit-il. Parce que le temps qu'on arrive à Pensacola, les magasins auront été dévalisés. Quant aux stations-service, celles qui ne seront pas vides seront prises d'assaut. Et il n'y a rien de pire que de rester coincé au beau milieu d'un ouragan parce qu'on n'a pas prévu l'essence pour s'enfuir.

— Je croyais que tu faisais partie de la cavalerie. Ceux qui viennent en renfort quand tout va mal. Pas ceux qui fuient.

Charlie Wurth éclata de rire en secouant la tête.

— Qu'est-ce qui a pu te mettre cette idée en tête, O'Dell ?

— Tu n'as pas pris la peine de m'expliquer pourquoi on t'envoie dans le nord de la Floride alors que tu vis à La Nouvelle-Orléans. La Nouvelle-Orléans se trouve aussi sur le chemin de l'ouragan, non ?

— La Nouvelle-Orléans est sur le chemin de l'ouragan et tous les médias sont tournés vers La Nouvelle-Orléans, répondit Wurth tout en se faufilant sur l'autoroute.

Comme il ne disait plus rien et n'avait visiblement pas l'intention d'aller jusqu'au bout de sa démonstration, Maggie insista.

— Oui, tous les médias sont tournés vers La Nouvelle-Orléans et… ?

— Tu sais mieux que moi comment ça fonctionne. Ça fait plus longtemps que moi que tu te heurtes à la bureaucratie des services fédéraux. Les médias sont à Big Easy. Donc c'est pour le directeur. Pas pour son adjoint.

Bien entendu. Maggie s'étonna de ne pas y avoir pensé plus tôt.

— Ça me rappelle…

Wurth marqua un temps d'arrêt et lui jeta un regard en coin.

— Ça me rappelle que tu ne m'as pas dit non plus comment tu t'es débrouillée pour te trouver dans la ligne de tir de ton patron hier.

— C'est ce que tu as compris ?

— C'est ce qu'il m'a dit.

Kunze ne manquait pas de culot. Pourtant, elle n'aurait pas dû être étonnée qu'il lui fasse porter le chapeau.

— Qu'est-ce qu'il t'a dit exactement ?

— Je ne peux pas te répéter exactement ce qu'il m'a dit, parce qu'il a employé des mots que je me refuse à prononcer devant une dame. Pour résumer, tu n'as rien vu venir et tu es responsable de tout.

— Je n'ai rien vu venir ?

Elle n'en crut pas ses oreilles. Comment Kunze osait-il la blâmer de ne pas avoir anticipé le comportement d'un tueur fou et imprévisible ? Circonstance aggravante, il avait confié ses récriminations à quelqu'un d'extérieur à leur service. Jusqu'où irait-il ? Si ça continuait, il dirait aussi que c'était à cause d'elle qu'il avait appuyé trois fois sur la détente, alors qu'une seule balle aurait suffi. Elle ne pouvait d'ailleurs pas s'empêcher de se demander si la troisième balle, celle qui avait fait exploser le crâne du tueur, n'avait pas été uniquement destinée à la souiller avec des débris de cervelle.

— Il t'a raconté comment ça s'est passé, au moins ? demanda-t-elle.

— J'attends que tu me le racontes, rétorqua Wurth.

— Tu attends ma version, c'est ça ? Pour la comparer à la sienne ?

— Du calme, O'Dell. Je suis de ton côté et tu le sais.

Il leva les mains en signe de reddition, puis les reposa sur le volant.

— Si je croyais un seul des mots qui sortent de la vilaine bouche de Kunze, tu ne serais pas assise dans ma voiture, fit-il remarquer.

— C'est vrai, convint Maggie. Je suis désolée.

— Tu sais quoi ? Peu importe la façon dont ça s'est terminé. Tu as débusqué ce fils de pute et il est hors d'état de nuire. Pas la peine de chercher plus loin. D'après ce que j'ai lu dans les journaux la semaine dernière, il s'amusait à démembrer ses victimes.

Elle attendit la suite. Allait-il prétendre, comme Tully, qu'elle devenait spécialiste des tueurs bouchers qui découpaient leurs victimes ? Il la regarda à la dérobée.

— Donc tu as rendu service à tout le monde, conclut-il.

Maggie se cala dans le grand fauteuil, en glissant un pied sous ses fesses. Elle détourna les yeux vers la vitre en faisant mine de s'absorber dans le paysage, mais elle songeait toujours à ce qui s'était passé la veille. Ils avaient traqué le tueur et localisé — ou plutôt *elle* avait traqué le tueur et localisé sa chambre de tortures, un entrepôt désaffecté sur l'autre rive du Potomac.

L'affaire lui rappela un autre tueur qu'elle avait aidé à retrouver bien des années plus tôt. Elle avait parfois l'inquiétante et désagréable impression que tous les assassins qu'elle avait dû rechercher au cours de sa carrière ne faisaient qu'un. Kunze avait tiré à trois reprises sur celui de la veille. Et après ? Wurth avait raison. Tout ce qui comptait, c'était que ce monstre ne ferait plus souffrir personne. Elle ne s'était pas attendue à ce qu'il rôde dans l'entrepôt, en effet… mais ça, c'était un détail.

Pour découvrir où il se cachait, elle avait dû se mettre dans sa peau, comprendre comment fonctionnait son esprit malade. Ça ne suffisait donc pas ? Kunze ne s'était tout de même pas attendu à ce qu'elle lise en lui comme dans un livre ouvert ! Suivre les méandres compliqués de l'esprit d'un criminel vous faisait parfois frôler la folie. Mieux valait éviter de se pencher trop longtemps au-dessus du gouffre. Mais Kunze rêvait peut-être de la voir tomber au fond, justement ? Peut-être même était-il prêt à lui donner une chiquenaude pour l'aider à basculer. Rien que pour entendre le cri qu'elle pousserait en disparaissant.

13

Pensacola Beach

Liz Bailey vida une seconde cannette de Red Bull. Elle vérifia et revérifia son matériel de vol avant de faire son paquetage. Puis elle passa à l'équipement médical, pour la centième fois, histoire de tuer le temps. Elle s'ennuyait à mourir. C'était éprouvant de rester là à rien faire, tout en sachant qu'il fallait se tenir prêt à affronter le pire.

Au cours de leur réunion du matin, on les avait prévenus qu'ils seraient en état d'alerte toute la semaine. Depuis son poste d'observation, Liz apercevait les vagues qui battaient contre la digue. On avait évacué les surfeurs avant son arrivée. Ils étaient partis en protestant, les yeux luisant d'excitation et de colère. Les vagues qui précédaient un ouragan étant les plus belles, ils supportaient mal d'en être privés. Ils reviendraient, probablement.

Plusieurs hôtels avaient encouragé leurs clients à partir. Pourtant, la plage était toujours remplie de touristes. A part les vagues, rien ne laissait prévoir ce qui se préparait : le ciel était bleu et sans nuages, le soleil chauffait le sable blanc. Une belle journée d'août… Les gens avaient du mal à se résoudre à quitter ce paradis, à renoncer à leurs derniers jours de vacances.

Les coéquipiers de Liz se trouvaient un kilomètre plus loin, à l'héliport. Ils vérifiaient, eux aussi, leur matériel de vol. D'ordinaire, elle appréciait la solitude du poste d'observation, mais aujourd'hui cette solitude aggravait son impatience. On leur avait dit de rester à terre et d'attendre. On leur avait dit aussi que le directeur adjoint à la sécurité intérieure allait bientôt arriver, avec un agent du FBI, pour prendre le relais dans l'affaire de la glacière. Liz songea qu'ils leur feraient perdre du temps en les harcelant de questions. Mais qu'allaient-ils leur demander de nouveau ? Et eux, que pourraient-ils raconter de plus ?

Elle se souvint que son père était au courant pour le pied, et sa gorge se noua. Tommy Ellis était vraiment un crétin. D'ailleurs, ils étaient tous des crétins. Tous les trois. Les trois crétins de son équipe. Et avec elle, ça faisait quatre. Wilson, le chef, avait insisté pour qu'ils ouvrent la glacière, et ça, c'était une première bêtise. Puis Kesnick, quand il s'était rendu compte de ce qu'ils venaient de trouver, n'avait pas eu la présence d'esprit de s'en tenir là. Il avait sorti tous les éléments, les uns après les autres. A part le plus grand, auquel il n'avait pas osé toucher, celui qui ressemblait à un torse. Le plastique qui l'enveloppait était serré, mais on voyait tout de même nettement qu'on avait découpé les membres proprement. Pas en les arrachant. Celui qui avait fait ça savait comment procéder et possédait les outils appropriés.

Liz se demanda si Kesnick avait avoué aux autorités à quel point il avait tripoté les pièces à conviction. De son côté, elle s'était bien gardée de dire un mot. Elle n'avait donc menti que par omission.

Tous ceux qui les avaient interrogés s'étaient uniquement inquiétés de savoir où ils avaient trouvé cette glacière et avec qui ils avaient parlé de son contenu. Du coup, le sujet leur avait paru tabou, au point qu'il avaient évité de l'aborder entre eux quand ils étaient sortis boire et manger leurs hot-dogs. Puis elle avait appris que Tommy Ellis avait tout raconté à son père. Avec qui d'autre en avait-il parlé ?

Elle se méfiait d'avance du directeur adjoint à la sécurité intérieure et de l'agent du FBI qui poseraient probablement des questions précises et pointues — le genre de questions auxquelles on ne pouvait pas répondre de manière évasive. Oseraient-ils les consigner au sol avec l'ouragan qui se préparait ?

Liz en était là de ses réflexions quand elle remarqua une belle voiture noire, une Escalade immatriculée en Louisiane, qui faisait le tour du parking au ralenti. Il y avait de la place, mais elle ne se gara pas et prit la direction de Pensacola Beach Boulevard. Liz la regarda s'éloigner jusqu'à ce qu'elle tourne, probablement en direction de l'hôtel Hilton.

C'étaient eux. Pas de doute. Le type de la sécurité intérieure et l'agent du FBI.

Elle eut une montée d'adrénaline et regretta d'avoir ingurgité un deuxième Red Bull.

14

Comme tous les dimanches matin, Scott Larsen avait assisté à l'office de l'Eglise unifiée du Christ. Ensuite, il avait déposé Trish, sans même prendre le temps de se changer. Ce n'était pas la première fois qu'il filait directement à la maison funéraire après l'office, mais aujourd'hui, elle avait protesté. L'arrivée de l'ouragan la rendait nerveuse.

— On doit se préparer, avait-elle ressassé pendant le trajet. Il faut acheter du contreplaqué pour barricader le patio.

— Isaac n'est même pas encore entré dans le golfe du Mexique ! avait protesté Scott.

Il en avait par-dessus la tête de ces gens qui s'inquiétaient d'un ouragan qui ne viendrait peut-être jamais. De plus, il n'avait pas envie de laisser Joe Black trop longtemps seul dans sa salle d'embaumement. Black était pressé de se mettre au travail. Il avait insisté pour avoir une clé de la maison funéraire, ainsi que le code permettant d'entrer. Scott avait déjà accepté des livraisons pour Black et entreposé au frais quelques échantillons que celui-ci passait chercher avant de livrer une de ses conférences médicales, mais c'était la première fois qu'ils travaillaient vraiment ensemble.

Pendant des mois, Joe lui avait parlé de ses affaires, de son impressionnant réseau de relations, des liens étroits qu'il entretenait avec des médecins et des sociétés fournissant du matériel médical. Il n'avait pas manqué de faire allusion aux sommes rondelettes que cette activité lui rapportait, bien entendu. Aussi Scott s'était-il empressé d'accepter quand il lui avait enfin proposé de participer. Black l'avait déjà grassement payé pour avoir entreposé quelques colis. C'était aussi lui qui lui avait conseillé de se mettre en rapport avec le comté pour contacter des donneurs indigents — des gens dans le besoin et désireux de laisser un peu d'argent à leur famille après leur mort. Il venait de trouver son premier donneur et ça allait lui rapporter un pourboire de cinq cents dollars. Rien que pour accepter d'héberger un corps et pour aider Joe à le préparer. Cinq cents dollars chaque fois qu'un corps passerait par sa salle d'embaumement ! Et tout ça sans pratiquement lever le petit doigt.

Ainsi, il rendrait service à Black en se remplissant les poches. Scott avait du mal à croire à sa chance. En plus, ça venait au bon moment. Trish avait depuis longtemps dépassé le budget prévu pour la maison qu'ils faisaient construire. Elle ignorait qu'il avait renoncé à prendre une assurance contre les ouragans, par mesure d'économie, vu qu'ils payaient déjà une assurance pour celle qu'ils louaient, plus celle de la maison funéraire. Et maintenant, en pleine saison des ouragans, il était trop tard. Il soupira. Il ne lui restait plus qu'à espérer qu'Isaac changerait de route.

Parfois, il avait vraiment l'impression d'être un étranger ici, en Floride. Pas plus tard que la semaine dernière, pendant une messe commémorative, quelqu'un l'avait encore appelé le « Yankee », avant d'ajouter en riant qu'il deviendrait peut-être un jour un « sacré Yankee ».

— C'est quoi un « sacré Yankee » ? avait-il demandé.

— Un Yankee qui s'installe définitivement chez nous.

Dans ce genre de circonstances, Scott se surprenait à se demander pourquoi il n'avait pas insisté pour emmener Trish dans le Michigan. Sans doute s'était-il laissé séduire par la couleur bleu émeraude de la mer et par les plages de sable blanc. Et aussi par Trish en Bikini. Mais Trish ne portait plus de Bikini depuis qu'ils étaient mariés.

Scott était arrivé à la maison funéraire, qu'il dut contourner pour entrer dans le parking. Elle ressemblait à une grande et jolie maison, et son cœur se gonflait de joie et de fierté chaque fois qu'il la voyait. Elle était à lui. A lui et à la banque. Trois salons, une chapelle, une salle d'attente pour les familles, un bureau. La salle d'embaumement et le hangar où il entreposait son matériel se trouvaient dans un bâtiment séparé, derrière le bâtiment principal, et relié à celui-ci par un couloir équipé de l'air conditionné.

Il avait fait rajouter ce couloir parce que c'était de la démence de sortir en costume et cravate, même pour parcourir seulement quelques mètres, au risque de transpirer ou de se faire tremper par les pluies diluviennes qui arrosaient la région. Il tenait à se montrer toujours impeccable devant les clients. Sa maison funéraire était par ailleurs d'une propreté irréprochable.

Les endroits réservés aux clients, les salons comme la salle d'attente, étaient quotidiennement nettoyés et ornés de fleurs fraîches. Les meubles judicieusement choisis et disposés permettaient de circuler et de manœuvrer aisément les cercueils. Scott veillait également à ce que le second bâtiment, celui de la salle d'embaumement et de la chambre froide reste impeccable. Les tables d'embaumement en acier inoxydable et les étagères reluisaient de propreté, tout comme les sols de linoléum blanc et les éviers de porcelaine. Il avait toujours eu droit aux félicitations des inspecteurs des services de l'hygiène.

Scott se gara devant la porte de derrière et chercha des yeux un autre véhicule dans le parking. A chacun de ses séjours à Pensacola, Joe Black conduisait une voiture différente — sans doute possédait-il plusieurs voitures en leasing, ou alors il les louait. La veille, il était arrivé à pied, par la plage, et Scott n'avait pas vu dans quoi il roulait. Mais le parking était vide. Joe Black était peut-être déjà parti. Ou bien il n'était pas encore là.

Scott désactiva le système d'alarme. Il avait déjà

introduit la clé dans la porte quand il entendit un bruit de ferraille provenant de l'arrière du bâtiment. Il fit donc le tour pour voir d'où ça provenait. Putain ! Un vieux chariot coincé entre le tronc d'un magnolia et la poubelle, secoué par le vent.

Merde ! Il détestait qu'on rôde dans sa propriété et encore plus qu'on y dépose des saletés. Il payait suffisamment cher pour le ramassage des ordures.

Tout en continuant à jurer entre ses dents, il regagna la porte de service et entra. Une fois à l'intérieur, il réactiva le système d'alarme.

Scott avait compris depuis longtemps pourquoi il avait choisi de devenir thanatologue, puis, plus tard, de diriger un funérarium. Il n'aimait pas travailler en équipe. Bien sûr, il avait affaire aux familles des défunts, mais c'était facile de traiter avec les gens dans les moments où ils étaient particulièrement vulnérables. On s'en remettait à lui. C'était lui l'expert. Son travail inspirait le respect.

Et ça ne le dérangeait pas de s'occuper des morts. Trish ne cessait de répéter qu'elle trouvait effrayant et écœurant de maquiller des cadavres, de les coiffer, de les habiller. Parfois, il devait peindre la peau ou coudre des orifices qui suintaient. Et puis il y avait les lentilles de plastique qu'il insérait sous les paupières pour éviter que les yeux ne s'ouvrent en plein milieu d'une cérémonie.

Le sang le laissait indifférent. Pour préparer un corps, il fallait le vider de son sang, puis remplir les veines avec un fluide d'embaumement. Bien sûr, on était parfois un peu éclaboussé, mais rien de comparable avec le jet puissant qui s'échappait d'un corps vivant, au cœur vigoureux.

Et pourtant, en dépit de tous les gestes qu'il accomplissait depuis des années — gestes qui en auraient rebuté plus d'un —, Scott fut choqué par ce qu'il découvrit en poussant la porte de sa salle d'embaumement.

Son premier réflexe fut de reculer. Puis il resta là, sur le seuil, les mains contre le mur pour ne pas chanceler.

Une flaque rose inondait le linoléum blanc du sol et s'écoulait lentement le long des travées creusées dans le sol, entre les tables en acier. Un cercueil en carton, pareil à ceux qu'il utilisait pour transporter les corps au crématoire, lui barrait le passage. Il ne contenait pas de corps, mais un tas de vêtements roulés en boule. Sur l'une des tables, il y avait un torse sans tête, sans bras, sans jambes. Sur l'autre était allongé un corps qui, au premier coup d'œil, parut entier à Scott. Mais un examen plus attentif lui permit de voir qu'il lui manquait les genoux et les pieds. Et qu'il avait un trou béant entre les jambes.

Joe Black se tenait debout près du comptoir. Quand il se retourna, Scott découvrit avec horreur qu'il était couvert de sang. Il en avait partout. Sur le devant de sa blouse, sur ses gants en latex, sur les protections qui recouvraient ses chaussures.

— Salut, Scott, lança Joe. Vous arrivez au bon moment. J'aurais justement besoin d'un coup de main.

15

Maggie considéra l'hélicoptère, puis la combinaison de vol orange qu'on lui tendait. Elle s'en voulut ne pas avoir réfléchi avant de demander à se rendre sur la scène du crime. Mais comment aurait-elle pu se douter que cette équipe de gardes-côtes de choc ne se déplaçait pas en bateau ?

De nouveau, elle se tourna vers l'hélicoptère et sentit ses genoux faiblir. Elle avait du mal à supporter de voler dans un simple avion de ligne. Monter dans un hélicoptère lui paraissait au-dessus de ses forces. Elle sentait déjà venir la nausée.

— Ça ne serait pas plus pratique d'y aller en bateau ? demanda-t-elle.

Elle remonta ses lunettes sur son front et croisa les bras, comme si la réponse lui importait peu. Pas question de leur montrer qu'elle avait peur. Un aveu de faiblesse aurait nui à sa crédibilité, et encore plus à son autorité. Surtout avec cette équipe de machos. A part Pete Kesnick, ils étaient tous jeunes, minces et musculeux — y compris la femme, Elizabeth Bailey.

Bailey était la nageuse sauveteuse. Contrairement

aux autres, elle ne portait pas de combinaison de vol. Un peu plus tôt, Maggie l'avait regardée enfiler sa tenue de plongée par-dessus un short blanc et un marcel à l'effigie des gardes-côtes, tenue qui laissait voir ses longues jambes bronzées et ses larges épaules, tout en mettant en valeur ses seins généreux et sa taille fine. Ses cheveux décolorés par le soleil et la mer étaient coupés court, sans doute pour lui permettre d'enfiler plus aisément la capuche en caoutchouc de sa combinaison, ou le casque de vol qu'elle tenait pour l'instant sous son bras.

— Nous sommes une équipe aéronavale de sauvetage. Nous opérons en hélicoptère, répondit Wilson, le pilote et lieutenant.

Il avait dit ça lentement, d'un ton raisonneur, de celui qu'on emploie pour convaincre un enfant. Maggie comprit qu'elle n'aurait pas le choix.

— Ça vous pose un problème ? ajouta-t-il.

Maggie sentait depuis le début que sa présence et celle de Wurth agaçaient prodigieusement Wilson. Elle avait vite compris qu'il était furieux — mais pourquoi, au juste ? L'enquête lui ferait perdre du temps, c'est sûr. Mais il y avait autre chose… Elle s'était d'abord demandé s'il avait des préjugés contre les Noirs, puis s'il en avait après les femmes. La réponse lui était apparue après le départ de Wurth : Wilson continuant à faire la tête, c'était donc sa présence à elle qui l'agaçait. Inutile de le conforter dans ses préjugés machistes en se faisant prier pour monter dans l'hélicoptère.

— Aucun problème, mentit-elle. Je suis confuse de monopoliser votre temps, c'est tout. Vous avez certainement plus important à faire en ce moment.

Wilson acquiesça d'un air satisfait et les deux autres hommes de l'équipe, Kesnick et Ellis, retournèrent à leurs préparatifs. Bailey tendit de nouveau la combinaison orange à Maggie. Leurs regards se croisèrent et, le temps de ce bref échange, Maggie comprit que la jeune femme l'avait démasquée.

Elle prit la combinaison sans un mot et Bailey la retint quelques secondes pour glisser discrètement quelque chose dans la poche avant.

— Ça va secouer, dit-elle en la fixant avec insistance. Je vous conseille de bien vous attacher.

Puis elle l'abandonna pour vaquer à ses occupations. Maggie remarqua qu'elle emportait un sac avec du matériel médical pour les premiers secours. Elle se souvint que les nageurs sauveteurs possédaient un diplôme de secouriste.

Elle ôta ses chaussures en soupirant et se résigna à enfiler l'affreuse combinaison orange. Absorbée par ses préparatifs, l'équipe ne s'occupait plus d'elle. Elle glissa ses doigts dans la poche avant. Sa main se referma sur un petit sachet en plastique. Elle vérifia discrètement ce qu'il contenait : deux gélules rose et blanc dans un petit sachet en plastique.

De la Dramamine ? Du Benadryl ? Ces produits n'auraient sur elle aucun effet, car elle ne souffrait pas du mal des transports, mais elle apprécia le geste. En y regardant de plus près, elle s'aperçut que les gélules contenaient une poudre à base de *Zingiber officinale*. C'était ce qui était inscrit sur l'étiquette, en tout cas.

Elle leva vers Bailey un regard interrogateur, mais la jeune femme grimpait déjà dans l'hélicoptère et lui tournait le dos. La vue des deux hommes qui ajustaient leur casque et enfilaient leurs gants lui donna la nausée. Bientôt son cœur allait s'emballer, puis elle aurait des sueurs froides.

Elle tenta de se rassurer en se disant que les cachets de Bailey contenaient peut-être un nouveau produit que l'on donnait aux rescapés. Puis il lui vint à l'esprit que la jeune femme voulait lui faire une mauvaise blague et cherchait au contraire à la rendre malade, pour lui apprendre à leur casser les pieds. Mais, au point où elle en était, elle n'avait rien à perdre.

Elle ouvrit le sachet, mit discrètement les gélules dans sa bouche et les avala sans même une gorgée d'eau. Puis elle enfila son casque et avança résolument vers l'hélicoptère, en tentant d'ignorer le tremblement de ses genoux.

16

Scott craignit de vomir. Les cadavres, il connaissait. Mais pas comme ça. Pas découpés, en petits morceaux bien alignés, prêts à être rincés et emballés.

— Vous avez l'air surpris, fit remarquer Joe Black en soulevant ses lunettes pour les coincer sur ses cheveux ébouriffés. Qu'est-ce que vous vous attendiez à trouver ?

Scott en déduisit que son malaise se lisait sur son visage et il en fut gêné.

— Malheureusement, désarticuler un corps n'a rien d'agréable, poursuivit Joe Black. C'est un sale boulot.

— Je crois que…, bredouilla Scott. Je… je ne m'attendais pas à ça, non, en effet.

Il balayait la salle du regard, mais il n'arrivait pas à se décider à enjamber le cercueil qui lui barrait le passage. Il était paralysé.

— Vous vous y habituerez, assura Joe Black tout en attrapant ce qui ressemblait à un banal couteau.

Scott ne put retenir une grimace. Black reposa aussitôt le couteau en prenant un air indulgent.

— Je reconnais qu'au début ça fait un drôle d'effet, reprit-il du ton docte d'un maître qui s'adresse à un disciple, mais sans la moindre condescendance. Vous verrez, vous apprendrez sur le tas. Ce n'est pas plus compliqué que de découper une dinde de Noël, ajouta-t-il avec un gentil sourire.

Il se tourna vers le comptoir et saisit une pièce que Scott ne parvint pas à identifier. Il aurait préféré ne pas regarder, pourtant il était hypnotisé par le mouvement des mains de Joe, qui enveloppaient la chose de plastique, encore et encore, dans un geste lent et presque respectueux.

— Pas de gaspillage, reprit Joe, toujours le dos tourné, en passant à la pièce suivante. C'est la moindre des choses quand les gens se montrent généreux au point de vous confier leur corps après leur mort, vous ne trouvez pas ? La chirurgie évolue très vite. Chaque semaine, les praticiens expérimentent une nouvelle technique. Et ils ne pourraient pas le faire sans les éléments que je leur procure.

Scott apprécia le fait que Joe Black ne commente pas sa réaction et qu'il continue comme si de rien n'était, sans se formaliser du fait que son nouvel associé se comportait comme un idiot. Scott eut vaguement honte. Il s'était pourtant documenté sur le sujet et il avait toujours su ce que contenaient les colis que Black faisait livrer chez lui. Mais c'était plus facile quand il se contentait de signer le reçu pour un UPS ou un FedEx, et d'entreposer ensuite un paquet dans sa chambre froide, ou dans l'un de ses congélateurs.

Joe lui avait expliqué dès le début qu'il fournissait des clients pour des conférences médicales, ce qui avait permis à Scott d'accepter avec bonne conscience la rentrée d'argent inespérée que lui apportait leur collaboration. Il était donc malvenu de sa part de faire maintenant le délicat.

Au fond, il s'agissait d'un travail. Comme l'embaumement et la crémation. Juste un peu plus lucratif.

— Votre salle d'embaumement est vraiment bien équipée, approuva Joe en jetant un coup d'œil circulaire autour de lui.

Puis il se mit à découper le torse posé sur la deuxième table.

— Ne vous inquiétez pas, ajouta-t-il. Je nettoierai tout avant de partir. Je laisserai cette pièce aussi scintillante que je l'ai trouvée.

— Oh, je ne m'inquiète pas de ça, s'empressa de répondre Scott.

Il n'avait pas envie que Joe s'imagine que cette nouvelle activité lui posait problème. Aussi décida-t-il de manifester tout l'intérêt qu'il y portait.

— Je suppose que vous avez de nombreuses commandes, demanda-t-il.

— J'en ai tellement, des commandes, qu'il m'est impossible de toutes les honorer, soupira Joe.

Il sortit d'une de ses poches un flacon de Vicks VapoRub, en mit un peu dans une coupelle, puis l'étala sur le torse.

— C'est pour la conservation, commenta-t-il.

— Pour la conservation ? s'étonna Scott.

— Bah... Il s'agit d'une petite ruse de commerçant. Les torses sont très demandés par les sociétés qui fabriquent du matériel médical. Elles s'en servent pour présenter leurs nouveaux outils ou leurs nouvelles techniques. Parfois, leurs chirurgiens travaillent dessus pendant des heures. Vous voyez où je veux en venir... L'odeur...

— Evidemment.

— C'est pour ça que je passe du Vicks VapoRub sur la peau avant de mettre l'échantillon au congélateur. Comme ça, quand on le décongèle, il sent le menthol.

— Je suis impressionné par la simplicité et l'efficacité du procédé.

— Vous aussi, vous avez vos petits trucs, non ? Vous êtes de véritables magiciens quand il s'agit de donner bonne mine à un cadavre. Parfois, les gens paraissent en meilleure santé que lorsqu'ils étaient en vie.

— Il faut bien faire plaisir aux familles... et elles sont exigeantes ! répondit Scott.

Il enchaîna en livrant à Joe Black ses petits secrets. Il lui confia un truc qu'il n'avait jamais dit à personne, pas même à Trish : il lui arrivait de tricher, en ne s'occupant pas des pieds, parce qu'il détestait tripoter les pieds. Il se retrouva bientôt dans la pièce, après avoir enjambé le cercueil sans même s'en rendre compte. Puis il enfila prestement une blouse et se mit à rincer et à envelopper les échantillons, tout en continuant à parler. Il travailla joyeusement, dans la bonne humeur, et fit même rire Joe à plusieurs reprises. Ensuite, quand tout fut fini, il nettoya avec lui la salle d'embaumement. Joe avait l'air ravi et lui donna rendez-vous pour boire quelques verres, un peu plus tard, dans le bar au bord de la plage.

Scott n'avait pas vu passer le temps en compagnie de Joe. Ce fut seulement après son départ qu'il se souvint d'un détail : il ne lui avait pas demandé où il s'était garé. Et il n'avait pas non plus osé l'interroger au sujet du second corps.

17

Du coin de l'œil, Liz vit l'agent Maggie O'Dell agripper de ses mains gantées les sangles de cuir de son fauteuil. Elle affectait un air détendu et l'assaillaient de questions sur la glacière — en hurlant, comme quelqu'un qui a l'habitude de converser dans un hélicoptère — mais Liz n'était pas dupe. O'Dell avait paniqué en découvrant qu'elle devrait monter à bord de l'appareil. Mais elle était montée, malgré tout. Et s'efforçait de surmonter sa terreur.

Ils venaient d'amorcer leur virage au-dessus de l'endroit où ils avaient trouvé la glacière, quand ils reçurent un appel. Un bateau de plaisance avait chaviré. Il s'agissait d'un petit yacht. Il y avait quelqu'un à l'eau.

— Désolé, agent O'Dell, cria Wilson par-dessus le micro de son casque. Nous n'avons pas le temps de vous déposer avant d'intervenir.

Les doigts de l'agent O'Dell se crispèrent un peu plus sur les lanières de cuir. Liz se demanda si elle tiendrait le coup. Elle n'osa pas lui demander si elle avait avalé les gélules qu'elle avait glissées dans la poche de sa combinaison de vol. Il ne fallait pas en espérer des miracles, mais ils lui éviteraient de vomir. Depuis qu'ils avaient quitté la plage, le vent s'était levé dans le golfe. Ici, au large, les vagues étaient hautes. Presque aussi hautes que le taux d'adrénaline de Liz.

Il ne leur fallut que quelques minutes pour repérer le bateau. Liz garda son casque de vol pendant l'approche afin de recevoir les consignes qui présideraient à son intervention.

Le yacht n'avait pas complètement chaviré. Il flottait, battu par les vagues qui avaient déjà détruit une partie du cockpit. Il y avait effectivement un passager à l'eau : ils voyaient une tête, un gilet de sauvetage, un bras qui s'accrochait à un morceau de rambarde à peine rattaché au reste du bateau. Un chien — Liz crut reconnaître un labrador — arpentait nerveusement le pont en luttant contre le roulis et le tangage, les yeux rivés à son maître.

— Sa radio est vraiment fichue ? demanda Kesnick.

— Peu importe, répondit Ellis. De toute façon, là où il est, il n'aurait pas pu l'atteindre.

— On dirait qu'il n'y a qu'un seul passager, fit Wilson.

— On ne peut pas lâcher la nacelle dans l'eau, annonça Kesnick. Le courant le ferait passer sous le bateau.

— Et tu voudrais la lâcher où ? s'énerva Wilson.

Liz jeta un regard à l'agent O'Dell. Elle se demandait probablement pourquoi les gars ne s'adressaient pas à la sauveteuse — puisque c'était elle, et elle seule, qui allait effectuer la manœuvre. Et elle avait raison.

Liz décida de ne plus écouter cette bande de machos et prépara mentalement son approche. Rester à distance de la rambarde. Ne pas peser sur le côté qui penchait pour ne pas faire complètement chavirer la coque. Le bateau se déplaçait dans le courant et quand Wilson se stabiliserait au-dessus, le souffle de l'hélicoptère créerait un tourbillon qui accentuerait le roulis. D'après l'unique appel au secours qu'il avait réussi à transmettre, le rescapé était blessé. S'ils jetaient la nacelle sur le bateau, elle devrait trouver un moyen de hisser l'homme à bord, peut-être sans son aide. Ça n'allait pas être facile.

— Un déploiement direct risque d'être compliqué, fit la voix de Kesnick dans le casque. Il vaut mieux que tu me laisses manier la nacelle depuis l'hélicoptère.

Liz leva les yeux vers lui.

— Tu as compris, Bailey ? insista-t-il. Une fois que tu es en bas, je t'envoie le panier, et tu le bloques pour l'empêcher de passer sous le bateau. Ensuite tu sangles le rescapé, mais c'est moi qui le tire pendant que tu guides le déplacement. Je n'ai pas envie de vous perdre tous les deux sous ce fichu bateau !

Elle acquiesça. Leva le pouce. Souffla longuement. Elle allait ôter son casque, quand la voix de Wilson l'interrompit.

— Une précision, Bailey : nous n'effectuons qu'un seul sauvetage. Sauf si tu trouves quelqu'un d'autre en bas. La nacelle ne remonte qu'une fois, d'accord ?

On n'est pas à La Nouvelle-Orléans après Katrina. Le chien reste. Il attendra un de nos bateaux.

Liz arracha son casque de vol sans un mot, puis glissa ses cheveux sous la capuche de sa combinaison et enfila son casque Seda, en évitant le regard de l'agent O'Dell.

Il ne lui restait plus qu'à réajuster son harnais et à vérifier ses sangles. Elle sentit une soudaine poussée d'adrénaline et fit un effort pour la conserver à un niveau qui la galvaniserait sans la paralyser. Ils pouvaient discuter et analyser la situation tant qu'ils voulaient, une fois suspendue à ce câble, elle serait seule. Et ce serait elle qui poserait le pied sur ce yacht à la dérive, elle qui hisserait le survivant. La réussite de l'opération dépendrait en grande partie d'elle. Son échec aussi.

Elle alla se placer près de la porte de l'hélicoptère. Kesnick chercha son regard pour savoir si elle était prête, en s'attardant un peu plus que de coutume.

— Tu me laisseras t'aider, dit-il. Promis ?

Elle acquiesça et il frappa sa poitrine avec deux doigts. Le signal. Elle leva le pouce en réponse, fit un pas dans le vide, glissa vers le bas, puis attendit que le câble se tende. Mais le vent s'en mêla et elle ne put se stabiliser. Les rafales la balançaient de droite à gauche, le souffle du rotor imposait un mouvement de vrille, mettant sa colonne vertébrale à rude épreuve. Elle se sentit happée dans un tourbillon.

Tout se brouilla autour d'elle. Elle s'agrippa au câble en fermant les yeux, elle croisa ses chevilles, elle rentra son menton dans sa poitrine pour ne pas risquer l'étranglement, elle se raidit autant qu'elle le pouvait.

Elle fit scrupuleusement tout ce qu'on lui avait appris, mais ça ne servit à rien.

18

Maggie vit Bailey sauter hors de l'hélicoptère, puis Kesnick, le mécanicien de vol, plonger tête la première vers la porte, comme s'il était attaché à la sauveteuse.

Elle réagit aussitôt, n'écoutant que son instinct, en se libérant de ses sangles — et en pestant contre ses gants, qui ralentissaient ses mouvements. Puis elle attrapa la ceinture de sécurité de Kesnick qui était toujours attachée à l'hélicoptère et s'en servit pour se mettre debout.

Elle entendit Wilson et Ellis, qui se demandaient ce qui se passait, mais elle leur tournait le dos et ne perdit pas de temps à le leur expliquer. En pesant de tout son poids sur la ceinture de Kesnick, elle parvint à le tirer à l'intérieur. Elle comprit alors que le câble s'était accroché à son casque de vol, l'entraînant hors de l'appareil chaque fois qu'elle tentait de l'y ramener.

Il fallait le décrocher, et vite ! Mais comment ? Son regard suivit le câble jusqu'au crochet fixé au-dessus de la porte de l'hélicoptère. Impossible de l'atteindre.

Elle se jeta sur le casque et se débattit avec l'attache qui le fixait sous le menton de Kesnick, en essayant de se rappeler comment on s'y prenait pour la défaire.

Wilson et Ellis hurlaient sans discontinuer, aboyant des ordres contradictoires. Puis l'hélicoptère changea de cap et s'inclina sur le côté, entraînant Kesnick à l'intérieur. Par chance, Maggie avait réussi à lui ôter son casque, ce qui atténua la violence de l'impact.

L'hélicoptère se balança de nouveau, dans l'autre sens, cette fois. Maggie eut tout juste le temps d'agripper une sangle de cuir. L'un de ses pieds glissa dans le vide. Elle entendit Wilson lâcher un chapelet de jurons. Enfin, l'appareil se stabilisa à l'horizontale.

Kesnick était déjà en train de se relever.

— Ça va ? lui hurla Ellis.

Mais, sans son casque, Kesnick ne pouvait ni l'entendre ni lui répondre. Il se précipita vers la porte, tout en rajustant sa ceinture de sécurité toujours attachée à la longe du sol. Il se pencha au-dehors pour s'assurer que Bailey était toujours là. Maggie le vit manipuler le câble pour le libérer du crochet auquel il s'était malencontreusement arrimé. Il y parvint.

— Et la nageuse ? hurla de nouveau Ellis.

Son cri se perdit dans le vent et le bruit assourdissant du rotor.

Maggie s'agrippa un peu plus à la sangle de cuir, se hissa lentement sur ses jambes, tendit le bras pour saisir le casque de Bailey, tapota l'épaule de Kesnick.

Surpris, il tourna la tête. Puis il vit le casque qu'elle lui tendait et l'enfila en ajustant le micro.

— Bailey est prise dans un vent de travers, dit-il. Elle est partie en vrille.

— Merde ! beugla Wilson.

— Je vais la remonter, fit Kesnick en se campant solidement sur ses jambes.

Il ne lui fallut que quelques secondes pour la hisser à l'intérieur de l'appareil.

Maggie ôta son casque pour le donner à Liz, avant de se laisser de nouveau glisser sur le plancher de l'appareil, toujours agrippée à la sangle. Elle remarqua que ses mains tremblaient. A présent, elle n'entendait plus rien de l'échange de l'équipage. Elle ne voulait rien entendre, d'ailleurs. Tout juste remarqua-t-elle le calme impressionnant dont faisaient preuve Kesnick et Bailey. Ils venaient pourtant de frôler la mort, non ?

Quelques minutes plus tard, Liz rendit son casque à Maggie pour remettre son Seda. Maggie croisa son regard : elle n'y lut ni peur ni hésitation.

Ensuite, Bailey alla s'accroupir près de la porte et attendit le signal de Kesnick. Puis elle leva un pouce et, sous les yeux incrédules de Maggie, elle sauta de nouveau.

19

Debout devant la table d'autopsie, Ben lisait la fiche du soldat étendu sous ses yeux. Il baissa les yeux vers son visage aux traits juvéniles. Le jeune homme n'avait que dix-neuf ans, et paraissait plus jeune encore. Sans uniforme, son cadavre grisâtre paraissait petit et vulnérable — impression qu'accentuait la prothèse de sa jambe. Platt sentit son cœur se serrer en songeant que ce gamin n'avait survécu à ses blessures de guerre que pour succomber à une mystérieuse maladie une fois revenu chez lui.

Platt scrutait encore les données du graphique médical, quand il s'aperçut que le médecin légiste de la base l'attendait pour commencer. Le Dr Anslo avait haussé ses fins sourcils — des sourcils presque inexistants et que l'on remarquait uniquement parce qu'il se rasait de près le crâne et le visage —, et tenait ses mains gantées en l'air, pour montrer qu'il était prêt. Il paraissait prodigieusement agacé et ne cherchait pas à le dissimuler.

Platt se dépêcha de lire le nom du jeune homme : Ronald William Towers. *Ronnie.* Il avait envie de pouvoir s'adresser mentalement à lui en l'appelant par son nom. Cela lui semblait la moindre des choses. Ronnie Towers avait bien mérité ce modeste geste de respect.

— On peut y aller, dit-il enfin.

Les autopsies avaient toujours heurté la sensibilité de Platt. De plus, il rentrait tout juste d'Afghanistan, où il avait pu voir de jeunes gars comme Ronnie affronter les pires horreurs. Chaque fois qu'il se rendait sur le terrain, il se rappelait pourquoi il avait choisi de travailler dans des laboratoires avec des fioles, des tubes à essais et des lamelles de microscopes, plutôt que dans une salle d'opération.

— J'aurais besoin d'un échantillon de son sang, dit-il.

Anslo se contenta d'acquiescer d'un hochement de tête. Il ne lui fit pas remarquer qu'il s'en serait douté.

— Et de peau, ajouta Platt.

— Très bien, répondit Anslo en se dandinant, comme quelqu'un qui s'impatiente.

Il gardait les mains levées, attendant visiblement des instructions plus précises de sa part.

— Vous voulez bien commencer par la zone opérée ? demanda Platt.

Son confrère poussa un long soupir.

— Si vous me disiez ce que vous cherchez, je pourrais peut-être me rendre utile, murmura-t-il.

— Je ne sais pas ce que je cherche, avoua Platt.

— Vous ne le savez pas ? insista Anslo.

— Non. Je ne le sais pas, répéta Platt en évitant son regard.

Depuis son arrivée à la base, il avait consulté les dossiers des soldats pour tenter d'en extraire un point commun. Il n'en avait trouvé qu'un : ils avaient tous souffert de fractures ouvertes et leurs os étaient restés exposés à l'air.

Le Dr Anslo ôta la prothèse de Ronnie et la mit de côté. Puis il commença à inciser, juste au-dessous du genou.

— A première vue, tout me paraît normal, commenta-t-il sans lever les yeux vers Platt. Si vous cherchez une infection, ce n'est pas ici que vous la trouverez.

Le Dr Anslo ne se trompait pas. Platt avait vaguement espéré trouver une infection par le MRSA, une souche particulière de staphylocoque doré résistant à la méticilline et pouvant provoquer une ostéomyélite. Pourtant le capitaine Ganz lui avait assuré qu'il disposait depuis peu d'un cocktail d'antibiotiques capable de détruire le MRSA. En Irak, Platt avait eu l'occasion d'examiner un os atteint d'ostéomyélite : c'était moche, mais ça ne mettait pas en jeu le pronostic vital.

Il se demanda s'ils avaient affaire à un agent pathogène de la même famille, une bactérie résistante aux antibiotiques classiques, qui se réfugierait dans les cellules en attendant qu'un élément la réactive. Et si, dans certaines conditions, associant des facteurs aggravants comme une fracture ouverte, une blessure profonde, une longue exposition de l'os à l'air, l'ostéomyélite se transformait en maladie mortelle ? Platt avait déjà observé des cas graves d'ostéomyélite. Mais jamais sous la forme d'une maladie sournoise et invisible, sans symptômes initiaux.

Il se rendit compte que le Dr Anslo le fixait de nouveau avec impatience.

— Poursuivez en reprenant la procédure habituelle, lui dit-il.

Le Dr Anslo allait pratiquer une incision au niveau du torse de Ronnie Tower, quand Ben intervint de nouveau.

— Ça vous ennuierait que je la garde pendant vingt-quatre heures ? fit-il en montrant la prothèse de Ronnie.

— Vous voulez prendre sa jambe artificielle ?

Cette fois, Anslo n'eut pas besoin de ses sourcils pour manifester sa désapprobation. Le ton de sa voix avait suffi.

Platt ne jugea pas utile de se justifier.

— C'est exact, dit-il. Vous seriez d'accord ?

— Je demanderai à mon assistant de vous faire remplir une décharge. Puis-je poursuivre, à présent ? ajouta-t-il en pointant le menton vers ses mains, qui étaient restées suspendues au-dessus du torse du jeune homme.

Platt fit signe que oui et continua à l'observer en silence. Inciser du tissu vivant lui paraissait un geste utile et destiné à sauver une vie, mais découper de la peau morte lui faisait l'effet d'un inutile saccage. Il ne put retenir une grimace de dégoût, et fut soulagé qu'Anslo soit trop occupé pour la remarquer.

20

Liz était de nouveau dopée à l'adrénaline. Le vent continuait à la ballotter de droite à gauche, et Kesnick dut s'y reprendre à trois fois pour la présenter au-dessus du bateau. A la première tentative, une rafale l'avait poussée trop loin et elle n'avait fait que survoler le pont. A la deuxième, ses pieds avaient effleurés la rambarde, mais une grosse vague s'était abattue sur l'embarcation en la déplaçant de plusieurs mètres. Durant toutes ces manœuvres, Liz avait gardé les yeux rivés sur le chien. Elle craignait qu'il ne l'attaque pour protéger son maître, mais il se contentait de l'observer sans bouger.

Enfin, au troisième essai, une vague s'éleva et souleva le bateau vers elle. Elle gigota et se démena jusqu'à ce que ses pieds touchent la rambarde, en priant pour ne pas trébucher quand elle sentit que Kesnick relâchait le câble au-dessus d'elle. Puis elle n'eut plus qu'à se laisser glisser sur le pont incliné.

Le chien ne remua pas d'un pouce : il resta tourné vers son maître, le museau au ras de l'eau. Il paraissait inoffensif. Pourtant, en dépit du hurlement du vent et du fracas des vagues, Liz crut entendre un grognement sourd. Ce fut à ce moment-là qu'elle remarqua un autre chien, réfugié dans le cockpit, et qu'on ne pouvait pas voir depuis l'hélicoptère. Il semblait plus lourd que le premier, mais son poids ne déséquilibrait pas le bateau puisqu'il arpentait la cabine de long en large sans faire basculer l'embarcation.

Liz se retint de jeter un regard vers le haut. Chaque chose en son temps. Ses coéquipiers apprendraient bien assez tôt qu'elle avait un petit imprévu.

Kesnick détendit le câble pour la laisser manœuvrer. Elle savait que son poids risquait de faire chavirer la coque et rampa avec précaution vers le rescapé. Il ne bougeait pas, lui non plus, mais en s'approchant, elle put constater qu'il était conscient et surveillait sa progression.

Il était toujours agrippé à la rambarde, mais son bras formait un angle inhabituel avec le reste de son corps. Liz comprit qu'il s'était probablement cassé le bras au moment où il était passé par-dessus bord, et que son membre brisé était resté accroché à la rambarde. Aussi douloureuse soit-elle, cette position l'avait maintenu hors de l'eau, au niveau de la taille. Mais il était tout de même à la merci des vagues qui plaquaient ses jambes contre la coque.

Quand elle put se pencher sans risque, elle attrapa la bouée de sauvetage et tira doucement l'homme vers elle. Il grimaça de douleur. Impossible de procéder autrement, hélas. Il faudrait bien lui passer le harnais sous les bras pour le hisser dans la nacelle ! Elle saisit un câble accroché à sa ceinture et entreprit de le lui enrouler autour de la taille. Au moins, comme ça, si le bateau se renversait, il ne resterait pas coincé sous la coque.

Puis elle agita la main vers l'hélicoptère, pour demander à ce qu'on lui envoie la nacelle. Avec ce vent tourbillonnant, le réceptionner représenterait un nouveau défi, d'autant que Kesnick ne pourrait pas le jeter à l'eau. Il devrait viser le pont, puis le stabiliser à l'aide du câble pour qu'il ne pèse pas sur le bateau.

Il dut, là encore, s'y reprendre à plusieurs fois.

— Je ne quitte pas ce bateau sans mes chiens, fit l'homme quand Liz voulut l'installer dans le panier.

— Le pilote m'a demandé de laisser les chiens. Un bateau viendra les chercher.

Il la repoussa, tout en grimaçant une fois de plus de douleur.

— Dans ce cas, j'attendrai avec eux, décréta-t-il.

De nouveau, Liz évita de lever les yeux vers l'hélicoptère. Kesnick avait-il vu le rescapé se débattre ? Même si c'était le cas, il penserait sans doute qu'elle lui avait fait mal.

— Ils mordent, vos chiens ? demanda-t-elle.

Il se tut, l'air penaud.

— Monsieur, il va falloir me faire confiance, dit-elle.

— Il n'a mordu qu'une fois et c'était pour me défendre !

— Vous parlez de celui-ci ? reprit-elle en tournant la tête vers le chien qui montait la garde sur le pont.

— Oui. Il s'appelle Benny.

— Et l'autre ?

— Il n'est pas encore adulte, fit-il avec un sourire indulgent.

Puis il redevint grave.

— Je ne leur ai pas acheté de gilets de sauvetage, avoua-t-il. Tout ça pour économiser quelques dollars. Quand j'y pense…

Il secoua la tête. Il paraissait rongé par le remords.

— Vous ne pouvez pas les laisser ici, supplia-t-il. Je vous en prie !

Il devait avoir un peu plus de la quarantaine et il était de petit gabarit — grâce à Dieu. Elle avait déjà deviné qu'il pratiquait la pêche en amateur et elle aurait pu parier qu'il venait tout juste de s'offrir ce bateau — une folie pour son budget, puisqu'il avait ensuite mégoté sur les gilets de sauvetage. Cette folie avait failli lui coûter la vie. Et elle risquait maintenant de compromettre la carrière d'une sauveteuse au cœur trop tendre.

21

Maggie glissa lentement vers la porte, de façon à suivre l'approche de Bailey. Les gélules rose et blanc étaient manifestement efficaces, puisqu'elle n'avait pas mal au cœur. Mais son estomac descendait en piqué chaque fois que Bailey se balançait au-dessus du bateau. La jeune femme était reliée à l'hélicoptère par un câble, mais, vues d'en haut, chacune de ses tentatives pour atteindre le pont lui faisait l'effet d'une dangereuse acrobatie.

Kesnick commentait les manœuvres de la sauveteuse aux deux autres membres de l'équipage.

— On dirait qu'il y a un problème, fit-il au moment où Bailey présentait la nacelle au naufragé. Le type refuse de monter.

— Oh ! elle en viendra à bout. D'après ce qu'on m'a raconté, elle s'en est très bien sortie avec la bande de cinglés de l'ouragan Katrina, ricana Ellis.

— C'est-à-dire ? demanda Wilson.

— Tu sais bien comment ça s'est passé, là-bas. Les hélicoptères survolaient des quartiers entiers bloqués par les eaux. Quand le sauveteur descendait, il se trouvait assailli par une foule qui exigeait d'être secourue. Dans le tas, il y avait des types pas corrects. Bailey a dû leur faire entendre que les blessés, les femmes et les enfants étaient prioritaires. Certains ne réagissaient pas très bien.

— Et alors ?

— Elle a su trouver les mots pour les convaincre.

— Mouais.

Maggie jeta un regard surpris à Wilson. Pourquoi répugnait-il à manifester son admiration ?

— Elle le fait monter, annonça Kesnick.

— Génial, fit Ellis en donnant un coup de poing dans le vide.

— Il était temps, grommela Wilson. Hisse-le.

— Elle ne m'a pas encore donné le signal.

Quelques minutes s'écoulèrent. Puis Maggie comprit ce que Bailey mijotait, en même temps que Kesnick. Celui-ci jeta un coup d'œil à la dérobée du côté de leur pilote, comme s'il cherchait un moyen de lui cacher ce qui se tramait en bas.

— Elle en est où ? demanda Wilson.

Kesnick ne répondit pas.

— Kesnick, qu'est-ce qui se passe ?

— Je crois qu'elle va remonter le chien en même temps que le naufragé.

— Pas question ! tonna Wilson.

Il avait sursauté de rage, faisant brusquement pencher l'hélicoptère vers la droite.

— Elle met le chien dans les bras du type, insista posément Kesnick.

— Tu plaisantes ! gueula Ellis.

Mais Maggie eut la sensation qu'il jubilait.

— Je lui avais pourtant dit de laisser tomber le chien, s'énerva de nouveau Wilson.

Liz fit signe à Kesnick, qui se mit aussitôt en devoir de remonter la nacelle. Maggie, elle, observa la sauveteuse. Pourquoi retraversait-elle le pont ? Etonnée, elle la vit s'engouffrer sous ce qu'il restait du cockpit.

Kesnick effectua la dernière manœuvre pour réceptionner la nacelle, qu'il fit glisser dans l'hélicoptère. Il n'avait pas quitté des yeux l'homme et son animal… Maggie comprit qu'il n'avait pas encore vu le second chien, que Bailey avait tiré au milieu du pont. Elle le prenait à présent dans ses bras et passait un harnais sous son flanc pour l'attacher à elle.

— Merde ! s'exclama Kesnick en attrapant le treuil.

— Qu'est-ce qui se passe, encore ? demanda Wilson.

Le regard de Maggie alla de Wilson à Kesnick. Le rescapé s'était calé contre les parois de l'hélicoptère en tenant l'un de ses bras en écharpe. Collé à lui, son chien lui léchait la main. Maggie fut soulagée qu'il ne puisse pas entendre l'échange de propos entre Kesnick et Wilson.

— Il y a un autre chien, admit enfin Kesnick.

— J'espère qu'elle ne projette pas de le remonter aussi, commenta Wilson.

— Je crains que si.

— Ne hisse pas le treuil, ordonna Wilson. Laisse ce chien en bas !

— Elle l'a sanglé avec elle, fit remarquer Kesnick.

— Saloperie... Dans ce cas, laisse-la en bas. Tu ne la remontes pas tant qu'elle n'a pas lâché cet animal !

Maggie tenta de sonder le visage de Kesnick — du moins sa partie inférieure, celle qui dépassait de la visière. Il lui sembla qu'il retenait un sourire. Et ce que Wilson ne pouvait ni savoir ni voir, c'était que Kesnick lui avait déjà désobéi : Bailey était en train de remonter vers l'hélicoptère, le chien plaqué contre sa poitrine.

22

Quand Walter Bailey ouvrit enfin les vitres de sa fourgonnette, joliment baptisée « la Cantine de Coney Island », la matinée était déjà bien avancée. Comme il l'avait promis à Liz, il s'était approvisionné en essence dès qu'il avait quitté la maison. Il avait même rempli un bidon de cinq gallons pour Trish, son autre fille — bidon qu'elle avait accepté avec reconnaissance, puisque Scott n'avait rien préparé pour affronter l'ouragan, bien entendu. Trish avait pris la défense de son époux, comme toujours.

— Il vient du Michigan, papa. Il ne sait pas ce que c'est qu'un ouragan.

— Il ne va pas tarder à le savoir, avait maugréé Walter. Ça lui remettra les idées en place.

Walter ne souhaitait pas de mal à Scott, mais il était furieux que ce crétin laisse Trish se débrouiller seule. Comment avait-il osé « filer au travail », comme elle disait, alors qu'un ouragan allait s'abattre sur la ville ? La place d'un mari n'était-elle pas auprès de son épouse dans de telles circonstances ? Au fond, il n'avait guère d'estime pour Scott Larsen, et s'en cachait de moins en moins. Tout le monde le considérait pourtant comme un jeune mari charmant, dévoué et travailleur… mais Walter refusait de se laisser séduire. La profession de Scott lui déplaisait. Pour lui, les thanatopracteurs, thanatologues et autres n'étaient que des représentants de commerce mieux habillés que la moyenne.

Quand Walter était arrivé à Pensacola Beach, le vent s'était déjà levé et de nombreux surfeurs profitaient des vagues. Le soleil cognait dur, il n'y avait pas d'autre mot. Pas une ombre sur la plage, pas un coin de fraîcheur où se réfugier.

Le temps qu'il prépare ses premiers hot-dogs, une queue s'était formée devant le fourgon. Walter ne s'en inquiéta pas. Il aimait discuter et savait faire patienter les clients affamés — même sous un soleil de plomb. Il avait le don de les faire rire en leur racontant ses souvenirs. Sa carrière de commandant de vaisseau dans l'US Navy lui avait appris à communiquer avec les gens, et à les convaincre que ce qui était important pour lui l'était aussi pour eux. Ceux qui lui achetaient un hot-dog et un Coca lui donnaient de l'argent, certes, mais ils étaient aussi sommés d'écouter les récits de son enfance.

Au fond, il avait un petit côté commerçant. C'était peut-être pour ça qu'il le supportait si mal chez Scott, d'ailleurs.

Il parvint quand même à servir tout le monde. Bientôt, il ne resta plus devant lui qu'un jeune type — c'est-à-dire, pour Walter, un type qui n'avait pas plus de trente ans. Il était d'aspect soigné, avec des cheveux coupés court. Il portait un large bermuda kaki et un polo mauve — Emilie, sa défunte épouse, aurait sûrement corrigé, et prétendu qu'il était « lavande » —, avec des mocassins Sperry. Walter avait toujours suivi les conseils de sa femme en matière vestimentaire. Quand on avait porté l'uniforme pendant trente-cinq ans, on ignorait qui était Ralph Lauren. Mais Emilie lui avait appris à reconnaître les grands noms de la mode. Il identifia tout de suite le logo sur le polo. Il remarqua aussi d'autres détails, comme la Rollex en or et les lunettes Ray Ban. Le type n'était sûrement pas un touriste, plutôt un homme d'affaires. Walter supposa qu'il ne venait pas d'un bateau, même s'il avait vu des touristes encore plus élégants descendre de certains yachts ancrés dans la marina. De nos jours, certains se croyaient obligés de s'habiller chic pour pratiquer leurs loisirs.

— Qu'est-ce que vous mettez dans vos hot-dogs ? demanda l'homme.

— Ce que vous voulez, répondit Walter.

— Des poivrons verts, c'est possible ?

— Bien sûr. Des poivrons verts, du chou, des oignons.

Walter eut l'impression d'avoir déjà vu ce type, mais il aurait été bien incapable de dire où.

— Un peu de tout. Avec de la moutarde, du poivre, du sel. Je vois que votre fourgon s'appelle la Cantine de Coney Island. Vous êtes originaire de New York ?

— Non. De Pennsylvanie. Mais mon père m'emmenait régulièrement en vacances à Coney Island quand j'étais petit. J'y ai passé les plus beaux moments de ma vie. Vous connaissez Coney Island ?

— Non. Mais mon père m'en parlait beaucoup… Vous êtes d'où exactement, en Pennsylvanie ?

— D'Upper Darby.

— Incroyable. C'est vrai ?

Walter allait piquer sa fourchette dans un morceau de chou. Il suspendit son geste pour regarder le type.

— Vous connaissez ?

— Mon père a grandi à Philadelphie. Il connaissait bien Upper Darby.

— C'est vrai ?

Walter en était maintenant à envelopper le hot-dog dans une serviette. Il le posa dans une assiette en papier et le tendit à ce client si sympathique.

— Je le connais peut-être, votre père, dit-il. Il était où, au lycée ?

— Je n'en sais trop rien. Il est mort il y a quelques années d'un cancer. Il s'appelait Phillip Norris. Il n'a pas vécu à Philadelphie toute sa vie. Il s'est engagé dans les marines.

— Je suis retraité du corps des marines, fit Walter en pointant son pouce vers sa poitrine.

— Sans blagues ?

L'homme mordit prudemment dans son hot-dog, puis acquiesça en souriant.

— Il est délicieux, dit-il.

— Cent pour cent bœuf.

— Hé ! M. B., fit un gamin tout maigrichon.

— Danny, mon garçon. Je te sers la même chose que d'habitude ?

— Oui, monsieur.

— Danny est un sacré dégourdi, fit Walter, qui aimait créer des liens entre ses clients.

— C'est vrai ?

— Il travaille dans l'équipe de nettoyage de la plage, et il habite dans sa voiture pour économiser un loyer.

— Et surtout, je fais du surf, ajouta Danny.

— Ah, oui ! pour ça, c'est un passionné ! Sa planche de surf a coûté plus cher que sa voiture.

Danny haussa les épaules en souriant. Walter savait que le gamin appréciait l'attention qu'il lui accordait. Il ignorait ce qui l'avait vraiment amené ici et se demandait parfois s'il n'avait pas fugué. Danny ne paraissait pas plus de quinze ans, mais Walter avait vu son permis de conduire sur lequel il était mentionné qu'il en avait dix-huit et qu'il venait du Kansas. Peut-être n'était-il à Pensacola que pour le surf, comme il l'assurait.

Danny était sérieux, et il avait bien organisé sa petite vie. Le soir, il aidait jusqu'à 23 heures l'équipe de nettoyage, puis il allait se coucher dans sa voiture. Il se levait tous les matins pour surfer, il utilisait les douches de la plage, les toilettes publiques de la jetée, il se nourrissait de hot-dogs à la moutarde, aux oignons et au chou, il faisait le plein de sucre en buvant du Coca. Après tout, c'était un choix que la passion du surf pouvait suffire à justifier.

Walter servit à Danny son hot-dog et un Coca géant, puis accepta les deux dollars que celui-ci lui donna en échange. Ce hot dog était l'unique repas chaud de Danny, aussi Walter lui faisait-il un prix. Ils s'étaient mis d'accord là-dessus depuis longtemps.

Un groupe d'étudiants venait d'arriver en chahutant gaiement.

Tout en tendant un billet de dix dollars à Walter, l'homme au bermuda kaki suivit des yeux Danny, qui partit s'installer dans sa vieille Impala rouge. Le gamin lui rappelait sa jeunesse, sans doute.

— Je vous l'offre, déclara Walter en tendant le hot dog à son client.

— Je ne peux pas accepter, protesta ce dernier.

Il paraissait abasourdi, comme si c'était la première fois qu'un commerçant lui faisait un cadeau.

— De plus, j'ai largement les moyens de m'offrir un hot dog, ajouta-t-il en tournant de nouveau la tête vers l'Impala de Danny.

— Je m'en doute. Revenez demain pour m'en prendre un autre. Celui-là, je tiens à vous l'offrir. En mémoire de votre père, qui a servi dans la marine, comme moi. A présent, allez donc profiter de la plage. J'ai des clients à servir.

Norris fit un pas sur le côté en jetant un œil au groupe qui attendait derrière lui. Il avait conservé son billet à la main, comme s'il ne savait qu'en faire. Walter se demanda s'il l'avait vexé et craignit qu'il n'insiste pour payer.

Son nom ne lui disait rien, mais sa tête lui rappelait vraiment quelqu'un… Il aurait bien voulu savoir qui. Il s'apprêtait à lui demander dans quelle unité avait servi son père, quand il s'aperçut que le type avait déjà disparu.

23

Scott Larsen décida de laisser sonner son téléphone portable. Il s'agissait probablement d'une famille endeuillée qui appelait pour l'enquiquiner. Ou bien de Trish. Mais à Trish non plus, il n'avait pas envie de parler. Il jeta un rapide coup d'œil au numéro qui s'affichait sur l'écran. En effet, c'était Trish. Elle n'appréciait pas qu'il sorte en ce moment. Même si elle savait que c'était pour ses affaires. Elle était complètement perturbée à cause de cet ouragan. Et lui, il commençait à en avoir assez de ces gens qui se démenaient pour un ouragan hypothétique. Le ciel était bleu et sans nuages… A quoi bon s'inquiéter ?

Trish appelait sans doute pour le sermonner. Et lui redire qu'il ne prenait aucune précaution… alors que son cher beau-père, lui, avait fait tout le nécessaire ! Il se rembrunit. Il en avait par-dessus la tête de ses sermons.

— Papa nous a apporté des bidons d'essence, lui avait-elle annoncé un peu plus tôt.

— Eh bien ! Il a dû claquer l'équivalent de ce qu'il gagne en une semaine avec ses hot dogs.

— Tu es grossier. C'était gentil de sa part. Il voulait nous rendre service.

— Et prendre soin de sa petite chérie.

— S'il songe à prendre soin de moi, c'est qu'il juge que mon mari ne fait pas ce qu'il faudrait.

— Ton mari est occupé à gagner de quoi vivre. De quoi payer nos factures.

— Si l'ouragan nous tombe dessus, le problème des factures te paraîtra secondaire.

Et là, elle avait éclaté en sanglots. Du coup, il était passé en mode « consolation », comme il le faisait avec ses clients. Il l'avait prise par l'épaule et avait utilisé la combinaison « tapotements affectueux » plus « murmures réconfortants ».

Elle avait cessé de pleurer et s'était remise à parler — sans colère, cette fois.

— Nous n'avons plus qu'à espérer que notre assurance couvre bien tous les dommages ! avait-elle conclu.

La remarque avait glacé Scott, mais il n'avait pas répondu. Pas question d'avouer à Trish qu'il n'avait pas assuré leur nouveau domicile, la maison de rêve qui avait fait exploser leur budget, et qui aurait été achevée depuis longtemps, si Madame n'avait pas passé son temps à modifier les plans.

— Papa nous propose de nous installer chez lui pendant l'ouragan. Ici, dans la baie, on ne peut pas rester. Tandis que, chez papa, nous serons en sécurité.

A partir de là, Scott n'avait plus écouté. Il avait vaguement saisi quelques mots clés au passage. Dont

« papa ». Les filles du Sud aimaient leur papa, ça, oui, il avait eu le temps de s'en rendre compte. Scott songea qu'il ne s'habituerait jamais à ce « papa ». Bon sang ! Trish s'exprimait comme une gosse de cinq ans dès qu'il s'agissait de son père.

Elle avait vaguement boudé quand il s'était changé pour ressortir, mais elle n'avait plus rien dit. Elle respectait son professionnalisme, son éthique d'homme du Nord. C'était même probablement ce qui l'avait attirée chez lui — les types qu'elle avait fréquentés jusque-là étaient de tels fainéants ! Il avait achevé de la calmer en lui promettant de l'aider à barricader dès demain matin les portes du patio — à condition d'en avoir terminé à midi, parce qu'il avait un service funéraire dans l'après-midi. Ses clients avaient tenu à avancer la cérémonie par crainte de l'ouragan. Bien entendu.

Son téléphone continuait de sonner. Et si Trish ne l'appelait pas pour lui faire des remontrances ? Si elle avait quelque chose d'important à lui dire ? Il sortit son portable tout en se hissant sur un des tabourets du bar de l'hôtel. Trop tard. L'appel venait d'être détourné vers sa messagerie. Il s'apprêtait à la consulter quand la jolie barmaid blonde se dressa devant lui.

— Votre ami est déjà là, annonça-t-elle en souriant. Il m'a chargé de vous demander de le rejoindre dans le restaurant. Il vous invite à dîner.

— Vraiment ?

Elle s'adressait à lui avec un respect inhabituel qui l'impressionna encore plus que l'invitation à dîner.

— Vous pourriez repasser tous les deux par ici pour boire un dernier verre avant de partir ! proposa-t-elle tout en se glissant derrière le comptoir pour servir un client qui se présentait.

Le sourire aguicheur de cette jeune et charmante blonde fit oublier à Scott pourquoi il avait sorti son téléphone. Il le rangea donc dans sa poche. Puis il se dirigea vers le restaurant avec la ferme intention de se détendre et d'évacuer le stress de la journée. Oui, « évacuer » — c'était le mot juste. Un mot que Joe Black aurait probablement utilisé. Scott se promit de trouver un moyen de le placer dans leur conversation.

24

Les genoux de Maggie tremblaient encore un peu. Ses oreilles bourdonnaient, ses mains tremblaient. Pourtant, le pire était passé. Elle avait enfin posé le pied sur la terre ferme. Et tourné le dos à l'hélicoptère.

Le shérif Joshua Clayton, du comté d'Escambia, l'attendait à l'arrivée. Tout dans son grand corps maigre — depuis ses pieds qui battaient le sol jusqu'à ses gestes nerveux — trahissait son mécontentement. Il avait promis à Charlie Wurth que le département de la sécurité intérieure et le FBI pourraient librement accéder aux éléments du dossier, mais il avait l'impression de gaspiller un temps précieux en s'occupant d'eux. Et il ne se gêna pas pour s'en plaindre.

— Je n'ai pas que ça à faire ! grommela-t-il. Un ouragan se prépare, au cas où vous l'auriez oublié.

Maggie ôta sa combinaison de vol, puis elle prit congé des membres de l'équipe de sauvetage en les remerciant. Elle s'attarda quelques secondes de trop pour leur proposer de leur offrir un verre — au grand agacement de Clayton, qui l'avait déjà saisie par le coude et consultait sa montre avec affectation.

Une fois dans sa voiture de patrouille, il continua à manifester son impatience en tambourinant sur le volant.

Quand ils arrivèrent à son bureau, il lui fit signer un formulaire, avant de la conduire dans une petite pièce située au bout d'un couloir. Les murs étaient nus. Une table et deux chaises pliantes étaient installées sur le sol recouvert d'un linoléum usé, mais propre. Sur la table, on avait posé la glacière à poisson.

— Le contenu a été photographié et mis dans des sacs à glissière, fit Clayton. Tout est déjà chez le médecin légiste. Nous n'avons pas encore examiné l'objet, ajouta-t-il en lui tendant une paire de gants. Nous allons rechercher des empreintes, mais comme il a séjourné dans l'eau, je suppose que nous avons peu de chances d'en trouver.

Son téléphone sonna et il vérifia le numéro en fronçant les sourcils.

— Il faut que je réponde, dit-il. Vous permettez ?

— Je vous en prie, répondit-elle.

Il quitta la pièce en trois longues enjambées, manifestement soulagé de pouvoir s'échapper, et s'éloigna dans le couloir. Maggie s'en réjouit. Il lui serait plus facile de travailler sans se sentir observée par ce shérif hostile.

Elle souleva le couvercle, et le referma aussitôt quand une bouffée nauséabonde parvint jusqu'à elle. Elle inspira longuement, retint sa respiration, fit une nouvelle tentative. Pas la peine de se demander pourquoi ils ne s'en étaient pas encore occupés… Un liquide rosâtre tapissait le fond de la glacière — un des paquets avait dû fuir et du sang s'était mélangé à la glace pilée.

Maggie laissa le couvercle ouvert pour disperser l'odeur. Puis elle recula, sortit son smartphone de l'étui suspendu à sa taille, et activa l'appareil photo.

La glacière était grande, en acier inoxydable, de couleur blanche. L'intérieur du couvercle présentait une originalité : une graduation à mesurer le poisson y était gravée. Mais ce qui attira l'attention de Maggie, ce fut la corde nouée à la poignée.

Elle la photographia aussitôt en gros plan. Composée de fibres synthétiques tressées, la corde était d'une texture lisse — sans doute l'avait-on enduite d'une sorte de vernis isolant. L'une des extrémités était effilochée, mais en y regardant de près, on s'apercevait qu'elle n'avait pas été arrachée, mais coupée au moyen d'un objet tranchant : les fibres, bien que désolidarisées, étaient de longueurs égales.

Maggie jeta un regard vers la porte. Le shérif Clayton n'était pas revenu, et elle ne l'entendait plus. Par précaution, elle préféra envoyer un SMS à Tully plutôt que de lui téléphoner. Ce serait plus discret.

> « Je t'envoie des photos. Peux-tu les vérifier dans la base de données ? »

Il lui fallut moins d'une minute pour transmettre à Tully les photographies de la corde. Après les avoir réceptionnées, il les téléchargerait dans son ordinateur pour les confronter à la base de données du

FBI. Avec un peu de chance, ils seraient en mesure de remonter jusqu'au fabricant.

En ce qui concernait les empreintes, le shérif Clayton avait probablement raison : ils n'en trouveraient pas. Ils en prélèveraient peut-être une à l'intérieur du couvercle, mais il ne fallait pas trop y compter. S'ils ne pouvaient recueillir d'empreintes sur la glacière, cette corde serait un indice précieux.

Elle n'avait pas encore fini de transmettre les photos à Tully qu'elle recevait déjà sa réponse.

« Pas de problème. »

Elle prit ensuite des clichés de la glacière, ainsi que de l'échelle à mesurer le poisson gravée à l'intérieur du couvercle. Elle ne pouvait pas faire grand-chose de plus.

L'odeur était maintenant moins violente que tout à l'heure, et elle put se pencher sur la glacière pour prendre un dernier cliché de l'intérieur. Ce fut à ce moment-là qu'elle remarqua quelque chose dans le liquide. Elle avala de nouveau une grande goulée d'air et retint sa respiration pour s'approcher devantage. Un petit morceau de papier rectangulaire adhérait à l'une des parois. Un coin du papier trempait dans le liquide rosé.

Elle jeta de nouveau un coup d'œil par-dessus son épaule et rangea son smartphone, tout en inspectant la pièce du regard. Dans l'unique placard dissimulé par le battant de la porte ouverte, elle trouva une boîte contenant une réserve de sacs à glissière. Elle en prit un et enfila les gants que Clayton lui avait donnés. Puis, lentement et soigneusement, elle décolla le morceau de papier en le saisissant par le coin détrempé.

Elle le tint quelques minutes à l'air libre avant de le placer dans le sac et en profita pour l'observer. Sur la face qui avait adhéré à la paroi de la glacière, il restait des traces d'encre délavées, mais on pouvait encore déchiffrer des lettres et des chiffres, répartis sur trois lignes. Les restes de l'inscription d'une étiquette adhésive ? Avec un code-barres ?

CETMA

DESTIN : 082409

8509000029

Elle vérifia qu'il ne restait plus rien dans la glacière. Ce papier n'avait peut-être aucun rapport avec le contenu repêché par les gardes-côtes. Il pouvait provenir d'un usage antérieur.

Mais il s'agissait peut-être de l'étiquette de l'un des paquets qui attendaient maintenant chez le légiste. Il ne restait plus qu'à l'espérer.

25

Benjamin Platt s'accouda au plan de travail du laboratoire et jeta un œil aux tubes à essai qu'il avait rempli de différents réactifs, puis il se pencha de nouveau sur le microscope et ajusta l'objectif.

En dépit de l'odeur entêtante du désinfectant, il se sentait à son aise dans ce laboratoire silencieux et bien équipé. Ça le changeait des conditions de travail auxquelles il était habitué en mission. Quand on l'envoyait sur le terrain, dans une zone de la planète ravagée par un conflit militaire, il ne pouvait emporter qu'un matériel sommaire. Il lui était même arrivé de travailler sous une tente — en Sierra Leone, notamment.

Il se redressa sur son tabouret, tout en fixant de nouveau les tubes à essai. Pas de changement. Il en fut soulagé. Déconcerté, aussi. Il commençait à être à court d'idées. Il contempla d'un air morne la prothèse du jeune soldat qu'il avait posée près de lui, sur la paillasse du labo. Il avait prélevé un peu de la pâte qu'on appliquait sur la prothèse au moment de la pose. Il en étala sur une lamelle, puis fit de même avec un échantillon de peau de Ronnie Towers.

Il avait déjà identifié une bactérie du genre *clostridium*, un germe responsable de nombreuses maladies, dont le tétanos et la septicémie.

Son ordinateur portable était ouvert près de lui, avec, sur l'écran, une photo en gros plan d'une bactérie *clostridium*. Il chargeait maintenant sa base de données — une mine d'informations qu'il avait mis des années à accumuler — pour chercher la réplique exacte de ce qu'il observait au microscope.

Le chargement des dossiers prenait généralement quelques minutes. Il sortit son téléphone de sa poche pour patienter. Il avait promis au capitaine Ganz de garder le secret sur ce qui se passait dans cette base militaire… mais ça ne l'empêchait pas de se renseigner auprès de personnes compétentes.

Il composa le numéro d'un des responsables du centre de contrôle et de prévention des maladies. Il s'attendait à tomber sur une messagerie vocale, mais un homme décrocha à la deuxième sonnerie.

— Bix à l'appareil, fit-il d'une voix traînante, teintée d'un fort accent du Sud.

— Roger, c'est Benjamin Platt.

— Colonel, que puis-je faire pour vous ?

— Je ne pensais pas vous trouver au bureau un dimanche.

— Je travaille sept jours sur sept et vingt-quatre heures sur vingt-quatre, répondit Bix en riant. Mais je suppose que vous ne m'appelez pas pour me proposer un parcours de golf. Je vous écoute.

— Vous aurait-on signalé récemment des infections mortelles en rapport avec… disons des donneurs de tissus ou d'organes, ou de transplantations osseuses ?

— On nous a signalé des infections, mais pas mortelles. Tout dépend de votre définition de « récemment ». Pas au cours des dernières quarante-huit heures, en tout cas. Pourquoi ? Vous avez une infection à signaler ?

Platt se souvint que Bix était plutôt du genre direct — une qualité qu'il avait eu l'occasion d'apprécier la dernière fois qu'ils avaient collaboré, lors d'une épidémie provoquée par le virus Ebola.

— Non, répondit-il. J'avais juste besoin d'une information. S'il y avait une possibilité de contamination par des tissus humains provenant d'une banque de tissus ou d'un hôpital, vous le sauriez ?

— Ça dépendrait du type de contamination. Les banques de tissus sont tenues d'effectuer des tests pour le virus HIV, l'hépatite B et d'autres virus sanguins.

— Et pour les bactéries ?

— A quelle bactérie pensez-vous, Ben ?

— Je ne sais pas encore, Roger.

Platt fixa la bactérie qui s'affichait sur l'écran de son ordinateur et se surprit à hausser les épaules.

— A une bactérie qui provoque des infections, en tout cas.

— La FDA exige uniquement des vérifications pour les virus sanguins et la plupart des banques de tissus ne vont pas au-delà des exigences légales. Les infections sont extrêmement rares. Je ne dirais pas que ça n'arrive jamais. Je me souviens de trois cas mortels, il y a quelques années, dans le Minnesota, après une chirurgie du genou avec transplantation des cartilages d'un cadavre. Une affaire vraiment bizarre. Notre enquête ne nous a pas permis de déterminer si le donneur était déjà infecté, ou si le tissu transplanté avait été infecté après prélèvement sur le donneur. La banque de tissus rejetait la faute sur l'agence de collecte, laquelle accusait l'expéditeur. C'est un drôle de milieu, le don d'organe. Et qui brasse pas mal de fric.

— Du fric ?

— Eh oui, du fric. Qu'est-ce que vous croyez ? La transplantation d'organes est régie par des règles très strictes. Une seule banque par région. Cette banque n'a pas le droit de faire des profits. Elle est donc contrôlée de près par le gouvernement fédéral... Mais dans la réalité, c'est une tout autre histoire parce qu'il y a aussi la peau, les os, les ligaments, la cornée, les veines... La demande est plus importante que l'offre, si vous voyez ce que je veux dire. Un cadavre vaut entre cinq mille et dix mille dollars, mais en pièces détachées — pardonnez-moi l'expression —, il peut rapporter jusqu'à quarante mille.

— Je croyais que c'était illégal de vendre des cadavres ou des éléments de corps humains.

— Sans vouloir vous vexer, Ben, vous devriez sortir plus souvent de votre labo ! Il est illégal de vendre un corps, mais pas de payer ceux qui vous le procurent, ceux qui le préparent, ceux qui le transportent. Tout ce trafic parait écœurant, mais au bout du compte, on en tire beaucoup de bien. C'est fou ce que peut accomplir la technique médicale, de nos jours ! Il paraît qu'un seul donneur, si l'on compte les os, les tissus, les ligaments et la peau, peut sauver cinquante vies.

Ben sentit un affreux gouffre se creuser dans son estomac. Si un seul donneur pouvait sauver cinquante vies, il pouvait aussi infecter cinquante receveurs.

— Colonel… J'espère que vous n'êtes pas sur un problème que l'armée tente d'étouffer ? fit brusquement Roger Bix.

— Non, protesta Platt. Bien sûr que non.

Mais sa voix était mal assurée. Par chance, Bix ne le connaissait pas assez bien pour s'en apercevoir.

26

Scott vida d'un trait son Johnnie Walker — qu'il avait pris sans glaçons, cette fois. Il buvait presque autant et aussi vite que Joe Black, ce soir. Peut-être commençait-il à s'habituer aux alcools forts. La tête lui tournait, mais ce n'était pas franchement désagréable. Il se sentait même plutôt léger. Si léger qu'il ne fut pas écœuré quand Joe Black découpa son steak et qu'un jus rouge se mit à couler sur son assiette blanc ivoire, formant une mare dans laquelle trempaient ses pommes de terre au four.

Joe avait commandé une bonne bouteille pour accompagner leur viande et Scott remarqua qu'il avait tout de même de l'avance sur lui pour le vin : il se servait déjà un deuxième verre. Au passage, il en rajouta un soupçon dans celui de Scott, sans doute pour ne pas avoir l'impression de picoler tout seul. Scott suivit son manège des yeux tout en songeant à la grosse enveloppe que Joe lui avait tendue quand il était arrivé. Conscient qu'il aurait été grossier de sa part de sortir les billets, il ne l'avait pas fait, bien entendu. Il y avait juste jeté un coup d'œil — assez pour voir une liasse de billets de cent dollars et, au total, beaucoup plus que les cinq cents convenus au départ.

— J'ai rajouté un pourboire pour l'indigent, lui avait dit Joe. Et un supplément pour l'emplacement que je vais encore occuper chez vous. La conférence de Destin est reportée à cause de l'ouragan. Je vais devoir vous laisser quelques échantillons congelés. Ça ira ?

— Pas de problème. A part celui que nous avons ajouté tout à l'heure, je n'ai en ce moment qu'un seul pensionnaire, et la famille a décidé d'avancer l'enterrement à mardi matin. Ils sont pressés. Ils ne veulent même pas d'une cérémonie avec cercueil ouvert, ils tiennent à ce que leur vieil oncle soit enterré au plus vite, avant l'arrivée de l'ouragan.

— Votre funérarium est équipé de groupe électrogènes de secours, je suppose ? demanda Joe.

— Oui. Et ils sont en parfait état de marche, répondit Scott.

Il n'en savait rien, et il s'efforça de caser dans un coin de sa pauvre tête étourdie par l'alcool le fait qu'il devait absolument vérifier les groupes électrogènes.

— J'avais une livraison prévue demain matin sur les lieux de la conférence, mais je l'ai déroutée chez vous, annonça Joe. Vous serez sur place, vers 10 heures ?

— Absolument. Pas de problème.

— Quel âge il avait, le vieux ?

— Pardon ?

— Le vieil oncle ?

— Ah, le vieil oncle… Soixante-neuf ans. Il était célibataire et il vivait seul.

— Obèse ?

Scott arrêta sa fourchette à mi-chemin. Il avait beau avoir l'esprit brumeux, l'intérêt de Black pour son macchabée lui parut suspect.

Black s'en aperçut.

— Simple curiosité, dit-il.

Puis il but posément une gorgée de vin.

— Vous savez ce que c'est… Déformation professionnelle, expliqua-t-il avec son irrésistible sourire.

Scott se détendit aussitôt.

— Si vous saviez les appels que je reçois ! poursuivit Joe. Le plus souvent, ce sont des intermédiaires qui me contactent, mais parfois j'ai au bout du fil des techniciens, voire des chirurgiens. Les plus exigeants, ce sont les organisateurs de conférences. Il faut les entendre… “Salut, Joe, je veux six torses, cinq épaules, et une douzaine de genoux dans six semaines au plus tard” !

Il vida son verre et allongea le bras vers la bouteille pour se resservir. En remplissant encore un peu plus au passage le verre de Scott, qui n'en avait bu qu'une gorgée.

— Et les conférences, je vous jure que ça vaut le déplacement, poursuivit Joe d'un ton de conspirateur.

Il repoussa son assiette et planta ses coudes sur la table.

— Hôtels quatre étoiles, en général au bord d'une

plage et avec terrain de golf, vol en première classe, suites luxueuses, dîners, cocktails. Tous frais payés pour les chirurgiens, bien entendu.

Scott repoussa, lui aussi, son assiette et imita la pause de Joe : les coudes sur la table, penché en avant, le verre à la main. Il se mit à siroter son vin, tout en se disant qu'il aurait dû arrêter de boire. Il n'était pas sûr de pouvoir s'exprimer sans bafouiller, à présent. Mais Joe ne cessait de parler… Il pouvait donc se contenter de l'écouter en hochant du menton.

— Et pour des types comme nous, Scott…

Joe marqua une pause pour ménager son effet.

— Tout est possible ! acheva-t-il avec un large sourire. Attention, ne vous méprenez pas : je respecte les lois qui régissent ce genre de commerce. Ce n'est pas ma faute, si elles sont si peu nombreuses. Tant que j'effectue mes livraisons en Floride, je n'ai pas à m'inquiéter des contrôles maritimes.

Scott n'écoutait plus depuis « pour des types comme nous ». *Comme nous…* Joe le considérait enfin comme faisant partie de sa confrérie.

— Prendrez-vous des desserts, messieurs ?

La soudaine apparition de la serveuse fit sursauter Scott.

— Oui, répondit Joe d'une voix calme et assurée.

On n'aurait jamais pu croire qu'il venait de descendre plusieurs verres de whisky et la moitié d'une bouteille de vin.

— Que diriez vous d'une assiette de cerises flambées au kirsch ? demanda-t-il en s'adressant à Scott.

— Ça me semble parfait, parvint à articuler Scott.

— Excellent choix, approuva la serveuse.

— Je voudrais aussi un cheeseburger à emporter, fit Joe.

— Avec des frites ?

— Oui, avec des frites.

Quand elle se fut éloignée, Scott haussa un sourcil interrogateur.

— Vous avez encore faim ?

— Ne posez pas de question, répondit Joe. Je le dois à quelqu'un.

Scott remarqua aussitôt que quelque chose avait changé dans l'attitude de Joe : il se tenait droit à présent. Il n'appuyait plus ses coudes sur la table pour se pencher vers lui.

— Voilà comment marchent mes affaires, Scott, reprit-il. Le secteur est en pleine expansion. J'ai du mal à honorer mes commandes, vous vous rendez compte ? Heureusement que j'ai rencontré quelques directeurs de maison funéraire compréhensifs et intelligents ! Vous savez, les types comme vous sont les véritables garants de la réussite du programme américain de dons d'organes. Vous êtes les mieux placés pour convaincre les familles endeuillées que leurs chers défunts peuvent aider la recherche et les générations futures.

Scott se sentit déçu. Joe en était revenu à « des types comme vous », alors que tout à l'heure, avant l'arrivée de la serveuse, il avait commencé à se livrer, à lui parler comme à un ami, pas comme à un simple confrère avec lequel il traitait des affaires juteuses.

Une fois de plus, Scott se demanda qui était vraiment Joe Black.

27

Maggie patientait à une table du bar où elle avait donné rendez-vous à l'équipe de l'hélicoptère. Ils avaient un peu de retard. Peut-être ne viendraient-ils pas ? Vu l'heure, il aurait été plus correct de leur offrir à dîner… Mais quand ils l'avaient ramenée à l'héliport, après un détour pour déposer le rescapé et ses deux chiens à l'hôpital, elle avait pensé à tout, sauf à manger. A présent, elle avait faim. L'examen de la glacière, avec son liquide rosâtre et puant, n'avait pas réussi à lui couper l'appétit.

Tout en patientant, elle consulta ses messages téléphoniques. Elle en trouva un du médecin légiste du comté d'Escambia. Il procéderait à l'examen des échantillons humains le lendemain. Il lui donnait rendez-vous à 9 heures et lui communiquait l'adresse de la morgue.

Elle envoya un SMS à Wurth en lui proposant de la rejoindre. Il lui tiendrait compagnie si les gardes-côtes lui posaient un lapin ! Il répondit presque aussitôt par un de ces messages expéditifs et abrégés qu'elle détestait avoir à déchiffrer.

« Penspa. Dem o ptidéj. »

Elle soupira. Pas de nouvelles de Tully. Normal : on était dimanche. Identifier la provenance d'une corde n'était pas une question de vie ou de mort — juste un problème qui la tracassait.

A sa grande surprise, l'équipe de l'hélicoptère au grand complet ne tarda pas à arriver. Ils s'installèrent tous les quatre en demi-cercle face à elle, comme s'ils se préparaient à un interrogatoire en règle.

— Une question et une seule, je vous le promets ! assura Maggie en riant. Avez-vous déjà vu une corde jaune et bleu, comme celle de notre glacière ?

— Les pêcheurs professionnels utilisent un câble en acier.

C'était Tommy Ellis qui avait pris la parole.

— Ils attachent une des extrémités à leur glacière et l'autre au pont du bateau, poursuivit-il. Et entre les deux, ils placent un tendeur. La glacière que nous avons repêchée avait bien une fente pour un tel dispositif. Un marin professionnel n'aurait certainement pas utilisé une simple corde pour arrimer sa marchandise.

A présent, ils fixaient tous Ellis avec des yeux exorbités, comme s'ils venaient de découvrir l'une de ses faces cachées.

— Quoi ? fit-il en haussant les épaules. Je le sais parce que mon oncle est pêcheur de crevettes.

Kesnick partit le premier en précisant qu'il devait rejoindre sa femme et ses enfants. Wilson et Ellis acceptèrent un deuxième verre, puis décidèrent d'aller faire un tour dans le bar voisin pour saluer quelqu'un qu'ils connaissaient.

— On revient tout de suite, dirent-ils.

Maggie comprit à leur mine qu'ils ne reviendraient pas, mais elle n'en fut pas fâchée. Une fois ses coéquipiers partis, Liz Bailey parut plus à l'aise. Elle s'était douchée, mais elle n'avait pas séché ses cheveux courts. Elle portait un short kaki et un chemisier blanc sans manches qui soulignaient ses formes — sans doute tenait-elle à rappeler à ses coéquipiers qu'elle n'était pas un homme. Maggie avait été choquée de la désinvolture avec laquelle ils avaient discuté entre eux de la manière de procéder au sauvetage, sans même demander son avis à la principale intéressée — c'est-à-dire à la nageuse.

— Vous êtes nouvelle dans l'équipe, lui dit-elle.

— Ça se voit tant que ça ? soupira Liz.

— Non, pas tant que ça, répondit Maggie, qui ne voulait pas paraître pédante.

Elle essuya d'un geste machinal la condensation qui s'était formée sur la bouteille de bière qu'elle sirotait depuis une demi-heure et résista à la tentation de la vider d'un trait. Elle avait chaud. Pourtant, le soleil était couché depuis un bon moment.

— On me paye cher pour deviner des petits trucs dans le genre, dit-elle en souriant.

Liz sourit à son tour. Maggie en fut ravie. C'était la première fois qu'elle la voyait sourire.

— Je suis nouvelle, et coincée dans un hélicoptère avec trois types plutôt primaires, ajouta Liz. Mais ce n'est pas grave… J'ai l'habitude de devoir faire mes preuves dans ce métier.

— Si ça peut vous consoler, ils se faisaient vraiment du souci pour vous, tout à l'heure.

— Vraiment ?

— Oui, vraiment.

— Ils parlaient de moi en quels termes ?

— Comment ça, en quels termes ?

— Est-ce qu'ils ont dit : « Comment ça se passe pour *notre* nageuse », ou bien : « Comment ça se passe pour *la* nageuse ? »

— Comment ça se passe pour *la* nageuse.

— Voilà, fit Liz. C'est bien ce que je pensais.

Elle but une longue gorgée de sa bière, au goulot, comme un homme, et Maggie attendit patiemment la suite.

— C'est vous l'expert en psychologie, reprit enfin Liz. Même après le sauvetage de cet après-midi, ils persistent à m'appeler *la* nageuse et pas *notre* nageuse. Qu'est-ce que vous en dites ?

Elle affectait un ton amusé, mais Maggie décela une pointe de déception dans sa voix.

— J'en dis que ce sont des hommes.

Cette fois, Liz éclata de rire. Elle invita d'un geste Maggie à trinquer avec elle, bouteille contre bouteille.

— Vous avez tout compris ! commenta-t-elle.

Leur complicité rappela à Maggie le geste de Liz avant le décollage.

— Dites-moi, que contenaient les gélules rose et

blanc que vous m'avez données avant que je monte dans l'hélicoptère ? demanda-t-elle.

— Elles vous ont fait de l'effet ?

— Oui. Pourtant, croyez-moi, j'avais déjà tout essayé.

— Elles contenaient du gingembre.

— Du gingembre ? Vous plaisantez ?

— C'est très efficace contre les nausées, quelle que soit leur origine. A ce propos, ça serait quoi, pour vous l'origine ?

— Pardon ?

— L'origine, répéta Liz. Ce qui est à l'origine de vos nausées… Ce qui les provoque, si vous préférez.

Elle regarda Maggie droit dans les yeux.

— Vous portez une arme, vous travaillez pour le FBI, vous êtes profileuse, c'est-à-dire spécialiste des meurtriers. J'imagine que vous avez dû en voir pas mal au cours de votre carrière… Des trucs qui retourneraient des estomacs en béton. Mais votre estomac ne supporte pas un petit trajet en hélicoptère. Pourquoi ?

Maggie se sentit ridicule. Tout à l'heure, elle avait cru pouvoir dissimuler son malaise, mais il n'avait pas échappé à la jeune femme. Gênée, elle se contenta de hausser les épaules.

— Après tout, ça ne me regarde pas, fit Liz en détournant le regard. C'était juste pour parler.

Maggie songea qu'elle lui devait une réponse. Parce que la nageuse l'avait aidée discrètement à surmonter son malaise. Et parce qu'elle avait manifesté une courage remarquable pendant le sauvetage.

— Je comprends que ça vous paraisse bizarre, reconnut-elle. Et en effet, j'ai vu pas mal d'atrocités au cours de ma carrière : des morceaux de corps humains dans des glacières, des petits garçons tailladés… Et j'en passe ! Pas plus tard qu'hier, je me suis retrouvée avec la cervelle d'un tueur dans les cheveux.

Liz ne broncha pas, et Maggie s'en étonna. Puis elle se souvint des commentaires de ses coéquipiers à propos de ses interventions à La Nouvelle-Orléans après Katrina.

— Vous aussi, vous en avez vu.

Cette fois, le sourire de Liz surprit Maggie.

— Vous me renvoyez la balle pour éviter de répondre, dit-elle. On voit que vous êtes une fine psychologue.

Maggie fit la grimace. Elle n'avait pas cherché à éluder la question.

— Non, se défendit-elle. Je vais vous répondre. Mon problème, c'est que je ne supporte pas de ne pas maîtriser le danger.

— Et quand vous affrontez des tueurs, vous avez la sensation de maîtriser le danger ?

— Oui, répondit Maggie. Parce que je porte une arme, ajouta-t-elle sur le ton de la plaisanterie.

Elle préférait donner à la conversation un ton léger. Quand on menaçait de l'approcher de trop près, elle se servait de l'humour pour rester à distance. Mais Liz ne la suivit pas sur ce terrain.

— Je pense qu'en l'air vous prenez conscience des risques que vous prenez à terre, insista-t-elle. Parce que vous vous sentez vulnérable, justement.

Maggie la contempla fixement, soudain désarmée.

— Venez, proposa Liz en montrant la plage baignée de lune. Marchons un peu. Si Isaac passe par ici, nous n'aurons sans doute plus l'occasion de profiter de la beauté de Pensacola Beach avant longtemps.

Maggie repoussait son tabouret, quand un homme avança en titubant vers leur table. Il s'agrippa au plateau en faisant cliqueter les bouteilles.

— Salut, E-li-za-beth, chantonna-t-il d'une voix pâteuse.

— Scott ?

— Oh…

Il se redressa en dévisageant Maggie, comme s'il venait de remarquer que Liz n'était pas seule.

— Dis donc…, bredouilla-t-il en souriant.

Puis il se tourna de nouveau vers Liz.

— Désolé. Je n'avais pas remarqué que tu étais avec ta nouvelle conquête.

28

— La société Stryker affiche près de quatre billions de dollars de chiffre d'affaires par an, expliqua le capitaine Ganz.

Platt l'écoutait sans quitter des yeux la prothèse dont il manipulait l'articulation.

— La plupart des gens ont entendu parler de Stryker dans des romans policiers ou dans la série *Les Experts*. Les scies osseuses Stryker, par exemple, je suis sûr que ça vous dit quelque chose ! Mais cette boîte ne fabrique pas que des scies. Ils ont révolutionné certaines technologies médicales, ces dernières années. De nos jours, même les lits médicalisés des hôpitaux viennent de chez eux.

— Et ces trucs-là ? demanda Platt en ramassant des vis posées sur la table. Je n'en avais jamais vu de semblables.

— Il ne s'agit pourtant pas d'une technologie très récente. Ces vis viennent de BIOMedics, une société basée à Jacksonville. BIOMedics réduit des os humains en poudre pour fabriquer des vis, des plaques, des coins, des chevilles, du matériel pour les points de sutures. L'utilisation d'os humains permet de réduire les risques d'allergies, car, comme vous le savez, le corps humain accepte plus facilement les tissus vivants que les matières synthétiques. On l'avait compris depuis longtemps pour les greffes de cœur ou de peau… C'est aussi BIOMedics qui nous fournit le ciment que l'on utilise pour les os.

— Du ciment ? Vous m'aviez parlé d'un onguent à base d'os — une sorte d'amalgame, de colle.

— Nous utilisons les deux. La colle pour faire tenir une prothèse, le ciment pour colmater les fissures ou les trous de l'os, afin d'empêcher les bactéries de s'y loger.

— Je vois… Vous vous en servez comme d'un mastic.

Ganz rit.

— Oui, je suppose que la comparaison est valable.

Il vida sa tasse de café, la troisième depuis qu'ils s'étaient installés dans son bureau.

— Dans la colle et le ciment, nous ajoutons des antibiotiques. Cela permet de réduire le risque d'infections locales, sans fragiliser le système immunitaire.

— Est-ce que ces produits pourraient avoir été contaminés ? demanda Platt.

— Vous parlez de la colle ou du ciment ?

— De la colle, du ciment, des vis… Je pense à une bactérie qui proviendrait des donneurs.

Ganz secoua la tête.

— C'est impossible. La matière première vient de chez nous.

— Comment ça, elle vient de chez vous ?

— Nous fournissons les os et les organes.

Platt ne chercha pas à dissimuler son étonnement.

— Ce sont des médecins des marines qui ont effectué les premières transplantations osseuses, expliqua Ganz. Dans les années 1940, au centre médical du Maryland. Un chirurgien orthopédique, le Dr Hyatt, a eu l'idée de conserver des os provenant d'amputations en les congelant, avant de les utiliser pour soigner des fractures.

Il prit un air gêné.

— Désolé. Mon intention n'était pas de vous faire un cours d'histoire.

— Au contraire, poursuivez. Ça m'intéresse.

— Les interventions de Hyatt ont si bien marché qu'il a démarré le premier programme de don d'organes, puis la première banque d'organes. Déjà, à l'époque, ils étaient capables de prélever sur un cadavre bien plus que des os. Ils gardaient des organes, des veines, de la peau, des cornées, même s'ils ne savaient pas quoi en faire. Les médecins des marines ont mis gratuitement leur banque à disposition des chirurgiens civils, en leur demandant simplement de partager leurs résultats avec Hyatt, pour qu'il tienne à jour sa banque de données. Ils ont commis beaucoup d'erreurs au début, et il y a eu pas mal de rejets et d'infections. Ensuite, Hyatt a inventé un procédé pour vérifier que les tissus n'étaient pas porteurs de maladie. Il a également trouvé un moyen de les congeler à sec, pour le transport. Aujourd'hui, les recherches que nous menons sont plus limitées, et ne sont pratiquées que par des chirurgiens militaires.

— Où sont traités les os et les tissus ?

— A Jacksonville. J'ai recommandé le Dr McCleary, un médecin légiste à la retraite, qui a accepté de diriger le programme. Il a accompli un travail remarquable... et il n'a qu'un seul assistant !

— Donc vous lui envoyez des os... Ceux que vous... ceux que vous avez en surplus ?

L'hésitation de Platt fit sourire Ganz, mais il acquiesça.

— Oui. C'est exactement ça.

— Pourquoi ne pas tout faire sur place ?

— Jacksonville possédait un laboratoire déjà équipé et disponible. De plus, il se trouvait à proximité de BIOMedics.

— Qui est chargé du contrôle et de l'asepsie de votre matière première ?

— Le Dr McCleary, assisté de BIOMedics. Je vois où vous voulez en venir, Ben. J'ai déjà envisagé la possibilité d'une contamination provenant de la poudre d'os. Mais nous n'avons jamais eu de problèmes jusque-là.

— Avez-vous vérifié les éléments utilisés sur les soldats décédés ?

Ganz marqua un temps d'hésitation qui valait une réponse.

— Non, avoua-t-il enfin.

Platt continua à fixer la prothèse qu'il avait posée sur la table, près des vis osseuses. Il referma ses mains sur sa tasse de thé, puis leva les yeux vers le capitaine Ganz.

— Après l'autopsie, j'ai examiné un échantillon de tissu prélevé sur Ronnie Towers.

— Qui est Ronnie Towers ?

— Le soldat qui vient de mourir, répondit Platt d'un ton égal, sans le moindre reproche. J'ai aussi analysé la colle utilisée pour fixer sa prothèse. J'y ai détecté des traces d'une bactérie, le *clostridium sordellii*. Vous connaissez ?

Ganz se frotta la mâchoire.

— C'est un agent pathogène que l'on trouve généralement dans la terre, n'est-ce pas ?

Platt acquiesça.

— Oui. Il peut également être présent dans les matières fécales ou les intestins.

— Ça n'a pas de sens, protesta Platt.

— Les symptômes de vos patients évoquent une septicémie ou un coma toxique qui pourraient être causés par un *clostridium sordellii*. Le problème, c'est que je ne vois pas comment cette bactérie a pu arriver jusque-là. En général, les infections au *clostridium sordellii* ne s'observent que chez certains patients.

— Lesquels ?

— Les femmes enceintes.

29

Danny Delveccio lança son dernier sac-poubelle à l'arrière du pick-up du service d'hygiène et de propreté de Santa Rosa. Puis il tapa sur la carrosserie pour signifier au conducteur qu'il avait terminé.

— A demain, Andy.

— Lève-toi tôt, mon pote. Il va y avoir des vagues de folie !

— Des vagues de sept mètres ?

Pour toute réponse, Andy leva le pouce.

Danny regagna lentement sa voiture. Une journée de surf, plus le ramassage des saletés sur la plage, ça vous tétanisait les cuisses. Jamais il n'aurait imaginé que ce serait si éprouvant de marcher sur du sable qui vous brûlait les talons. Il avait eu du mal à s'y habituer. Nettoyer les déchets des autres, ce n'était pas une sinécure.

Il déverrouilla le coffre de son Impala, dans lequel il avait mis à l'abri tout ce qu'il possédait. L'habitacle de la voiture, il ne le fermait pas à clé, parce que son épave ne risquait pas de tenter un voleur : les pneus étaient lisses, le moteur affligé d'une toux chronique, la peinture à refaire. Mais elle roulait, et elle lui servait de maison. C'était son refuge.

Il venait de faire une lessive à la laverie du coin, et prit une serviette propre dans son sac. Il allait se doucher, s'acheter quelque chose à boire et à grignoter au distributeur, puis il tâcherait de dormir. Il voulait être en forme demain. Andy disait que l'ouragan était entré dans le golfe du Mexique et qu'il y aurait des vagues de sept mètres. Et Andy vivait ici depuis longtemps : il savait de quoi il parlait.

Quand il rabattit le capot du coffre, Danny sursauta en apercevant un homme debout près de son Impala. Merde, ce con lui avait foutu la trouille…

— Désolé, fit l'homme. Je ne voulais pas t'effrayer. M. B. m'a dit que tu finissais ton boulot à cette heure-ci. J'ai pensé que tu aurais faim.

— M. B. ? Le M. B. de la Cantine de Coney Island ?

L'homme lui tendit un petit sac qui sentait le paradis : un mélange d'oignons, de fromage et de frites.

— Ouais. On s'est vus devant son fourgon, hier, tu te souviens ? Je suis représentant de commerce. M. B. m'a expliqué que tu cherchais à gagner un peu d'argent.

Danny plissa les yeux. Il avait du mal à distinguer les traits de son interlocuteur dans l'obscurité, mais son visage lui parut vaguement familier, en effet… De toute façon, si ce type était un ami de M. B., ça suffisait comme référence.

— Je voulais te proposer de m'aider à charger quelques caisses dans ma camionnette.

Comme Danny hésitait, l'homme lui tendit de nouveau le sachet.

— Un cheeseburger et des frites, plus vingt dollars, ça irait ? Il y en aurait pour quinze minutes tout au plus.

Danny salivait déjà. Il avait faim. Ce cheeseburger était bien plus alléchant que tout ce qu'il aurait pu se procurer au distributeur.

— Je peux commencer par manger ? demanda-t-il.

— Bien entendu.

Il accepta le sachet et l'ouvrit. Il n'avait pas eu droit à des frites depuis des semaines, encore moins à un hamburger, et celui-ci paraissait particulièrement savoureux. Et puis vingt dollars pour quinze minutes de manutention… C'était vraiment son jour de chance.

Lundi 24 août

30

Exténué, Ben dut faire un effort pour distinguer les aiguilles de l'horloge murale. Il était un peu plus de 1 heure du matin.

— Je ne suis pas chercheur, Ben, fit remarquer le capitaine Ganz en se frottant les yeux.

Il se leva et s'étira derrière son bureau.

— Vous m'assurez que mes patients souffrent d'une infection causée par une bactérie, mais vous ne voyez pas d'où pourrait venir cette bactérie. Tout ce que je peux vous dire, c'est que ces soldats n'ont pas été contaminés par une femme enceinte.

— Vous ne m'avez pas bien compris, répliqua Platt en s'arrêtant de faire les cent pas dans la pièce.

Il s'adossa au mur pour s'empêcher de marcher.

— Le *clostridium sordellii* est une bactérie que l'on rencontre rarement. D'après ce que j'en sais, les cas mortels d'infection par *clostridium* sont le plus souvent associés à des infections gynécologiques, à la suite d'un accouchement ou d'une interruption de grossesse. Mais j'ai vérifié. Il y a eu d'autres cas, dans un contexte très différent.

— Par exemple ?

Platt réprima un bâillement. Il ne pouvait pas dire à Ganz qu'il avait communiqué avec Bix à propos de cette affaire, mais rien ne l'empêchait de partager avec lui ce que Bix lui avait appris.

— Je pense à un cas, dans le Minnesota, après une intervention de routine en chirurgie du genou.

Ganz secoua la tête.

— Nous effectuons les tests de dépistage obligatoires sur nos donneurs et nos tissus, protesta-t-il.

— Ces tests concernent le virus HIV, l'hépatite B, l'hépatite C, et quelques autres virus sanguins. C'est bien ça ?

Ganz chercha son fauteuil à tâtons et s'y laissa tomber.

— D'accord, murmura-t-il. Mais seuls certains de nos patients ont reçu des tissus provenant de donneurs externes.

— Admettons, répondit Platt. Mais ils ont tous eu une transplantation osseuse.

— Non, pas tous.

— Et la colle osseuse ? Le ciment ?

— Attendez une minute… Ce n'est pas parce que vous avez trouvé cette bactérie dans la colle osseuse utilisée pour *un* patient, que vous devez en conclure qu'elle est présente dans l'organisme de *tous* les patients.

Platt sortit de sa poche de chemise une petite

feuille de papier sur laquelle il avait griffonné le résumé d'une recherche effectuée sur internet.

— Ecoutez ça, je crois que ça va vous rappeler quelque chose, dit-il. Deux à sept jours après une intervention chirurgicale ou un accouchement, le patient se plaint de violentes douleurs abdominales et de nausées, puis se met à vomir. Mais on ne constate ni fièvre ni hypertension. Quand les symptômes se manifestent, la septicémie est déjà très avancée. Le patient sombre rapidement dans un coma infectieux. Entre soixante-dix et quatre-vingts pour cent des patients décèdent.

Ganz avait écouté en silence, tout en secouant la tête.

— Est-ce qu'il s'agit d'une infection contagieuse ?

— On ne sait pas. Mais dans le cas du Minnesota, je peux vous dire d'où elle provenait...

Platt s'interrompit et attendit patiemment que le capitaine Ganz manifeste son intérêt.

— Allez-y, fit Ganz, je vous écoute.

Ben s'assit face à lui, bien droit, et s'empêcha de tambouriner sur le bureau en croisant les mains.

— Supposons une minute que le corps d'un donneur n'ait pas été réfrigéré et traité correctement au cours du délai réglementaire des douze heures suivant le décès.

— Dix-huit heures.

— Pardon ?

— C'est dix-huit heures, le délai réglementaire.

Après dix-huit heures, on ne peut plus disposer d'un corps.

— Entendu, dix-huit heures. Mais vous savez aussi bien que moi que la décomposition débute dès que le flux sanguin s'arrête. Mon hypothèse, c'est que cette bactérie ne se trouvait pas sur des outils utilisés pour prélever des tissus, ni sur ceux utilisés pendant l'acte chirurgical. Ce que je pense, c'est qu'elle est apparue dans le corps du donneur, au moment où le processus de décomposition a débuté. Ensuite, quand on a prélevé des éléments sur ce corps pour fabriquer des vis osseuses, du matériel pour les points de suture, le ciment ou la colle, la bactérie a lentement proliféré. Une fois placée dans un corps humain chaud, elle a fait ce qu'aime faire une bactérie. Elle s'est multipliée et répandue sous forme d'infection.

Il y eut un long silence durant lequel Ganz le contempla fixement. Platt comprit qu'il prenait le temps d'examiner toutes les données du problème avant de lui donner son point de vue. Mais rien n'aurait pu le préparer à ce qu'il allait entendre.

— Je vous remercie d'avoir répondu si rapidement à mon appel, fit posément Ganz. Je vous remercie également de votre aide et de vos conseils. A présent, il me semble que vous avez bien mérité de vous reposer.

Il se leva et Ben le suivit d'un regard incrédule. Le capitaine écartait sa théorie d'un revers de la main, sans même en discuter.

— Je vais vous faire raccompagner par mon chauffeur, ajouta Ganz d'un ton doucereux.

Puis il sortit, sans prendre congé, laissant Platt totalement abasourdi. Le capitaine ne se contentait pas d'écarter sa théorie. Il le renvoyait chez lui.

31

— Ne le prends pas mal, O'Dell, mais tu as la tête de quelqu'un qui est passé sous un rouleau compresseur.

Maggie ne le prit pas mal, mais se sentit tout de même un peu vexée. Par ailleurs, Charlie Wurth avait raison : elle avait l'impression d'être passée sous un rouleau compresseur. Et pour cause, puisqu'elle n'avait pas fermé l'œil de la nuit.

La veille au soir, après son périple en hélicoptère, elle aurait dû rentrer à l'hôtel pour sombrer dans un sommeil sans rêves. Mais, après le départ de Liz, elle avait eu envie de rester encore un peu au bord de l'eau, pour contempler les vagues éclairées par la pleine lune. Liz le lui avait déconseillé, arguant qu'il était dangereux d'errer seule la nuit sur la plage. Elle lui avait rétorqué que cette généralité ne s'appliquait pas à quelqu'un qui portait un 38 Smith et Wesson.

— Pas pu dormir, dit-elle à Wurth sans plus de détails.

A quoi bon lui expliquer que ses nuits étaient hantées par des fantômes de tueurs en série ?

Wurth lui avait promis un vrai petit déjeuner et, tandis qu'il lui tenait galamment la porte du café pour la faire passer devant lui, elle remarqua que plusieurs personnes le saluaient. Wurth n'était là que depuis vingt-quatre heures, mais il avait déjà repéré l'endroit où l'on servait les meilleurs petits déjeuners de la ville, et il y était comme chez lui.

Le Coffee Club était rempli d'une foule hétéroclite. Certains clients arboraient chemise et cravate, un BlackBerry à la main ; d'autres, en jean et bottes, consultaient les journaux locaux.

En dépit du brouhaha, du grésillement du bacon et des ordres brefs hurlés par les serveuses aux cuisiniers, l'arrivée de Wurth ne passa pas inaperçue. Un homme en costume installé près de la vitrine lui fit un geste de la main ; un autre accoudé au comptoir interrompit sa conversation pour le saluer du menton. Une serveuse longue et maigre les accueillit en donnant du « mon chou » à Wurth, comme s'ils se connaissaient depuis toujours. Elle les conduisit à une table que l'on desservait encore et leur tendit aussitôt la carte.

— Deux cafés ? demanda-t-elle en posant devant eux deux grands mugs en grès.

— Un café noir pour moi, Rita. Un Pepsi Light pour ma collègue.

— Un Pepsi Light, mon chou, c'est ça ? répéta la serveuse tout en ramassant la tasse de Maggie, aussi lestement qu'elle l'avait posée.

Elle s'était adressée à Wurth et celui-ci se tourna

vers Maggie pour quêter une réponse. Elle l'en remercia intérieurement, mais elle n'en fut pas surprise. Charlie Wurth n'aimait pas que l'on ignore ceux qui l'accompagnaient.

— Un Pepsi Light, oui, c'est parfait, approuva Maggie.

La serveuse s'éloigna lentement en chargeant au passage son plateau avec des tasses vides. Maggie attendit qu'elle ne puisse plus les entendre pour se pencher vers Wurth, par-dessus la petite table.

— Comment se fait-il que tu connaisses déjà tant de monde ? demanda-t-elle.

— J'ai pris un café ici, hier. Pour rencontrer les gens importants d'une communauté, il faut découvrir le trou où ils s'abreuvent.

Il se tut, le temps de saluer de la main deux femmes qui venaient d'entrer.

— Et crois-moi…, poursuivit-il en souriant et en se penchant vers Maggie d'un air de conspirateur. Quand un ouragan approche, le fonctionnaire fédéral supposé alerter la cavalerie devient plus populaire que Jim Cantore, le présentateur vedette de la chaîne météo. J'ai déjà remarqué quelques pancartes qui protestaient contre son arrivée dans le coin.

— Jim Cantore ? Jamais entendu parler.

Il secoua la tête d'un air goguenard, comme s'il peinait à croire à ce qu'il venait d'entendre.

— J'avais oublié que tu n'étais pas une spécialiste des ouragans. En ce moment, partout où va Cantore, les ouragans vont aussi. Soit c'est un devin, soit il les attire. En tout cas, personne ne veut le voir ici !

— Il se trouve en ce moment à Pensacola ?

— S'il n'y est pas encore, il ne tardera pas à y venir. Il semblerait qu'Isaac se dirige tout droit vers le nord de la Floride.

Il se redressa en voyant approcher la serveuse qui revenait avec un Pepsi Light et un pot de café fumant.

— Qu'est-ce que je vous sers ? demanda-t-elle en incluant cette fois Maggie dans sa question.

— Une omelette au fromage et aux champignons, répondit Maggie.

La serveuse continua à la fixer, comme si elle attendait la suite. Finalement, elle comprit.

— Ce sera tout, mon chou ?

— Tu devrais prendre aussi du gruau de maïs, intervint Wurth. Apportez-lui votre spécialité de gruau de Nassau, Rita. Et pour moi, ce sera des œufs brouillés, des saucisses, des toasts grillés, des galettes de pomme de terre, et, bien entendu, un portion de votre délicieux gruau de maïs.

Dès que Rita eut tourné le dos, Maggie haussa un sourcil amusé.

— Quoi ? fit Wurth. Un ouragan arrive. C'est peut-être le dernier repas chaud que je ferai de ma vie.

Il jeta un coup d'œil autour de lui et se pencha de nouveau.

— Cet ouragan est un tueur, fit-il en baissant la voix. Il est passé au-dessus de Cuba comme s'il s'agissait d'un simple ralentisseur routier. D'habitude, les terres diminuent la force des ouragans, mais Isaac, a atteint la catégorie 5 en entrant dans le golfe du Mexique, avec des vents d'au moins 259 km/h. Maintenant, il n'y a plus rien entre lui et nous… Il se déplace au-dessus d'une masse d'eau chaude qui ne peut que l'amplifier. Un ouragan de catégorie 5, crois-moi, c'est violent. On ne parle plus de dégâts. On parle de catastrophe.

Maggie balaya la salle du regard, mais elle resta accoudée à la table, les mains autour de son gobelet en plastique.

— Je suis tout de même étonnée qu'il n'y ait pas plus de panique ou d'angoisse.

— De l'angoisse, il y en a. Hier, on faisait la queue partout. Les quincailleries ont été dévalisées en groupes électrogènes et en contreplaqué. Les étagères des épiceries sont vides. Je n'ai pas pu trouver un pack de glace ou une bouteille d'eau. La plupart des stations-service sont à sec, ou pratiquement. Mais ces gens-là…

Il fit un discret mouvement du menton.

— Ils se préparent et ils s'entraident. Ils connaissent la chanson. La région a déjà eu droit à plusieurs cyclones tropicaux cette année. Ils connaissent la chanson, crois-moi. Ils savent ce qui les attend !

Il soupira.

— Du moins ceux qui sont originaires du Sud…, reprit-il. Les autres, et ils sont nombreux, il va falloir les convaincre d'évacuer leurs habitations et de s'installer dans un abri. Le préfet de police va déclarer l'état d'urgence dans la matinée et, là, tu vas voir, quand tout le monde comprendra que c'est pour bientôt, l'angoisse va grimper d'un cran. On va sûrement assister à des manifestations de violence et à des bousculades.

Rita apparut de nouveau avec une demi-douzaine d'assiettes qu'elle posa sur leur table. Maggie dut reconnaître que ça sentait merveilleusement bon — surtout pour quelqu'un qui n'avait pas dîné la veille.

Elle coupa une bouchée d'omelette avec sa fourchette, révélant une généreuse garniture au fromage. Wurth mélangea son gruau de maïs à ses œufs brouillés, puis il se servit d'un toast grillé comme d'une cuillère et entreprit d'engloutir le mélange.

— Je ne sais pas encore ce que je vais faire de toi, avoua-t-il entre deux bouchées.

— Tu n'auras qu'à me déposer à la morgue et vaquer à tes occupations. Je saurai retrouver mon chemin jusqu'à l'hôtel, ne t'en fais pas !

Il secoua la tête, tout en déversant une tonne de poivre, puis de sel, sur ses pommes de terre sautées.

— Non. Je passerai te chercher pour te ramener à l'hôtel, ça ne me pose pas de problèmes. Je parlais de ce que j'allais faire de toi pendant l'ouragan. La plupart des clients des hôtels ont plié bagage ce matin. Le directeur nous fait une faveur en nous laissant rester jusqu'à ce qu'on l'oblige à partir, ce qui se produira sûrement demain.

— Les gens seront tenus de quitter le bord de mer ?

— Oui. Il y aura ordre de faire évacuer la plage et toutes les zones qui sont situées au-dessous du niveau de la mer. Les hommes du shérif iront frapper aux portes, et ceux qui voudront rester signeront un papier déchargeant les autorités de toute responsabilité.

— Et toi ? Où seras-tu, pendant l'ouragan ?

— Probablement dans un abri, pour aider ceux qui en auront besoin.

— Je veux me rendre utile dans un abri, moi aussi.

— Je ne peux pas te demander ça, Maggie.

— Tu ne me demandes rien. Je me porte volontaire.

Il reposa sa fourchette et se redressa pour mieux la dévisager.

— Je ne sais pas ce qui m'a pris de te proposer de m'accompagner à Pensacola. En matière d'ouragan, cette saison, j'ai vécu tout le contraire de Jim Cantore. Quand on m'envoyait quelque part, l'ouragan annoncé prenait la direction opposée. J'aurais dû me douter que ma chance ne serait pas éternelle. Je t'ai attirée dans la gueule du loup.

— Charlie, n'exagère pas. Je ne suis plus une enfant. Ce n'est qu'un ouragan, après tout. C'est donc si terrible que ça, un ouragan ?

Il lui lança un regard éloquent. Un regard qui signifiait qu'elle ne savait pas de quoi elle parlait.

32

Scott s'était levé tôt pour partir avant le réveil de Trish. Il se sentait comme quelqu'un qui n'a pas dormi. Il avait les paupières lourdes, mal à la tête, du coton dans la bouche. Même son crâne était douloureux quand il se passait la main dans les cheveux. Il se jura de ne plus jamais s'autoriser à boire autant. C'était un tel calvaire par la suite !

En arrivant à la maison funéraire, il s'aperçut que Joe y était passé. Quand il tapa le code du système de sécurité, l'écran afficha que quelqu'un était entré à 3 h 10 du matin, pour en sortir à 4 heures. Qu'est-ce que Joe était donc venu faire ici en pleine nuit ?

Scott espéra qu'il n'aurait pas à regretter d'avoir confié le code à Joe. Il poussa la porte en grimaçant : le marteau qui cognait dans sa tête buttait contre l'arrière de ses globes oculaires. Il craignit de trouver la salle d'embaumement dans un état lamentable. Il sentait déjà l'odeur de désinfectant mêlée à… Qu'est-ce que c'était déjà ? Ah, oui… Du menthol. Le Vicks VapoRub de Joe.

Il s'arrêta sur le seuil de la porte de la salle d'embaumement et constata qu'elle était telle qu'il l'avait quittée la veille. Ouf ! L'odeur avait dû persister depuis hier. Joe était dans doute passé pour déposer des échantillons dans la chambre froide. Scott se dirigeait vers la chambre froide pour s'en assurer, quand la sonnerie de la porte de derrière retentit. Il consulta sa montre. L'électricien était pile à l'heure. C'était la moindre des choses, avec ce qu'il allait probablement lui facturer, juste pour lui montrer comment enclencher le bouton « Marche » du groupe électrogène.

— Monsieur Larsen ? demanda l'électricien en se penchant vers Scott quand il ouvrit la porte.

Il lui parut immense — impression accentuée par l'imposante ceinture à outils qu'il portait autour de la taille et par ses grandes bottes de chantier. Un badge sur sa poche de chemise indiquait qu'il s'appelait Ted.

— Oui, je suis bien Scott Larsen, répondit-il tout en tirant sur son nœud de cravate.

Il se reprit aussitôt. Quel tic stupide ! A croire qu'il cherchait à impressionner ce type… C'était ridicule, vraiment.

— Suivez-moi. L'installation électrique est à l'arrière du bâtiment.

Il sortit du bâtiment, l'électricien sur ses talons. Un filet de sueur dégoulinait le long de son dos et collait à sa chemise propre et bien repassée. Heureusement qu'il avait toujours de quoi se changer dans son bureau ! Un directeur de maison funéraire ruisselant de sueur, ça la fichait mal.

Le ciel était couvert, mais il faisait tout de même une chaleur à crever. Scott remarqua que le vent s'était levé. Putain… Ce foutu ouragan allait peut-être vraiment passer par ici.

— Nous y sommes, annonça-t-il en montrant deux boîtiers de métal rectangulaires d'où sortaient des câbles électriques.

Ted en ouvrit un.

— Ouais, fit-il. L'installation me paraît conforme.

Scott retint un soupir de soulagement. Bien sûr, que l'installation était conforme ! Il avait juste besoin qu'on lui montre comment la mettre en fonction.

— Vous poussez ce bouton, poursuivit Ted en le lui montrant. Puis celui-ci. Dans cet ordre, d'accord ?

Il s'adressait à lui comme s'il avait affaire à un demeuré.

— D'accord, pas de problème, répondit Scott.

Il eut envie d'ajouter « connard », mais se mordit la langue.

— Ensuite, vous poussez ce levier.

— J'ai compris. Ça va. On peut y aller.

Il se détourna, prêt à partir. Il avait hâte de raccompagner ce crétin.

— Attendez une minute, fit Ted. Et là-dedans, qu'est-ce qu'il y a ?

Il venait d'ouvrir le second boîtier.

— Ça ? C'est pour alimenter ce que j'ai fait ajouter quand j'ai racheté l'affaire : le couloir qui relie les bâtiments, la chambre froide, de nouveaux congélateurs, parce que les vieux étaient trop petits et pas assez performants.

— Vous savez que tout ça n'est pas branché ?

— Qu'est-ce que vous racontez ?

— Les deux boîtiers ne sont pas reliés, insista l'homme en les montrant.

— Et ça vous prendrait combien de temps pour les relier ? demanda Scott.

Ted ricana. Puis il dut voir la panique sur le visage de Scott.

— Désolé, fit-il. Même si je les connectais, votre groupe électrogène ne serait pas assez puissant pour le second panneau.

— Et qu'est-ce que je suis censé faire, moi, alors ?

— Si vous avez un second groupe électrogène, vous pouvez le brancher directement sur ce boîtier. Attention, prenez bien un cordon en double isolation. Vous dites que vous avez fait installer une chambre froide… Rien que pour l'alimenter il vous faudrait un groupe d'une puissance de 5 500 watts.

— Pas de problème. Je vais en acheter un tout de suite.

— En acheter un ? Vous voulez dire que vous n'en avez pas ?

— Non.

— Vous pourriez utiliser celui de votre maison ?

— Je n'en ai pas non plus. Ce n'est pas grave : je passerai à Home Depot dans la journée.

Cette fois, Ted éclata de rire.

— Vous pouvez y passer… mais vous ne trouverez plus de groupe électrogène, mon vieux ! Pas à Pensacola ou dans les environs, en tout cas. Toutes les boutiques de la région ont été dévalisées !

33

Liz alla ramasser le *Pensacola News Journal* sur le seuil de la porte et le tendit à son père, en passant devant lui pour se rendre dans la cuisine.

— Merci, ma chérie.

— Papa… Tu ne devineras jamais qui j'ai rencontré sur la plage hier soir.

— Qui ?

— Scott.

— Scott ?

— Scott Larsen, oui. Mon beau-frère. Ton beau-fils.

— Scott ? Sur la plage ? Il n'y va jamais.

— Il y était, pourtant. Et en plus, il était soûl.

— Soûl ? Scott ? Scott ne boit pas, voyons !

— Complètement soûl, je te dis.

— Il accepte une bière de temps en temps, et jamais d'alcool fort. Qu'est-ce que tu fais ?

Il l'avait suivie et se penchait sur la cuisinière. Il paraissait plus intéressé par ce qu'elle préparait que par le récit de sa rencontre avec Scott.

— Le petit déjeuner.

— Des œufs pour faire trempette ?

Il disait « des œufs pour faire trempette », parce qu'il trempait ses toasts dans le jaune.

— Oui, des œufs pour faire trempette, avec du bacon, répondit Liz en riant. C'est bien comme ça que tu les aimes ?

— Oui, oui.

Il continua à surveiller ses moindres gestes avec intérêt.

— Tu sais cuisiner, toi ?

— Papa… J'ai vécu seule pendant huit ans. Tu ne t'imagines quand même pas que je mangeais tout le temps dehors ?

— Trish prétend que tu ne sais pas faire cuire un œuf.

— Ça ne m'étonne pas.

— Et qu'a dit Trish ?

— A quel sujet ?

— Au sujet de Scott complètement soûl.

— Je n'en sais rien.

— Elle n'était pas avec lui ?

— Ah, non… Tu crois que Trish l'aurait laissé se soûler ?

— C'est un drôle de coco… Avec moi, il refuse de boire une simple bière.

Walter secoua la tête, tout en se dirigeant vers le réfrigérateur pour sortir le jus d'orange. Puis, à la grande surprise de Liz, qui faillit en lâcher sa spatule, il entreprit de mettre la table. Il disposa d'abord des assiettes, puis des tasses pour le café, un bol de sucre, un autre de crème, des couverts. Il poussa même le zèle jusqu'à ajouter des serviettes et des sets de table. Elle l'observa en silence. Trish l'aurait sûrement repris pour lui demander de placer les fourchettes de l'autre côté de l'assiette, ou de plier les serviettes. Mais pas elle. Sourire aux lèvres, elle glissa deux tartines dans le grille-pain.

— Je ne commence qu'à midi, aujourd'hui, déclara-t-elle. Je peux faire quelque chose pour t'aider ?

— Tu parles des hot-dogs ?

— Non, papa. Je parle de la maison. Pour l'ouragan. Tu as tout ce qu'il faut ? Les magasins seront dévalisés avant la fin de la journée.

— Apple Market fait une promotion sur les surgelés. Le bœuf haché est à vingt-cinq cents la livre.

— Nos congélateurs sont déjà pleins, non ?

— Je pensais prendre le gril et vendre quelques hamburgers, en plus des hot-dogs.

— Tu veux aller sur la plage avec ta fourgonnette ?

— Oui, pour quelques heures. Aux alentours de midi. J'ai pensé que ce serait une bonne idée.

— Mais les gens seront en train de plier bagage... Tout sera fermé !

— Justement. Ceux qui seront en train de plier bagage auront faim.

Elle prépara leurs assiettes en se retenant une fois de plus de faire des commentaires. Ce fourgon avait sauvé son père, elle le savait depuis longtemps, même si Trish n'était pas de son avis. Walter Bailey n'avait pas besoin d'argent. La maison était payée et sa retraite de l'US Navy lui suffisait largement pour vivre. En revanche, il avait besoin de se sentir utile, d'avoir une raison de se lever le matin, de rencontrer des gens. Sur la plage, tout le monde connaissait l'homme qui vendait des hot-dogs. On l'avait même surnommé « Monsieur B. ».

— Et toi ? demanda-t-il en trempant son pain grillé dans son jaune d'œuf. On t'envoie où, en mission, aujourd'hui ?

— Je suppose que nous allons patrouiller au-dessus de la baie pour avertir les bateaux. Du moins tant que le vent le permettra… Ensuite, nous aiderons à l'évacuation.

— Tu connais Danny ? Le gamin qui bosse dans l'équipe de nettoyage de la plage ? Celui qui est passionné de surf.

Elle lui jeta un regard en coin et constata qu'il dévorait littéralement son petit déjeuner. Elle se retint de sourire : son appétit était le plus éloquent des compliments.

— Je l'ai déjà vu, oui.

— Il habite dans sa voiture, une vieille Chevy Impala rouge.

— Il dort dans sa voiture ?

— Oui. Je voudrais que tu vérifies qu'il évacue avec les autres. Il vient du Kansas. Là-bas, ils jouent à esquiver les tornades. Il ne faudrait pas qu'il s'imagine qu'il peut rester sur place.

— Pas de problème. Je m'en occupe.

— Au fait, c'en est où, l'affaire de la glacière à poisson ?

Liz allait répondre quand on frappa à la porte. Puis une clé tourna dans la serrure… et Trish entra comme une furie dans la cuisine.

— Je vais tuer mon mari, annonça-t-elle sans préambule.

34

Maggie fixait le torse d'homme posé sur la table d'autopsie en acier. Cet échantillon, comme l'appelait le légiste, ressemblait à une grosse pièce de viande. C'était vaguement écœurant.

— L'échantillon a séjourné au réfrigérateur, peut-être même au congélateur, fit le Dr Tomitch, le médecin légiste.

Il parlait dans le Dictaphone accroché à sa blouse. Ses commentaires devaient servir à rédiger son rapport. Ils n'étaient pas réellement destinés aux personnes présentes.

— Les coupures sont nettes, poursuivit-il. Efficaces. Mais pas chirurgicales.

— Qu'entendez-vous par là ? demanda le shérif Clayton, du comté d'Escambia.

Il s'était réfugié à l'autre bout de la pièce et tentait de calmer son impatience en faisant des va-et-vient le long d'un mur.

« Je ne voudrais pas déranger, avait-il dit un peu plus tôt. »

Il ne voulait pas déranger, mais il avait tout de même tenu à assister à l'autopsie.

Techniquement, les éléments de corps humains provenant de la glacière dépendaient de sa juridiction : quand les éléments d'un corps démembré étaient répartis sur plusieurs comtés, celui qui héritait du cœur — ici, le thorax tout entier — était chargé d'instruire l'affaire. Maggie avait plus d'une fois assisté à des disputes sordides à ce propos. Le shérif Clayton, lui, avait plutôt tenté de se débarrasser de l'enquête. Il jugeait probablement qu'il était plus important de préparer la population à affronter un ouragan, que de se pencher sur le cas d'une victime congelée depuis un temps indéterminé.

— Ça signifie que la personne qui a fait ça savait comment démembrer un corps, mais qu'elle n'était pas forcément médecin ou chirurgien, expliqua patiemment le Dr Tomitch.

— Qu'est-ce qui vous permet de l'affirmer ?

Tomitch se redressa lentement. Maggie lui trouvait une ressemblance avec Spencer Tracy : même cheveux gris argenté, même lunettes carrées dissimulant des yeux bleus capables de dureté autant que de douceur. Mais son léger accent d'Europe de l'Est — russe ou polonais, elle n'aurait pas su le dire — gâchait un peu cette impression. Quand il se tourna vers Clayton, il lui rappela le professeur d'histoire dont le regard bleu et perçant la tétanisait en classe de seconde.

— Quand même…, insista le shérif, qui n'était

pas disposé à se laisser démonter. Où peut-on apprendre à démembrer un corps, si ce n'est à l'école de médecine ?

— On peut apprendre sur le tas... En pratiquant, intervint Maggie.

Le shérif Clayton et le Dr Tomitch froncèrent les sourcils avec un bel ensemble.

— En pratiquant, répéta-t-elle. Comme les tueurs en série qui se perfectionnent peu à peu.

— Vous voulez dire que celui qui aurait fait ça n'en serait pas à son coup d'essai ? fit le Dr Tomitch d'un ton agacé.

— Pourriez-vous m'affirmer le contraire ? rétorqua-t-elle.

Cette fois, il parut perplexe.

— Laissez-moi reformuler ma question, dit-il enfin. Vous avez l'air de penser à un acte criminel. Or, pour le moment, nous ne connaissons même pas la cause de la mort. Et nous ne disposons d'aucun élément permettant de supposer qu'il y aurait eu meurtre.

— Voyons, docteur, fit le shérif. Nous parlons d'éléments de corps humains trouvés dans une glacière à poisson dérivant dans le golfe du Mexique. Il pourrait s'agir de quoi, à part un acte criminel ?

Maggie aurait bien voulu que Clayton aille plus loin dans son raisonnement, mais il s'interrompit.

— Qu'est-ce que c'est que cette odeur ? demanda-t-il en humant l'air.

Mais il n'osa pas s'approcher de la table d'autopsie.

— Du menthol, il me semble, répondit le médecin.
— Du Vicks VapoRub, intervint Maggie.
— C'est bizarre, commenta le shérif.
— Pas forcément, répondit Maggie. C'était sans doute destiné à couvrir les odeurs de décomposition.
— Ça ne prouve pas une intention criminelle, insista le médecin d'un air buté.

Un homme en blouse bleue entra par l'une des portes en poussant un chariot en acier. Maggie crut d'abord qu'il s'agissait d'un autre médecin légiste, mais la manière dont il s'adressa à Tomitch lui fit comprendre son erreur.

— Je vous apporte les autres échantillons, monsieur, dit-il.
— Merci, Matthew, répondit le Dr Tomitch.
— Les radios sont aussi sur le chariot, sur l'étagère inférieure. Je serai à côté, si vous avez besoin de moi.
— Vous faites bouillir mes os ?
— Oui, monsieur.

Le regard de Tomitch alla de Maggie à Clayton et il parut se réjouir de leur air ébahi.

— Quelqu'un a trouvé des ossements enterrés, expliqua-t-il d'un ton charitable. Je ne pense pas qu'ils soient humains, mais nous vérifions tout de même. Matthew est mon fidèle assistant. C'est lui qui est chargé de la partie la plus amusante de notre travail.
— C'est ça, approuva Matthew en souriant, comme s'il s'agissait entre eux d'une plaisanterie habituelle. Je suis chargé de la partie la plus amusante.

Il ne semblait pas le moins du monde contrarié

d'accomplir une tâche subalterne. Pourtant, il était sûrement capable de disséquer un cadavre aussi bien que son patron.

Matthew sortit et Tomitch enfila ses gants. Puis il prit sa scie électrique. Maggie jeta un regard discret du côté du shérif : Clayton était soudain devenu très pâle.

— Euh... J'ai des coups de fil urgents à passer, marmonna-t-il en désignant la porte.

Il sortit d'un pas digne et Maggie rendit mentalement hommage à son sang-froid. Tomitch le suivit des yeux et attendit que la porte claque derrière lui. Puis il se pencha de nouveau vers le torse en secouant la tête.

— Les shérifs et les politicards, je voudrais pouvoir leur interdire l'entrée de ma salle d'autopsie ! grommela-t-il.

Il interrogea Maggie du regard.

— Vous permettez que je commence ?

— Bien sûr. Allez-y.

Il mit la scie en route et découpa la cage thoracique en quelques secondes, puis il introduisit ses doigts gantés dans la fente pour écarter les côtes, de façon à mettre au jour les poumons et le cœur. Il parut aussitôt remarquer quelque chose d'inhabituel, et se mit à farfouiller à l'intérieur.

— Que se passe-t-il ? demanda Maggie.

— J'ai l'impression que nous avons de la chance,

répondit-il. Je viens de trouver de quoi identifier notre victime.

Sur ce, il attrapa des forceps et un scalpel pour commencer à découper.

35

Scott tournait fébrilement les Pages jaunes de l'annuaire. Bon sang ! C'était tout de même impensable qu'il ne reste pas un seul groupe électrogène à vendre à Pensacola. Il avait aussi appelé à Mobile et à Tallahassee. Le dernier gérant de magasin auquel il avait posé la question lui avait carrément ri au nez.

Scott n'avait pas encore commencé les préparatifs pour le service funéraire du vieil oncle. Ses employés n'arriverait qu'après l'heure du déjeuner, mais il leur avait laissé tout le boulot. Grâce à Dieu, ils n'étaient pas censé embaumer le corps, la famille ayant choisi de ne pas présenter le cercueil ouvert. Ils ne sauraient même pas si leur oncle Mel était vraiment dedans. Et tout ça à cause de ce maudit ouragan ! Et si l'électricité était coupée et qu'il n'avait pas de groupe électrogène pour la chambre froide, il ne lui resterait plus qu'à transporter chez lui ce qu'elle contenait.

Sauf qu'il se voyait mal demander à Trish d'entreposer des morceaux de corps humains dans leur congélateur. D'autant plus qu'ils n'avaient pas vraiment la place. Il ne possédait pas comme Walter deux réfrigérateurs dans son garage, en plus de celui de la cuisine.

A propos de Walter… Ne s'était-il pas vanté récemment d'avoir plusieurs groupe électrogènes de secours ? Scott reposa son téléphone. Oui, c'était bien ce que Walter avait dit la dernière fois que la météo avait brandi la menace d'un ouragan. Comment n'y avait-il pas pensé plus tôt ? Puisqu'il ne pouvait pas acheter de groupe électrogène, il ne lui restait plus qu'à en emprunter un… L'ennui, c'était que Walter n'accepterait jamais de lui prêter un appareil. Il n'aimait pas se séparer de ce qu'il considérait comme lui appartenant — à commencer par sa propre fille, d'ailleurs.

Scott ne voyait donc qu'une seule solution. Vider la chambre froide et transférer son contenu dans les petits congélateurs.

La sonnette de la porte de derrière le fit sursauter. Cette fois, c'était un FedEx.

Le livreur avait déjà déchargé deux boîtes. Il posa la troisième sur les deux autres, tout en tendant à Scott un bloc de signature électronique.

— L'étiquette ne mentionne pas la présence d'un liquide, dit-il à Scott. Je ne sais pas ce que c'est…

Il montra du doigt un fluide rose qui suintait de la tranche d'un des paquets.

— … mais ça ne me paraît pas très légal, acheva-t-il.

— Je ne fais que réceptionner les colis, se défendit Scott. J'ignore ce qu'ils contiennent.

Le livreur se contenta d'un regard accusateur et lui tourna le dos pour remonter dans sa camionnette. Scott se dépêcha de rentrer les paquets à l'intérieur, hors de vue et à l'abri de la chaleur. Il s'agissait sûrement des livraisons annoncées par Joe. Qu'est-ce qui lui avait pris d'envoyer des éléments mal emballés ? A quoi pensait-il ?

Scott prit le paquet qui fuyait et colmata la brèche avec une serviette. Puis il déposa la livraison sur un chariot qu'il tira jusqu'à la chambre froide. Il comptait laisser tout ça en l'état. A Joe Black de s'en occuper. En entrant dans la chambre froide, il s'arrêta net et faillit tout lâcher. Sur une civière, posé en plein milieu, il y avait le corps d'un homme. En y regardant de plus près, il se rendit compte qu'il s'agissait d'un jeune homme.

Joe avait parlé d'échantillons, il n'avait à aucun moment mentionné un corps. Avait-il l'intention de découper celui-ci avant l'arrivée de l'ouragan ? Et quand et comment l'avait-il transporté jusqu'ici ?

Scott supposa qu'il provenait d'un de ses réseaux de relations. Il avait dit à Scott qu'il s'approvisionnait auprès des banques d'organes, des morgues, des crématoires. L'un de ses endroits devait vider ses congélateurs avant l'arrivée de l'ouragan.

Ou bien il s'agissait de…

Scott lâcha le paquet.

Soit il devenait complètement cinglé, soit ce corps venait de remuer.

36

Maggie ne connaissait pas le petit objet que le Dr Tomitch avait retiré du torse, mais elle avait déjà deviné de quoi il s'agissait. Le shérif Clayton les avait rejoints. Comprenant qu'il se passait quelque chose d'intéressant, il avait fait l'effort de s'approcher jusqu'à l'évier et penchait maintenant son grand corps maigre par-dessus l'épaule droite du légiste.

— C'est un pacemaker, expliqua le Dr Tomitch tout en rinçant l'appareil à grande eau sous le robinet.

Puis il alla appuyer sur le bouton de l'Interphone, en bousculant au passage le shérif Clayton.

— Matthew. Pouvez-vous venir tout de suite, s'il vous plaît ? Il faudrait vérifier un numéro de série.

— Ça paraît trop facile, commenta le shérif Clayton. Vous êtes en train de nous dire qu'il y aurait un numéro de série sur cet appareil et que ce numéro serait associé à un nom ?

— Oui. C'est exactement ce que je suis en train de vous dire.

— Monsieur ?

Matthew était là, dans la pièce. Ils ne l'avaient pas entendu entrer.

Maggie baissa les yeux. Le bruit de ses pas était assourdi par des protections en papier qu'il avait enfilées par-dessus ses chaussures.

Le Dr Tomitch déposa le pacemaker sur un plateau, et le tendit à Matthew.

— Je veux le nom du patient et celui du médecin.

— Oui.

Le Dr Tomitch retournait vers le torse, quand il surprit le regard de Maggie, qui observait le pied et les mains.

— Vous êtes intriguée par ces échantillons ? s'enquit-il.

— Déformation professionnelle, se contenta-t-elle de répondre.

Tomitch acquiesça d'un air docte et respectueux, comme s'il voulait dire qu'il comprenait. Puis il fit quelque chose à quoi Maggie ne s'attendait pas : il prit le pied et le posa sur une autre table d'autopsie.

— Nous allons y jeter un coup d'œil tout de suite, murmura-t-il.

Il rajusta ses lunettes d'une main et, de l'autre, il désigna le torse d'un geste vague.

— Ce monsieur ne verra pas d'inconvénients à ce que nous poursuivions plus tard avec lui, quand Matthew nous aura communiqué son nom.

Un légiste n'aimait pas interrompre un travail en cours. Aussi Maggie interpréta-t-elle son geste comme une marque de respect. La surprise devait se lire sur son visage, mais le Dr Tomitch ne remarqua rien : il était occupé à ouvrir une boîte contenant des instruments, tout en rajustant son Dictaphone. Le shérif Clayton, qui avait paru impressionné par le torse, n'avait manifestement pas de problème avec les pieds coupés, car il s'approcha sans hésiter.

— Vous cherchez à établir un lien entre ces échantillons et l'une de vos affaires ? demanda le Dr Tomitch.

Il fallut quelques secondes à Maggie pour comprendre qu'il s'adressait à elle, et non à son Dictaphone.

— Pas vraiment, fit-elle. Vous pensez que ces échantillons correspondent à combien de victimes différentes ?

— Au moins deux, répondit Tomitch en se penchant sur la table pour commencer l'examen du pied. Mais ça pourrait aller jusqu'à cinq. Un simple test sanguin nous donnera des éléments de réponse. Si je trouve plusieurs groupes, nous saurons qu'il y a plusieurs victimes. Pour différencier celles d'un même groupe, nous devrons attendre les résultats des tests ADN.

— Si les membres ne correspondent pas au torse, nous ne trouverons peut-être jamais à qui ils appartenaient, intervint le shérif Clayton. Des empreintes ne nous serviront à rien, si elles ne sont pas enregistrées dans notre base de données.

— Attendez, fit soudain le Dr Tomitch en palpant la cheville. Je sens quelque chose sous la peau.

Il attrapa un scalpel et posa le pied sur le côté,

de façon à accéder à la face interne de la cheville. On voyait en effet pointer un morceau de métal et Maggie songea tout d'abord qu'il devait s'agir d'un dispositif médical — une broche sans doute. Le Dr Tomitch incisa précautionneusement autour de l'objet et le retira au moyen de pinces.

— On dirait un fragment de balle, commenta le shérif Clayton.

Le Dr Tomitch se contenta de lui jeter un rapide coup d'œil, avant de laisser tomber le fragment dans un bassin.

— Je n'ai pas encore tout sorti, dit-il.

Il trouva en effet quatre autres pièces similaires profondément enfouies dans la cheville.

— On lui a tiré dessus, vous croyez ? demanda le shérif.

Le légiste s'apprêtait à répondre quand Matthew apparut auprès d'eux. Son arrivée, aussi silencieuse que la précédente, fit sursauter le shérif. Il se racla la gorge d'un air gêné, en se dandinant d'un pied sur l'autre.

— J'ai l'information que vous m'avez demandée, annonça Matthew.

— Vous avez le nom du patient auquel on a posé ce pacemaker ? Déjà ?

— Oui, monsieur. Il s'agit de Vince Coffland, de Port St Lucie, en Floride.

— Port Sainte-Lucie ? interrompit le shérif Clayton. C'est à plus de mille kilomètres d'ici, sur la façade atlantique ! Comment a-t-il pu finir dans le golfe du Mexique ?

— Savez-vous ce qui est arrivé à M. Coffland ? demanda Tomitch à son assistant.

— Il a disparu depuis le 10 juillet. Après l'ouragan Gaston.

— Disparu ?

— Oui, disparu.

37

Il arrivait qu'un cadavre bouge. Les gens du métier évitaient d'en parler, sauf entre eux, et après quelques verres. Scott avait donc déjà entendu raconter des histoires morbides (mais cocasses) à propos de ce phénomène que d'autres appelaient « mouvements spontanés » et qui concernait le plus souvent les extrémités — les mains et les pieds du cadavre sursautaient ou tremblaient, par exemple. Mais il n'en avait jamais été le témoin direct, et il ne se souvenait pas précisément de ce qui les provoquait. Il savait seulement qu'il s'agissait d'une sorte de réaction biochimique qui se produisait en général entre dix et douze heures après la mort. Ce qu'il avait vu dans la chambre froide était probablement le résultat de ce processus on ne peut plus naturel, mais quand il appela Joe, il ne put maîtriser son stress et lui suggéra la pire des hypothèses.

— Le type que vous avez mis dans ma chambre froide est toujours vivant, annonça-t-il d'une voix blanche.

— Qu'est-ce que vous racontez ?

— Votre macchabée bouge ! s'énerva-t-il.

Sa déclaration fut suivie d'un long silence. Suffisamment long pour qu'il ait le temps de réfléchir à ce qu'il venait de dire. Il s'en voulut. Joe allait le prendre pour une mauviette. Il ne voudrait plus travailler avec lui.

— Ecoutez, mon pote, fit Black de sa voix calme. Je crois que votre imagination vous joue des tours.

Puis il ajouta, du ton sur lequel on s'adresse à un vieux copain :

— Vous avez pas mal bu hier soir…

Scott se sentit aussitôt un peu rasséréné. La voix de Joe avait quelque chose d'apaisant. Et puis il l'avait appelé « mon pote ». *Mon pote…*

Une demi-heure plus tard, lorsque Joe arriva, Scott s'était persuadé qu'il avait eu une vision. Il avait toujours aussi mal à la tête. Et sa vision se troublait encore de temps à autre. Il n'était pas retourné dans la chambre froide, et se sentait vaguement ridicule de s'être affolé ainsi.

Il tenta de se concentrer, tout en supervisant le travail de ses employés qui préparaient le service funéraire de l'oncle Mel, le vieux célibataire que sa famille voulait enterrer avant l'arrivée de l'ouragan. Il leur avait interdit l'accès du second bâtiment au prétexte qu'il désinfectait le couloir par fumigation. L'excuse était absurde et il avait eu honte en la formulant. Qui aurait eu l'idée de désinfecter quoi que ce soit avant le passage d'un ouragan ? Mais personne ne lui avait posé de questions et il se félicita intérieurement de son pouvoir de persuasion — qualité qui faisait par ailleurs de lui un excellent vendeur. Même en situation de crise et soumis à un stress colossal, il arrivait à faire passer des vessies pour des lanternes.

Cela faisait déjà vingt minutes que Joe était seul dans la chambre froide. Aussi, dès qu'il en eut l'occasion, Scott s'éclipsa du côté du second bâtiment, en passant par l'extérieur, pas par le couloir, à cause de la prétendue fumigation. Quand il entra, Joe était en train de boucler la porte de la chambre froide.

— Eh bien, Scott, j'aurais voulu que vous entendiez votre voix tout à l'heure, railla Joe. « Votre macchabée bouge. »

Il éclata de rire et lui administra une grande claque entre les omoplates.

— Ouais, j'ai dû boire trop de scotch hier soir, fit Scott d'un air contrit.

— Ou pas assez, corrigea Joe.

Il sortit son clip à billets et en détacha plusieurs billets de cent dollars.

— J'aurai des échantillons à vous confier avant l'arrivée de l'ouragan. Si vous êtes d'accord, précisa-t-il en posant une liasse sur un bureau.

Scott n'arrivait pas à évaluer la liasse et à écouter Joe en même temps.

— Je reviendrai ce soir. Pour découper et emballer. Ça prendra moins de place.

— Bien sûr, aucun problème, répondit Scott tout en s'efforçant de ne pas lorgner la liasse qui attendait toujours sur le bureau.

— Je vous proposerais bien de dîner avec moi ce soir, mais je crois que vous avez besoin de repos, fit Joe.

Il lui adressa un de ses sourires qui allaient avec « mon pote ».

— Mais ce n'est que partie remise ! ajouta-t-il en clignant de l'œil.

Scott hocha la tête en souriant. Il se sentait beaucoup mieux depuis que cette liasse de billets était là pour lui rappeler qu'il aimait bien Joe Black et leur petit arrangement. Debout sur le seuil, il le regarda s'éloigner vers le parking. C'est alors qu'il aperçut une tache sur son pantalon kaki. Il voulut la lui faire remarquer, puis s'arrêta net. On aurait dit du sang. Du sang bien rouge. Or, Scott était bien placé pour savoir que le sang qu'on tirait d'un cadavre n'était jamais aussi rouge. Et qu'il n'éclaboussait pas les vêtements.

38

Si Isaac ne se dirigeait pas vers Pensacola, Liz ne serait pas allée travailler ce matin. C'était son jour de congé. Mais les spécialistes avaient annoncé que l'ouragan atteindrait la ville plus tôt que prévu — ce que le vent et les vagues semblaient confirmer —, et elle avait dû reprendre du service.

Elle avait l'habitude de sortir par grand vent. Le commandant Wilson, en revanche, semblait affronter une forte tempête pour la première fois. Agrippé à ses commandes, il luttait maladroitement contre les rafales, ce qui donnait l'impression de rouler sur des montagnes russes, livrés à un conducteur qui donnait sans cesse des coups de frein et d'accélérateur.

Assis près de Liz, Kesnick semblait gêné par les cahots de l'appareil, lui aussi. Il lui jeta un regard à la dérobée et, profitant de ce que Wilson et Ellis leur tournaient le dos, il leva les yeux au ciel. Elle lui répondit par un sourire.

Sous leurs yeux, les bateaux rentraient au port, comme le recommandaient les autorités. Les marinas étaient pleines, et des files de bateaux attendaient encore un emplacement. Il était trop tard pour espérer se mettre à quai et remorquer son embarcation vers le nord, hors de portée de l'ouragan. Quelques-uns tentaient tout de même de fuir en remontant les fleuves.

Déjà, les vagues battaient violemment contre les digues et s'écrasaient sur la plage en atteignant les dunes de sable. Sur l'étendue houleuse de la mer, on apercevait de temps en temps un surfeur, point coloré qui apparaissait et disparaissait.

Depuis l'hélicoptère, Liz prit le temps d'apprécier la beauté de la baie en songeant que ce serait sans doute la dernière fois avant un bon bout de temps. En 2004, l'ouragan Ivan avait ravagé la région, dévastant tout sur son passage, notamment les belles forêts de Floride, sur des centaines d'hectares. Les majestueux chênes centenaires qui bordaient Santa Rosa avaient été arrachés comme des touffes d'herbes. Personne n'avait oublié le spectacle impressionnant de leurs longues et puissantes racines, dont certaines atteignaient le deuxième étage des bâtiments alentour.

Toujours lors du passage d'Ivan, la bande de terre de Santa Rosa avait été submergée par les eaux. D'énormes machines avaient travaillé pendant plus d'un an à trier les débris enfouis dans le sable — au point que les grues avaient fini par faire partie du paysage. Pendant des mois, on avait vu des bâches bleues colmater les trous des toits, même dans les beaux quartiers — puisque les ouragans n'épargnaient pas les riches.

Les ponts aussi avaient subi d'importants dommages et il avait fallu trois ans pour reconstruire celui qui reliait le comté d'Escambia à Santa Rosa — un pont de cinq kilomètres dont l'absence avait grandement compliqué la vie des résidents.

Au moment du passage d'Ivan, Liz finissait sa formation de garde-côte à Elizabeth City, en Caroline du Nord. Elle avait eu la sensation de trahir les siens en n'étant pas auprès d'eux pour cette épreuve. C'était stupide, car sa présence n'aurait rien changé. Elle souffrait sans doute du syndrome de ceux qui ont échappé au pire et en éprouvent de la culpabilité. Le passage d'Isaac allait lui donner l'occasion de se racheter.

39

Walter ne s'était pas trompé : les gens avaient beau être en partance, il fallait qu'ils mangent. Les clients se pressaient devant la Cantine de Coney Island, ravis de le trouver encore sur place. Il décida pourtant de fermer boutique quand le vent se mit à secouer sa fourgonnette. Pas question de prendre des risques. Il l'avait racheté d'occasion à l'US Navy, trois ans plus tôt, sans savoir vraiment ce qu'il en ferait. A l'époque, il réfléchissait avec Emilie, sa femme, à la meilleure façon d'occuper sa retraite. Pendant des années, il s'était absenté de chez eux, partant parfois en mission pendant six mois consécutifs. Ils avaient du temps à rattraper, et beaucoup de projets. Mais Emilie était morte avant qu'ils aient pu les réaliser.

Durant l'année qui avait suivi la disparition de sa femme, Walter s'était occupé tant bien que mal. Mais rien n'avait réussi à combler l'absence d'Emilie.

Puis il avait fait l'acquisition de cette fourgonnette cabossée et rouillée, mais en parfait état de marche. Il avait poncé et nettoyé l'équipement intérieur, repeint l'extérieur en rouge, blanc et bleu, suspendu des drapeaux américains en guise de rideaux. Il ne vendait pas des hot-dogs pour gagner de l'argent, juste pour rencontrer des gens, pour ne pas rester seul chez lui à ruminer, pour oublier un peu le vide — ce trou béant — que le départ d'Emilie avait laissé dans son cœur.

— Vous remballez, Walter ?

Levant les yeux, il aperçut Charlotte Mills, avec son éternel chapeau à larges bords trop grand pour elle, et ses lunettes de soleil trop grosses et trop brillantes pour son petit visage aux traits fins. Elle avait retroussé le bas de son pantalon et portait une longue chemise de coton blanc ouverte sur un débardeur moulant. Ses tongs jaunes contrastaient avec le rouge vif de ses ongles de pied. Elle avait les poches gonflées de coquillages. Walter l'avait surnommée en secret « la Veuve aux coquillages », un sobriquet ironique, mais affectueux.

— Il me reste des hot dogs chauds, si ça vous intéresse, proposa-t-il.

— Je veux bien, si ça ne vous retarde pas. Tout le monde a l'air très pressé, aujourd'hui.

— Et vous, vous ne quittez pas la plage ?

— Oh ! murmura-t-elle en agitant une main aussi légère qu'un oiseau. J'ai vu bien pire, vous savez ! La dernière fois que j'ai été évacuée, je n'ai pas pu rentrer chez moi avant des semaines… Je n'ai pas envie que ça recommence.

— Si je me souviens bien, c'était parce que le pont était impraticable.

— C'est ce qu'ils disaient, mais je suis sûre que ça cachait autre chose.

Le mari de Charlotte était mort dans un accident d'avion, quelques jours avant de témoigner dans une enquête fédérale mettant en cause un sénateur. On n'avait jamais pu prouver l'origine criminelle de l'accident, mais Charlotte restait persuadée que quelqu'un avait voulu empêcher son mari de témoigner. Depuis, elle voyait des complots partout. Walter se demandait si cet épisode de sa vie avait déclenché sa paranoïa, ou si c'était cette paranoïa qui la poussait à l'interpréter ainsi.

— Cet ouragan va être terrible, fit-il remarquer.

Il avait rouvert le fourgon et sortait déjà les condiments pour le hot dog de Charlotte. Tant qu'il y était, il décida de s'en préparer un pour lui aussi et de le manger avec elle.

— Si vous cherchez un endroit pour vous réfugier, vous êtes la bienvenue chez moi, proposa-t-il. Ma maison est située au-dessus des zones inondables, à quatre cents mètres du bord de mer. Il n'y aura que moi, ma fille, et peut-être mon beau-fils.

— C'est vraiment gentil à vous, Walter, mais non, décidément, je reste. J'ai déjà barricadé ma maison avec du contreplaqué. J'ai aussi une réserve de piles et un groupe électrogène prêt à démarrer dans le garage.

— Tout de même, Charlotte... N'oubliez pas que les maisons proches de la plage ont été inondées par Ivan !

— La mienne est en parpaing. Elle a résisté à Ivan. Elle résistera à Isaac.

— Hé ! Monsieur B. !

— Bonjour, monsieur Norris ! s'exclama Walter. Vous savez, quand vous êtes parti la dernière fois, je me suis souvenu que je connaissais votre père. Vous lui ressemblez.

Le visage de Norris afficha une expression surprise et horrifiée. Visiblement, il n'avait pas envie qu'on l'appelle Norris, et Walter se sentit gêné. Pour se rattraper, il présenta Charlotte à Norris en laissant à celui-ci le soin d'annoncer lui-même son nom. A son grand soulagement, Norris tendit la main à Charlotte en souriant.

— Je suis Joe Black, lui dit-il.

— J'essayais de convaincre Charlotte de quitter la plage pendant l'ouragan, expliqua Walter.

— Je possède une très jolie maison en parpaing, protesta de nouveau sa cliente. Elle n'est pas si près que ça de la mer, et je pourrai toujours me réfugier à l'étage en cas d'inondation. Je ne risque rien.

— Beaucoup de gens disparaissent pendant les ouragans, déclara Joe d'un ton catégorique.

Walter et Charlotte le contemplèrent d'un air abasourdi.

— Je veux dire que ça arrive, expliqua-t-il. Par exemple, après le passage de l'ouragan Ike à Galveston, au Texas, on a enregistré plus de trois cents disparitions. Vous devriez réfléchir, Charlotte.

40

Maggie passa le reste de l'après-midi enfermée dans sa chambre d'hôtel. Sur le parking, les gens qui se préparaient à évacuer chargeaient leurs voitures. La plupart des commerces avaient fermé, et leurs propriétaires protégeaient les vitrines et les portes en les barricadant. Depuis son balcon, Maggie remarqua les surfeurs qui glissaient sur les vagues et quelques restaurants qui servaient encore. Une pancarte scotchée à la vitrine du Tiki Bar proposait des boissons gratuites.

Le directeur de l'hôtel avait averti Maggie qu'il ne quitterait son établissement qu'au dernier moment, quand les autorités décideraient de fermer le pont. Il lui avait aussi proposé de rester jusqu'à ce moment-là, ainsi qu'à Wurth. Ses autres clients étaient déjà partis — du moins la majorité d'entre eux : Maggie n'entendait plus personne passer dans le couloir. Elle en déduisit qu'elle était seule à l'étage.

Le shérif Clayton avait eu l'amabilité de la raccompagner à Pensacola Beach après l'autopsie.

— Désolé de ne pas pouvoir me rendre utile,

avait-il déclaré. Je me charge de prévenir la femme de Vince Coffland, mais pour le reste, il faudra attendre la fin de l'ouragan.

Maggie lui avait demandé de transmettre son numéro de portable à la veuve de Coffland. Elle avait quelques questions à lui poser sur la disparition de son mari. Clayton avait jugé l'idée excellente.

Maggie alluma son ordinateur, puis sortit un Pepsi Light du minibar. Elle jeta un œil à son téléphone. Pas d'appels et pas de messages. Personne n'avait cherché à la contacter. La télévision marchait sans le son, branchée sur la chaîne météo. Un journaliste venait d'apparaître à l'écran, plutôt séduisant, le crâne rasé, avec de longues jambes. Il était filmé dans le golfe, sur fond de mer émeraude, avec les vagues qui roulaient derrière lui. Elle lut l'annonce qui défilait sous l'image : « Jim Cantore, en direct de Pensacola. »

— Zut, Charlie, murmura-t-elle. Ton oiseau de malheur est arrivé.

Elle sourit, puis attrapa le bloc-notes de l'hôtel pour faire le point par écrit sur son enquête.

Clayton avait eu raison à propos des mains : leurs empreintes digitales n'étaient pas répertoriées. Ils devraient attendre les résultats des tests ADN pour savoir si l'une d'entre elles avait appartenu à Vince Coffland. Un simple test sanguin avait suffi à déterminer que le pied provenait d'une autre victime. Vince Coffland était du groupe B. Le propriétaire du pied, du groupe O.

Elle écrivit :

« Disparition de Coffland le 10 juillet
A Port Sainte-Lucie, distant de 1 000 kilomètres
Pied : morceaux de métal. Appartient à une autre victime
Plastique épais (à usage commercial)
Pourquoi une glacière à poisson ?
Corde bleu et jaune en fibres synthétiques »

Elle avait demandé au Dr Tomitch la permission d'emporter un des éclats prélevés dans le pied, et le palpait en ce moment à travers le plastique. Elle le posa sur le bureau, devant elle, et l'observa attentivement. Il s'agissait bien d'une pièce de métal, pas de doute. Une pièce tordue et déformée.

Coffland avait disparu après un ouragan. Il n'était pas exceptionnel que des vents violents projettent dans le corps des victimes des fragments de matériaux insolites — amiante, morceaux de revêtements en vinyle, tessons de verre. Ce phénomène bien connu pouvait expliquer la présence d'éclats de métal dans un pied. Elle se remit à griffonner :

« Réclamer une liste des personnes portées disparues après l'ouragan Gaston. »

Elle avait confié au shérif Clayton l'étiquette qu'elle avait retirée du liquide rosâtre de la glacière. Elle prit dans sa poche le bout de papier sur lequel elle avait soigneusement recopié les inscriptions qui y figuraient :

CETMA
DESTIN : 082409
8509000029

Destin signifiait probablement destination, et les chiffres qui suivaient devaient représenter une date : 24 août 2009. Elle n'avait pas encore d'idée pour CETMA. Un acronyme probablement, mais de quoi ? La dernière ligne correspondait sans doute à un numéro de série — pas celui du pacemaker, en tout cas.

Jim Cantore se tenait maintenant devant une carte du nord de la Floride que Maggie contempla distraitement. Soudain, un détail attira son attention. A droite de Pensacola, à une centaine de kilomètres, il y avait un point marqué « Destin ». Et si DESTIN n'était pas l'abréviation de « destination », mais désignait plutôt la ville de Destin, en Floride ?

Elle vérifia le numéro de l'hôtel sur le téléphone de la chambre. L'indicatif de la Floride était bien 850. La troisième ligne de l'étiquette n'était donc pas un numéro de série, plutôt un numéro de téléphone.

Ça ne coûtait rien de vérifier.

Elle composa le numéro sur son smartphone, appuya sur le bouton « Appel », et attendit. Elle ralentit sa respiration pour se concentrer, essuya sa paume moite, passa l'appareil dans l'autre main. Trois sonneries, déjà. La personne qui se trouvait à l'autre bout de la ligne attendait-elle qu'on lui livre un des paquets de la glacière à poisson ?

Ce fut une voix de femme qui lui répondit.

— Centre d'enseignement des technologies médicales avancées, que puis-je pour vous ?

Les yeux de Maggie se posèrent sur le papier. CETMA.

— Bonjour, fit-elle. Je voudrais parler à un responsable. Au sujet d'une livraison.

— Vous avez une livraison pour nous ? Pour l'une de nos conférences, je suppose ?

— Oui, je crois.

— Vous devez vous adresser à Lawrence Piper. Mais il n'est pas là aujourd'hui. Puis-je lui demander de vous rappeler ?

Maggie laissa son nom et son numéro de téléphone à la femme. Elle allait raccrocher, quand elle entendit le bip signalant un double appel.

— Maggie O'Dell.

— Maggie, c'est Tully. J'ai des renseignements à propos de ta corde.

— Je t'écoute.

— Elle est composée d'un matériau hautement résistant aux UV et à l'érosion chimique. La fibre est recouverte d'une résine modifiée.

— Attends... Tu as découvert tout ça uniquement à partir de mes photos ?

— Le tissage est très caractéristique. J'ai scanné quelques-uns des gros plans, et je n'ai pas eu de mal à trouver un équivalent sur internet.

— Tu as pu remonter jusqu'au fabricant ?

— Il s'agit de la société Ningbosa, spécialisée

dans les plaques à l'épreuve des balles, les tissus indéchirables, etc. Tu vois le genre…

— Et elle se trouve où, cette société ?

— En Chine, à Zhejiang.

— Tu plaisantes ?

— Pas du tout. Il faudrait que je travaille un peu mon chinois pour la prononciation, mais je ne plaisante pas.

— Ça n'a rien de surprenant, en fait. Tout est fabriqué en Chine, de nos jours…

— Et ce n'est pas tout. La couleur, c'est une commande spéciale.

— Excellent. Et de qui vient cette commande ?

— De la marine militaire des Etats-Unis d'Amérique.

Maggie allait répondre, quand un nouveau bip annonça un autre appel. Lawrence Piper, qui la rappelait ? Déjà ?

— Il faut que je te laisse, dit-elle à Tully.

— Pas de problème. Je n'avais rien de plus à t'apprendre. Si tu as besoin de quoi que ce soit, fais-moi signe.

— Merci. A plus tard.

Elle prit l'appel entrant.

— Maggie O'Dell.

— Quelle douce musique à mes oreilles…

— Colonel Benjamin Platt, répliqua-t-elle sobrement.

Elle n'avait pas eu de contacts avec Benjamin depuis plusieurs jours. Il lui avait manqué, bien sûr — mais elle rechignait à l'admettre. Et surtout, elle ne voulait pas qu'il le sache.

— Ça se passe bien, ta mission secrète ? demanda-t-elle.

— On me renvoie à la maison. Je peux t'inviter à dîner demain soir ?

— Je ne suis pas chez moi et je ne rentrerai pas avant plusieurs jours.

— Oh…

Il paraissait déçu. Déçu et las.

— C'est une très longue histoire, fit-elle. Je suis descendue en voiture jusqu'à Pensacola, en Floride, avec Charlie Wurth. Pour une enquête. Et voilà que maintenant je suis coincée sur place à cause de l'ouragan.

— Tu plaisantes ? Et où es-tu exactement, en ce moment ?

— A l'hôtel Hilton, au bord de la mer. Il fait un temps superbe. J'ai du mal à croire qu'un ouragan se prépare.

— Sors sur ton balcon.

— Pardon ?

— Tu es à quel étage ?

— Platt, si tu oses me demander ce que je porte, je te jure que je te raccroche au nez.

— Sors sur ton balcon, s'il te plaît.

Maggie hésita. Elle avait ouvert tout à l'heure la porte donnant sur le balcon pour entendre le bruit des vagues. Elle fit ce que Ben lui demandait.

— Baisse les yeux vers la plage, à présent, ordonna Platt.

Il était là. Il lui faisait signe.

— Je t'offre un verre au Tiki Bar, dit-il.

41

— Tu sais que c'est vraiment une bonne surprise de te trouver ici ? fit Platt à Maggie.

— Oui. Tu me l'as déjà dit trois fois.

Elle ne put retenir un sourire, et il en déduisit qu'elle était attendrie par son enthousiasme. Il prit le temps de la contempler. Elle portait un débardeur jaune pâle qui faisait ressortir les stries dorées de ses yeux noisette, et un short — un vrai, pas un de ces shorts de sport qu'elle arborait à la saison des matchs. Et aussi des tongs — elle qui ne mettait jamais de sandales. La contempler dans cette tenue inhabituelle était plutôt déroutant — pour ne pas dire troublant.

Ils avaient eu du mal à trouver une table libre face au golfe. Les touristes avaient déjà fui, mais les établissements du bord de plage affichaient complet. Les habitants de Pensacola ayant passé la journée à se préparer pour affronter l'ouragan, ils éprouvaient le besoin de sortir et de profiter une dernière fois du magnifique spectacle de la baie.

Le Tiki Bar offrait les boissons. La serveuse leur

annonça qu'ils pouvaient commander des entrées, si ça ne les dérangeait pas de se contenter d'un assortiment choisi par le chef — en d'autres termes, de ce qui restait en cuisine. Quand elle apporta les plats, ils échangèrent un regard surpris. En fait de restes, ils étaient servis comme des rois : rouleaux de printemps aux champignons, crevettes grillées à la sauce pimentée, côtes de porc à l'ananas. Tout cela sentait merveilleusement bon. Platt en salivait déjà.

— Tu n'as toujours pas le droit de me parler de ta mission, n'est-ce pas ? demanda Maggie après avoir englouti un rouleau de printemps.

— Non. Je crois bien que non. Mais ça n'a pas d'importance.

Il s'adossa à son siège et sirota lentement une gorgée de son cocktail au rhum. Il en était à son deuxième, et commençait à se sentir plus détendu, même s'il ne parvenait pas à oublier le brutal changement d'attitude de Ganz. Il prit du bout des doigts la petite ombrelle jaune en papier, et mordit dans la rondelle de citron vert plantée au bout.

— Je leur ai donné mon avis. Il faut croire que cet avis ne leur convenait pas, parce qu'ils ont décidé de se passer de moi pour la suite.

— Mmm, bougonna Maggie en saisissant une crevette. Je ne suis pas surprise. Tu étais dans une des bases militaires de la région ?

— Comment t'y prends-tu pour toujours tout savoir ? s'exclama-t-il.

Puis il se rendit compte qu'il venait d'avouer et s'arrêta net.

— On peut changer de conversation, si tu veux, fit-elle d'un ton conciliant. Ça ne me dérange pas.

— Et toi ? Ton affaire ? C'est quoi ?

— Des gardes-côtes ont trouvé une glacière à poisson dans le golfe.

— Avec un cadavre à l'intérieur ?

Elle avait la bouche pleine et se contenta d'acquiescer. Platt se pencha vers elle, pour tamponner le coin de sa bouche avec une serviette en papier.

— Désolée, dit-elle en prenant sa propre serviette pour s'essuyer les lèvres.

Elle avait l'air si gêné qu'il regretta aussitôt son geste.

— Pas un cadavre, reprit-elle. Des éléments humains. Nous en avons identifié un. Il provient d'un homme disparu après l'ouragan Gaston.

— Gaston ? Ce n'était pas du côté Atlantique ?

— Si.

— Tu penses que tu as affaire à un tueur qui chasse pendant les ouragans ?

— Je ne sais pas. C'est possible. Il arrive que des gens disparaissent, pendant un ouragan.

— C'est sûr. Un ouragan, ça sème une belle panique. Et tu vas bientôt pouvoir observer ça de près.

Elle haussa les épaules.

— Toi aussi, on dirait…

— On m'a offert de me raccompagner à Jacksonville dans un C-130.

— Un avion-cargo militaire ? Quelle générosité…

Platt détourna le regard. Il se sentait encore blessé quand il songeait à la façon cavalière dont Ganz l'avait renvoyé.

— Juste par curiosité, il y avait quoi, exactement, dans cette glacière ? demanda-t-il.

— Un torse, un pied, trois mains. Tu n'as pas faim ? Tu devrais te servir… Sinon, je ne vais rien te laisser.

Il sourit, tout en choisissant un rouleau de printemps. Il avait faim, mais il était épuisé au point que manger lui demandait un effort. Il ne se souvenait pas quand il avait dormi pour la dernière fois.

— Trois mains ? Donc au moins deux victimes.

— Deux, trois, quatre ou cinq. On ne sait pas. Tout ce qu'on peut dire pour l'instant, c'est que le sang qui coulait dans le pied n'était pas du même groupe que celui qui coulait dans le torse.

— Ton tueur n'est pas un maniaque de l'ordre. Ou alors il est très malin. Tu crois qu'il a jeté tout ça en mer pour s'en débarrasser ?

Elle eut l'air de réfléchir à la question, puis secoua la tête.

— Les éléments étaient bien emballés, dans un plastique épais, comme si on avait voulu soigneusement les préserver.

Elle vida son deuxième Pepsi Light.

— Ce n'est pas tout, ajouta-t-elle. Nous avons trouvé des débris de métal profondément enfoncés dans le pied.

— Mais qu'est-ce qui a pris à Kunze de t'envoyer dans cette galère ? Et en plein ouragan, qui plus est ?

— C'est une longue histoire, murmura-t-elle tout en faisant signe à la serveuse de remplir son verre. Tu es descendu à quel hôtel ?

— Mon sac de voyage est dans le bureau des autorités de l'île de Santa Rosa. Ils m'ont dit que je ne trouverai pas de chambre d'hôtel sur la plage. Nulle part.

— J'ai une suite à l'hôtel Hilton. Au moins jusqu'à demain.

— Mmm.

Il se demanda si elle lui faisait des avances. Leur relation était ambiguë, ils le sentaient tous les deux, mais ils prenaient soin de conserver leurs distances. Il n'aurait pas su dire où ils en étaient exactement.

— Avec deux grands lits jumeaux, précisa-t-elle.

Ah… D'accord… Il s'agissait donc d'une simple invitation de sa grande amie O'Dell. Il en fut soulagé. Autant que déçu.

— Et un minibar, j'espère, plaisanta-t-il.

— Et un minibar.

— Et une télévision avec un écran plat ?

— C'est un hôtel, Platt. Pas un bar sportif.

— Tu es sûre que ça ne t'ennuie pas de la partager avec moi ? Je crois bien que je ronfle quand je suis crevé.

— Pas de problème. De toute façon, je ne dors plus, en ce moment.

— Comment ça, tu ne dors plus ? Plus du tout ?

Elle parut contrariée d'en avoir trop dit.

— Je souffre d'insomnies, avoua-t-elle.

— Tu souffres d'insomnies ? Depuis combien de temps ?

C'était plus fort que lui : il ne pouvait s'empêcher de jouer les médecins avec elle. Quand il l'avait rencontrée, elle venait d'être contaminée par le virus Ebola. Il l'avait soignée pendant sa mise en quarantaine… Ils avaient du mal à l'oublier. Sans doute était-ce ce qui les empêchait de dépasser le stade de l'amitié.

— Je dors quelques heures de temps en temps, avoua-t-elle d'un ton hésitant.

Elle soupira.

— Ça dure depuis plusieurs mois, ajouta-t-elle.

— Eh bien, je crois que j'ai ce qu'il faut pour arranger ça.

— Ecoute, Ben, je refuse de prendre des somnifères et…

— Ai-je parlé de somnifères ? plaisanta-t-il en lui montrant ses mains. Je songeais plutôt à des massages.

42

Scott était déjà passé deux fois devant la maison de son beau-père — laquelle était située dans une impasse, ce qui compliquait la manœuvre. Il l'avait appelé chez lui, mais ça ne répondait pas. Quant à le joindre sur un portable… Cet arriéré de Walter n'en possédait pas — et s'en vantait, en plus !

Les fenêtres donnant sur la façade avant n'étaient pas éclairées. La voiture de Walter était garée dans l'allée, mais pas sa fourgonnette. Etait-il dehors, sur la plage ?

Scott frappa le volant à deux mains. C'était génial. Tout simplement génial. Il avait désespérément besoin d'un groupe électrogène et pendant qu'il devenait dingue à le chercher, le vieux s'amusait sur la plage.

Il était passé par les quatre plus gros magasins d'outillage et de bricolage de Pensacola, muni d'un paquet d'argent liquide, espérant que la liasse l'aiderait à obtenir ce qu'il réclamait, même si tout était prétendument vendu. Il avait donc ignoré les pancartes indiquant qu'il ne restait plus de piles, plus de groupes électrogènes, plus de batteries, et il était entré pour poser directement la question aux gérants des magasins. Deux d'entre eux s'étaient contentés de secouer la tête d'un air désolé. Deux autres avaient ri. Il y en avait tout de même un qui avait fixé la liasse de billets avec des yeux avides, et envisagé pendant quelques minutes la perspective de vendre à Scott son propre groupe électrogène. Puis il avait secoué la tête, lui aussi.

— Non, non, je ne peux pas faire ça, avait-il dit enfin d'un air contrit. Ma femme me ferait passer un sale quart d'heure. Je regrette, monsieur.

— Pourriez-vous au moins me dire jusqu'où je devrais aller pour m'en procurer un ? avait insisté Scott, tout en détachant un billet de cent dollars du paquet.

L'homme s'était mis à chercher sur son ordinateur, montrant un empressement certain à l'aider, et surtout à toucher son pourboire de cent dollars. Il avait tapoté sur son clavier, fait la grimace, tapoté encore, répété la séquence plusieurs fois.

— J'ai trouvé ! avait-il enfin annoncé d'un ton victorieux. Je peux vous en réserver un à Athens, en Géorgie.

— Athens ? C'est d'accord. Ça se trouve où ? A la frontière entre la Géorgie et la Floride ?

— Pas vraiment, non. C'est au nord d'Atlanta.

— Atlanta ? Mais Atlanta est au moins à cinq ou six heures de route.

— Oui. Vous pourriez être sur place demain

matin, à l'heure où ils ouvrent les magasins. Vous voulez que je vous le réserve ou non ?

Il avait opté pour la réservation — un plan de secours qui ne lui coûtait que cent dollars. Mais à l'idée de rouler six heures aller, plus six heures retour, il était fou de rage — et plus il y songeait, plus il en voulait à son beau-père.

Les Bailey ne l'avaient jamais vraiment accepté comme ils l'auraient dû. Pourtant, il prenait soin de Trish. Elle allait bientôt vivre dans une belle maison toute neuve avec une vue superbe sur la baie de Pensacola. Il lui avait offert une BMW, rien que ça... Depuis qu'ils étaient mariés, il se démenait pour qu'elle n'ait pas à travailler. Même la maison qu'ils louaient était bourrée de trucs chers et luxueux. En ville, on le considérait comme un homme d'affaires qui a réussi et on lui proposait d'entrer dans les cercles les plus huppés. Mais ça ne suffisait pas aux Bailey, qui continuaient à le traiter en étranger. Pis que ça, Walter Bailey lui faisait sentir qu'il n'arrivait pas à la cheville de Trish et qu'elle aurait pu trouver mieux. *C'est ça...* Le vieux se ferait prier pour le groupe électrogène. Et à la fin, il dirait non.

Scott éteignit ses phares et gara sa Lexus à quelques mètres de la maison de Walter. Il était tard. Mais où était donc le vieux ? Il vida d'un trait le fond de son *latte*. Il grimaça. Le breuvage était froid. Il y avait ajouté un zeste de vodka — provenant d'une bouteille oubliée par le précédent propriétaire de la maison funéraire —, en se disant qu'il aurait besoin de ce petit coup de pouce pour convaincre Walter. Mais les effets de l'alcool commençaient à se dissiper. Et, de toute façon, Walter n'était pas là.

Scott était pratiquement certain de trouver le double garage ouvert. Walter ne fermait jamais… A quoi bon, puisqu'il n'y garait pas de voitures ? Il s'en servait pour entreposer le stock pour ses hot dogs et tout un bric-à-brac d'objets qu'il achetait sans en avoir l'usage, juste parce qu'ils étaient soldés.

Scott se frotta le visage pour tenter de chasser sa fatigue. Il avait passé une sale journée. Il avait hâte de rentrer chez lui, et de se laisser tomber sur son lit pour profiter d'un repos bien mérité. Mais, de ce côté-là, ce n'était pas gagné non plus. Trish lui avait laissé au cours de la journée plusieurs messages incendiaires qu'il avait décidé d'ignorer. Elle l'attendait sûrement de pied ferme.

Il consulta sa montre en soupirant de frustration. Pas question de rouler cette nuit jusqu'à Atlanta. Il démarra, mais conserva les phares éteints, puis, aussi silencieusement que le lui permettait le moteur, il recula dans l'allée de Walter. Le garage communiquait avec l'arrière de la maison et on ne pouvait pas voir depuis la rue ce qui se passait à l'intérieur. Les voisins risquaient de reconnaître sa voiture, mais c'était plutôt une bonne chose. Ils ne s'inquièteraient pas de voir le mari de Trish garé là, et ne préviendraient certainement pas les flics.

Comme il s'y était attendu, il n'eut aucun mal à ouvrir la petite porte latérale. Il alluma une lampe de poche et promena le faisceau au milieu du fatras de Walter. Il ignorait à quoi ressemblait un groupe électrogène, mais il imaginait une sorte de gros moteur monté sur roues. Deux réfrigérateurs ronronnaient côte à côte. Trois des murs étaient couverts d'étagères chargées à bloc. Le sol était jonché de piles de cartons, de boîtes à outils, de pneus de rechange, de sacs de paillis… Il y avait aussi de grands bidons à essence de couleur rouge et deux tondeuses à gazon.

Sous une toile de bâche grise, il trouva enfin un groupe électrogène. Il le traîna à bout de bras entre deux grandes étagères. Puis il alla ouvrir la grande porte du garage, celle de devant, en appuyant sur le bouton électrique qui la commandait. Elle bascula en grinçant. Comme la lumière s'allumait automatiquement, il se précipita vers l'interrupteur pour l'éteindre : inutile d'attirer l'attention sur lui. Il avisa une glissière métallique que Walter avait entreposée près du groupe électrogène, et la prit pour faire rouler l'appareil jusqu'à l'intérieur de sa voiture.

Il était presque à bout de la manœuvre, quand une ombre surgit de derrière les buissons.

— Mais qu'est-ce que tu fabriques, Scott ?

43

Liz avait du mal à croire que son père puisse prêter un groupe électrogène à Scott. Il n'aimait pas se séparer de ses affaires, et il aimait encore moins son beau-fils. Mais, après tout, elle pouvait se tromper. Walter avait beaucoup changé depuis la mort de leur mère. Autrefois, il n'aurait jamais bu au point de se soûler. Or, elle venait de le trouver accoudé au Tiki Bar, où il descendait cocktail sur cocktail, au prétexte que c'était gratuit. Il avait donc appris à mettre la table, et à boire. Peut-être avait-il aussi appris à partager.

— Salut, Liz.

Scott était essoufflé, mais nullement gêné. Il continua de pousser le groupe électrogène sur la glissière métallique dont il se servait pour le hisser dans sa voiture.

— Tu sais où est ton père ?

— Je viens de le ramener dans sa fourgonnette. Les bars de la plage offraient à boire. Il est soûl.

— Il est malade ?

— Non. Mais il dort comme un bébé. Je me

demande si je ne vais pas le laisser passer la nuit dans son fourgon. Qu'est-ce que tu fais ?

— Je lui emprunte un groupe électrogène.

Il referma la portière arrière de sa Lexus.

— C'était entendu entre nous, précisa-t-il. Je l'ai attendu, mais comme il n'arrivait pas, je me suis permis de me servir.

— Il a dû t'oublier, répondit Liz.

Il faisait sombre, et elle ne distinguait que les contours du visage de Scott. Elle songea qu'elle ne le connaissait pas aussi bien qu'elle le pensait, lui non plus. Elle s'en était rendu compte la veille en le voyant ivre. Aujourd'hui encore, il la surprenait. Apparemment, Trish avait fini par le convaincre que certaines précautions s'imposaient avant l'arrivée de l'ouragan.

— Tu sais comment le brancher et le mettre en route ? demanda-t-elle.

Il haussa les épaules.

— Pas vraiment. J'avais espéré que Walter me montrerait.

Liz jeta un coup d'œil par-dessus son épaule, en direction de la fourgonnette, qu'elle avait garée dans la rue. Mais elle ne pouvait pas la voir depuis l'endroit où ils se trouvaient.

— Si tu m'aides à mettre Walter au lit, je te donne un coup de main pour le groupe électrogène, proposa-t-elle.

— Vraiment ? Tu ferais ça ?

Il avait pris le ton méfiant d'un gamin qui a peur de se faire rouler.

— Oui. Et je voudrais aussi que tu me ramènes sur la plage, là où j'ai laissé ma voiture.

Walter se montra plus coopératif que ne l'aurait cru Liz. Apparemment, il prenait Scott pour l'un de ses anciens copains des marines et ne cessa de marmonner à propos du fils d'un certain Phillip Norris. Mais, une fois dans sa chambre, il retrouva ses gestes quotidiens. Il ôta ses chaussures en poussant force soupirs, et les rangea à leur place, dans son armoire. Puis il vida ses poches sur le plateau de sa commode et fit signe à Liz de le laisser seul. Elle l'embrassa sur la joue et rejoignit son beau-frère sur le palier.

Arrivé à la maison funéraire, Scott sortit le groupe électrogène de sa SUV avec la dextérité d'un professionnel. Liz l'aida à le remplir d'essence. Il parlait un peu trop, et elle se demanda si c'était pour masquer la gêne qu'il ressentait à se trouver seul avec elle, ou bien — et elle s'en voulut d'y penser — s'il avait bu. Mais peu lui importait. Elle était pressée d'en finir et d'aller au lit. Le vent n'allait pas tarder à se lever et la pluie était prévue pour le lendemain, dans l'après-midi.

Elle montra à Scott comment démarrer le groupe électrogène et comment calculer la puissance en watts des appareils qu'il y branchait. Il la regarda faire, tout en lui expliquant qu'il lui fallait absolument ce groupe électrogène pour sa nouvelle chambre froide et pour maintenir l'air conditionné dans le couloir reliant les deux bâtiments.

— Quand je pense que les crétins qui m'ont installé tout ça ne m'ont pas expliqué qu'il fallait brancher un second groupe électrogène, tempêta-t-il. Tu te rends compte ? La chambre froide d'une maison funéraire sans groupe électrogène !

Elle l'aida ensuite à transporter l'engin dans un abri qui se trouvait à quelques mètres du bâtiment, caché derrière un bouquet d'arbres.

Puis elle l'attendit sur le seuil de la porte, tandis qu'il couvrait le groupe électrogène d'une bâche qu'il attacha avec des tendeurs. Ce fut à ce moment-là qu'elle remarqua la grande glacière métallique. Le couvercle était ouvert, appuyé contre un mur de l'abri, et elle reconnut tout de suite l'échelle à mesurer le poisson gravée à l'intérieur. Une corde était nouée à la poignée. Une corde jaune et bleu.

Elle en resta saisie. Cette glacière était absolument identique à celle qu'elle avait repêchée dans le golfe.

44

— Mon Dieu…, gémit Maggie. Que c'est bon.

Platt posa un genou sur le lit, pour être plus à l'aise.

— Tant mieux, répondit-il. Mais tu dois cesser de parler de ton enquête, si tu veux profiter pleinement de ce moment de détente.

Il n'avait pas l'air de se douter qu'elle parlait pour éviter de penser à ses mains, qui lui malaxaient délicatement le dos. Elle se tut.

— Ici, il y a une zone particulièrement sensible…, murmura-t-il en glissant un peu plus bas. Je pense que tu devrais céder, avec ça.

Elle ferma les yeux. Il ne se doutait de rien. Ou alors il cachait bien son jeu.

— Tu n'as pas répondu à ma question, reprit-elle en espérant que sa voix ne trahirait pas son trouble.

Il avait raison. La zone était particulièrement sensible. Elle avait de plus en plus de mal à se concentrer. Mais pas parce qu'elle avait sommeil.

— A propos du plastique qui enveloppait les échantillons humains ? fit-il sans cesser de masser. Je dirais que le tueur avait l'intention de les conserver pour les ajouter à sa collection…

— La glacière était d'une taille hors normes…

Elle s'interrompit. Le massage se faisait maintenant plus précis, plus profond, tout en restant très doux.

— Où peut-on se procurer une glacière de cette taille ? insista-t-elle.

— Dans les magasins qui vendent des articles de sports ? Dans un endroit spécialisé dans le matériel nautique ?

— Le matériel nautique… Je n'y avais même pas pensé. Le tueur possède sûrement un bateau.

— Je comprends pourquoi tu souffres d'insomnies, dit-il. Tu ne cesses de réfléchir à tes enquêtes en cours. Arrête un peu de penser.

— Je ne pense pas. Mon subconscient travaille sur la question qui me préoccupe. C'est le meilleur moyen de…

Elle s'arrêta net. le pouce qui s'enfonçait dans son dos lui coupait le souffle.

— C'est mieux, commenta Platt.

— Tu fais ça… pour m'empêcher… de parler…, haleta-t-elle.

— Exactement. Je veux absolument que tu cesses de ruminer et que tu te taises pendant quelques minutes. Tu veux bien essayer ?

— Je veux bien. Mais si je me tais, c'est toi qui parles.

— Tu n'apprécies pas le silence ?

Elle secoua la tête.

— Très bien, dit-il. Si ça peut t'aider à te détendre.

Il évoqua le charmant cottage où il passait ses vacances quand il était enfant, en Caroline du Nord, au bord de l'eau, avec une cuisine qui donnait sur la mer. Il y avait des rideaux jaunes, assortis à la nappe. Quand sa mère préparait des gâteaux, il insistait pour rester avec elle. Elle aurait voulu qu'il aille jouer sur la plage, mais il tenait à voir sortir du four les roulés à la cannelle et les gâteaux au beurre de cacahuète saupoudrés de sucre glace. Il mesurait pour elle les quantités et touillait la pâte, tout en lui parlant des livres qu'il lisait. Ils discutaient longuement à propos des pouvoirs des sorcières, du naufrage du *Titanic*, de l'existence des dragons marins.

Peu à peu, sa voix se perdit dans le bruit des vagues. Il n'y eut plus pour Maggie que l'odeur de l'eau salée se mêlant aux effluves de cannelle, l'impression grisante de flotter sur un océan, les vagues surmontées d'écume blanche, les embruns qui lui éclaboussaient le visage. Elle était entourée d'eau. Aucune terre à l'horizon. Elle se laissa bercer.

45

Liz était assise dans sa voiture, face à la plage. Scott l'avait déposée depuis près d'une demi-heure. Elle aurait dû rentrer chez son père, se doucher, dormir. Demain promettait d'être une longue et dure journée… Et pourtant, elle restait là, à contempler les vagues, avec son cerveau qui tournait comme un moulinet. Avant de quitter Scott, elle lui avait posé des questions à propos de la glacière à poisson, en s'efforçant de conserver un ton neutre et dégagé.

— C'est un ami qui l'a déposée ici, avait-il répondu. Pour un jour ou deux.

— Une relation de travail ?

— Oui. Pourquoi tu me demandes ça ?

— Comme ça.

Elle s'était approchée de la glacière, en songeant à des échantillons humains enveloppés dans du plastique.

— Je n'ai jamais vu une glacière comme celle-là, avait-elle ajouté. Avec une échelle à mesurer le poisson à l'intérieur du couvercle.

— Ah… Je n'avais pas remarqué ce détail.

Il s'était approché, lui aussi, pour regarder le couvercle de plus près.

— Je ne crois pas que Joe se serve de cette glacière pour la pêche, avait-il commenté.

— Vraiment ? Et il s'en sert pour quoi ?

Elle avait tout de suite senti qu'elle était allée trop loin, parce que Scott s'était renfrogné. Puis il avait haussé les épaules, comme si la question n'avait pour lui aucune importance.

— Je l'ignore, avait-il dit. Il s'en sert comme d'une glacière.

Puis il était sorti de l'abri.

Liz avait déjà contacté le bureau du shérif Joshua Clayton. Celui-ci étant absent, elle s'était adressée à l'un de ses adjoints, lequel avait considéré que l'affaire ne présentait pas un caractère d'urgence.

— Nous avons des problèmes plus graves à régler pour le moment, lui avait-il rappelé. Le shérif a décidé que l'enquête était suspendue et qu'elle reprendrait après l'ouragan.

Il avait raison. Trouver une glacière ressemblant à une autre glacière ayant contenu des échantillons humains, ça passait après un ouragan. Mais le fait que cette glacière soit cachée à l'arrière d'une maison funéraire tracassait tout de même Liz.

En levant les yeux, elle aperçut le dernier étage de l'hôtel où était descendue l'agente du FBI. Elle sortit de nouveau son téléphone portable de sa poche, composa le 411, et demanda à être mise en relation avec l'hôtel Hilton.

— Hôtel Hilton de Pensacola Beach, à votre service, fit une voix d'homme.

— Je voudrais parler à l'une de vos clientes. Maggie O'Dell.

— Tout le monde est parti, madame. Oh, attendez… O'Dell, l'agent du FBI qui accompagne M. Wurth ?

— Oui, c'est cela.

— Elle a effectivement conservé sa chambre jusqu'à demain midi. Mais…

La voix hésita.

— C'est urgent ?

Liz soupira et se passa la main dans les cheveux, tout en vérifiant l'heure sur son tableau de bord. Il était presque minuit.

— Je n'ai pas l'habitude de faire sonner le téléphone dans les chambres des clients après 22 heures, poursuivit l'homme comme elle ne répondait pas. Ce que je vous propose, c'est de laisser un message sur son répondeur. Un témoin lumineux le lui signalera. Si elle est réveillée, elle pourra l'écouter et vous rappeler.

— C'est parfait, acquiesça Liz.

Tout en attendant qu'il lui passe la chambre de Maggie O'Dell, Liz réfléchissait à la manière de formuler son message. Elle se prit à douter du bien-fondé de sa démarche. Après tout, il ne s'agissait peut-être que d'une coïncidence. Elle n'avait pas envie de passer pour une paranoïaque.

Après le bip, elle laissa son nom et son numéro de téléphone, en précisant qu'elle avait éventuellement une information concernant l'enquête — une phrase prudente. Elle eut un peu honte de sa lâcheté, puis elle songea que demain, certainement, quand la bande de pluie de l'ouragan atteindrait les côtes, elle aurait oublié la glacière de Scott.

Il ne restait que quelques voitures sur le parking de la plage. En passant devant une vieille Impala rouge, juste avant de s'engager sur Pensacola Beach Boulevard, Liz songea à Danny, le protégé de son père. Elle se souvint qu'elle avait promis de l'inciter à partir. Mais il était tard, et elle craignit de l'effrayer en tapant à sa portière en pleine nuit. Elle s'occuperait de lui demain.

Mardi 25 août

46

Platt se réveilla avec une migraine atroce. Il crut d'abord que le bruit sourd qu'il entendait était celui du marteau qui cognait dans son crâne. Puis il comprit que le vacarme venait de l'extérieur. Il ouvrit les yeux. Il lui fallut quelques secondes pour se souvenir où il était.

Sur le canapé d'une chambre d'hôtel. A l'hôtel Hilton. Il avait un peu forcé sur les cocktails au rhum. Pas étonnant qu'il ait mal à la tête : le rhum lui faisait toujours cet effet.

Il s'apprêtait à se lever quand il se souvint aussi qu'il n'était pas dans n'importe quelle chambre, mais dans la suite de Maggie O'Dell. Il fit volte-face, mais le bruit ne venait pas de derrière sa porte : c'était à la porte d'entrée de la suite qu'on frappait.

Il attrapa sa chemise posée sur un fauteuil, mais ne prit pas le temps de chercher ses chaussures. Il s'agissait probablement d'un membre du personnel de l'hôtel, songea-t-il en se dirigeant vers le seuil de la suite. Il remarqua au passage qu'un bouton rouge clignotait sur le téléphone. Quelqu'un avait laissé un message, manifestement.

Il ouvrit la porte, sans même avoir boutonné sa chemise ni l'avoir rentrée dans son pantalon, et se trouva nez à nez avec un homme de couleur portant un polo vert.

— Oui ? fit Ben. C'est à quel sujet ?

L'homme le contempla fixement, l'air abasourdi. Puis il recula pour vérifier le numéro de la chambre. Ensuite il tenta de jeter un coup d'œil à l'intérieur, par-dessus l'épaule de Platt, mais il était trop petit.

— Je cherche Maggie O'Dell, annonça-t-il finalement.

— Vous faites partie du personnel de l'hôtel ?

— Pas du tout. Je travaille pour la sécurité intérieure.

— Vous faites du porte-à-porte ?

— Pardon ?

— Vous êtes venu nous demander d'évacuer l'hôtel ?

— Est-ce que Maggie est là ?

— Charlie ? appela Maggie.

Platt se retourna. Elle s'avançait vers eux, drapée dans l'un des peignoirs blancs de l'hôtel. Elle venait de prendre une douche, visiblement : elle avait les joues roses et les cheveux mouillés. Troublé par ce spectacle et par l'odeur fraîche et fleurie qui flottait dans son sillage, Ben reporta son attention sur le dénommé « Charlie »... qui lui offrit une vision plus fascinante encore : l'air sidéré, il ouvrait la bouche à s'en décrocher la mâchoire.

— Désolé, fit-il. Vous êtes donc Charlie Wurth. Quand vous avez parlé de sécurité intérieure, j'ai cru que vous veniez nous demander d'évacuer l'hôtel. Je suis Benjamin Platt, ajouta-t-il en lui tendant la main.

Il attendit patiemment que le cerveau de Wurth enregistre la salve d'informations dont on venait de le bombarder. Maggie en peignoir de bain. Platt dans sa suite. Ils avaient donc passé la nuit ensemble. Wurth tenait un sac en papier. Une odeur tiède et sucrée s'en échappa quand il le changea de main en se dandinant d'un air embarrassé.

— Entre, Charlie, fit Maggie sans se démonter. Benjamin, peux-tu faire patienter Charlie pendant que je m'habille ? J'ai eu du mal à me réveiller.

Elle lui décocha son plus beau sourire.

— Car j'ai dormi, figure-toi. Très bien, même.

— Je l'aurais volontiers parié, murmura Wurth comme pour lui-même.

Mais Maggie n'avait pas entendu. Elle leur avait déjà tourné le dos et se dirigeait vers sa chambre d'un pas léger et sautillant.

47

Le ciel sombre et maussade reflétait exactement l'humeur de Scott. Il se doucha longuement pour se débarrasser de l'odeur de chair en décomposition qui lui collait à la peau et dont il ne comprenait pas l'origine. Ensuite il enfila un pantalon et une chemise propres. Pas de cravate aujourd'hui. Il prit son petit déjeuner avec Trish. Elle avait préparé des crêpes aux myrtilles et des saucisses. Elle était d'excellente humeur. Allez comprendre…

Dès qu'il monta dans sa Lexus, l'odeur le saisit de nouveau. Pas de doute. Ça sentait le cadavre. On ne pouvait pas s'y tromper.

Au premier carrefour, il s'arrêta sur le bord de la route et entreprit de fouiller la voiture. Sur le plastique qu'il avait étalé à l'arrière pour transporter le groupe électrogène, il y avait une tache d'essence et des traces d'huile, mais rien qui justifiait la puanteur qui le dérangeait. Sa voiture était aussi propre que sa maison funéraire.

Il décida d'ignorer l'odeur. De l'oublier. Il alluma

la radio et la régla sur la station locale. Le flash d'informations venait de commencer.

« L'ouragan Isaac arrive sur nos côtes, annonça le journaliste. Jim Cantore, le célèbre présentateur de la chaîne météo, se trouvait ce matin sur la plage de Pensacola. Isaac n'est plus qu'à une centaine de kilomètres. Il a désormais atteint la catégorie 5, avec des vents à 257 km/h. Au-dessus des eaux chaudes du golfe, plus rien ne le ralentit et il se déplace à 23 km/. Cela signifie qu'il sera chez nous plus tôt que prévu. Nous verrons arriver la première bande de pluie vers midi. L'état d'urgence a été déclaré dans les comtés d'Escambia et de Santa Rosa. Nous diffuserons dans quelques minutes l'adresse des abris qui doivent ouvrir ce matin… »

Scott éteignit la radio. Au moins, maintenant, il se sentait prêt. Epuisé, mais prêt.

Il avait reçu un appel des proches de l'oncle Mel : ils avaient encore changé d'avis et préféraient maintenant l'enterrer après l'ouragan.

— Ça pourra attendre jusque-là ? lui avaient-ils demandé avec empressement.

Scott avait bien compris que l'oncle Mel était devenu le cadet de leurs soucis : ils songeaient avant tout à se protéger de l'ouragan. Leur cher disparu passait après. Les vivants oubliaient vite les morts.

Joe Black, lui, ne les oubliait pas. Scott n'avait pas remarqué de véhicule sur son parking, mais l'écran du système d'alarme lui apprit que Joe était là. Où se garait-il ? Tout de même pas sur le parking de l'immeuble d'en face, celui qui était situé de l'autre côté des arbres ? Et depuis quand laissait-il son bazar chez lui ? Liz s'était intéressée d'un peu trop près à sa glacière, la veille au soir.

Scott se demanda brusquement si ce n'était pas au moment de la découverte de la glacière qu'il avait commencé à être gêné par l'odeur de chair en putréfaction… Liz l'avait-elle sentie, elle aussi ?

Quand il entra, l'odeur devint plus prégnante. Il eut un mouvement de recul. Qu'est-ce que Black avait encore entreposé chez lui ?

— Salut, mon vieux, lança Joe en sortant de la chambre froide.

Scott remarqua qu'il avait les mains vides et portait des vêtements immaculés. Il retint un soupir de soulagement et jeta discrètement un coup d'œil dans la salle d'embaumement. Elle était impeccable. D'où venait donc cette puanteur ?

— On ne se reverra probablement pas avant la fin de l'ouragan, fit Joe en hissant son sac à dos sur son épaule.

— Vous le fuyez ?

Joe rit.

— On peut le dire comme ça. J'ai encore une livraison à réceptionner, puis j'irai mettre mon bateau à l'abri.

— Vous avez un bateau ?

— Oui, je vous l'avais dit.

Scott était tout à fait sûr que Joe n'avait jamais

évoqué devant lui l'existence d'un bateau. Il s'en serait souvenu.

— Ce bateau me facilite la tâche pour circuler quand les routes et les ponts sont coupés, expliqua Joe. Mais en attendant, je dois l'emmener à une centaine de kilomètres à l'ouest d'ici, pour le mettre à quai.

— A Biloxi ? A La Nouvelle-Orléans ?

— Dans le coin, oui.

— Méfiez-vous. J'ai entendu dire que l'ouragan se déplaçait plus vite que prévu.

— Dans ce cas, je dois y aller. On se revoit dans quelques jours.

Scott le regarda s'éloigner d'un air songeur. Il aurait bien voulu que Joe lui propose de l'accompagner. Il aurait aimé fuir l'ouragan, lui aussi.

Toujours gêné par l'odeur nauséabonde, il fouilla un peu partout, et ouvrit même les premiers boutons de sa chemise pour se renifler. Il vérifia aussi l'intérieur de la chambre froide — en vain. Finalement, incapable de découvrir l'origine de cette puanteur, il décida d'ignorer le problème.

Il sortit de la chambre froide le chariot sur lequel il avait posé le cercueil de l'oncle Mel et le poussa jusqu'à la salle d'embaumement. S'il voulait préparer le cadavre avant l'ouragan, il était temps de s'y mettre. Il songea qu'il pourrait vendre un cercueil haut de gamme à la famille, avec rembourrage intérieur, même si elle ne souhaitait pas une cérémonie avec présentation du mort. Ce serait facile de la convaincre de payer le prix fort. Quand les gens bâclaient la cérémonie, ils se sentaient coupables. Dépenser de l'argent leur permettait de se donner bonne conscience.

Scott prépara son matériel. Puis il passa une blouse et ouvrit le couvercle du cercueil.

— Le salaud ! s'exclama-t-il.

Les rotules de l'oncle Mel avaient disparu. Ses mains aussi.

48

Depuis le balcon de sa chambre, Maggie constata que l'atmosphère avait changé depuis la veille. Les vagues, plus hautes et plus violentes, s'écrasaient plus loin sur le rivage. Le ciel s'était mué en un toit gris et épais, bas, formé de plusieurs couches de nuages qui avançaient chacune à leur rythme. Il n'était pas encore midi et il faisait une chaleur affreuse. L'humidité était étouffante. Elle venait de se sécher les cheveux et ils étaient déjà poisseux. Son chemisier lui collait à la peau.

Elle rejoignit Platt et Wurth dans le salon de sa suite, où ils étaient en train de se gaver de beignets. L'un d'eux avait préparé un café dont l'arôme emplissait la pièce. A peine était-elle assise que Platt se levait pour aller lui chercher un Pepsi Light dans le minibar, tandis que Wurth défaisait le papier d'un beignet au chocolat avant de le lui tendre. Flattée par leurs attentions, elle se retint de sourire.

— La première bande de pluie pourrait arriver dans l'après-midi, annonça Wurth. Le gros de l'ouragan sera là ce soir, sans aucun doute. Probablement après la tombée de la nuit.

— C'est plus tôt que prévu, commenta Maggie.

— Oui. Il se déplace plus vite qu'avant, parce qu'il n'y a plus de terres pour le ralentir.

Ben, qui était resté debout près du bureau pour boire son café, se pencha brusquement, comme s'il venait de remarquer quelque chose d'intéressant. Maggie le vit ramasser le sac en plastique posé sur ses dossiers, puis palper l'éclat de métal qu'il contenait.

— C'est ce que le médecin légiste a retiré du pied trouvé dans la glacière, expliqua-t-elle en contemplant fixement le beignet posé devant elle.

Elle n'avait plus touché à un beignet au chocolat depuis plus d'un an — depuis une certaine boîte de beignets livrée par des terroristes à Quantico. Mais Charlie Wurth ne pouvait pas deviner que ce délicieux morceau de pâte frite mettait en péril l'esprit trop bien compartimenté de l'agent O'Dell.

Pourquoi ne pas se laisser tenter, après tout ? Elle avait toujours adoré les beignets, surtout au chocolat. Elle en prit un, le coupa en deux et mordit dans une des moitiés.

— Oh, j'ai failli oublier ! s'exclama soudain Platt en désignant le téléphone. Il y a un message sur ton répondeur.

Maggie lança un regard interrogateur à Wurth.

— Ce n'est pas moi, se défendit-il. Je ne vois pas pourquoi j'aurais appelé ta chambre, puisque j'ai ton numéro de portable. Mais tu n'aurais pas répondu non plus sur ton portable, je suppose.

Elle eut envie de rire, puis comprit à son air sérieux qu'il ne plaisantait pas. Etait-il jaloux ? Elle chassa cette idée ridicule de son esprit et mordit de nouveau dans le beignet, ravie de constater qu'elle en appréciait toujours le goût. Puis elle se leva et écouta son message.

— C'était Liz Bailey, annonça-t-elle aux deux hommes. Je la rappelle tout de suite depuis mon portable.

Elle alla chercher l'appareil dans sa chambre, tout en s'étonnant d'avoir dormi au point de ne pas entendre une sonnerie de téléphone.

Elle n'eut pas le temps de composer le numéro de Liz : son téléphone se mit à sonner au moment où elle posait la main dessus.

— Maggie O'Dell, dit-elle.

Il y eut quelques secondes d'hésitation à l'autre bout de la ligne.

— L'agent O'Dell du FBI ? fit enfin une voix de femme.

— Oui.

— C'est le shérif du comté d'Escambia qui m'a communiqué votre numéro.

De nouveau, un temps de pause.

— Je vous appelle à propos de mon mari. Je suis désolée, je ne me suis pas encore présentée… Je m'appelle Irene Coffland.

L'épouse du torse… L'image était morbide, mais comment associer cette femme à un homme entier ?

— Je vous remercie de me contacter, madame Coffland.

— Je vous appelle parce que le shérif me l'a demandé, mais je ne vois pas ce que je pourrais vous raconter d'intéressant.

Maggie ignorait si le shérif avait expliqué à Mme Coffland qu'ils n'avaient retrouvé qu'une partie du corps de son mari. Elle décida de se montrer diplomate.

— J'aurais voulu des détails sur les circonstances de la disparition de votre mari, dit-elle.

— J'ai déjà raconté ça aux autorités, ainsi qu'au shérif.

— Je suis désolée… Vous n'êtes pas obligée de me répondre. Je sais que ce n'est pas facile.

Si cette femme s'était donné la peine de l'appeler, c'est qu'elle avait besoin de s'épancher… mais il ne fallait surtout pas la brusquer. Maggie avait l'habitude d'interroger des témoins. Quand vous dites aux gens qu'ils peuvent se taire, leurs langues se délient. Question de psychologie.

— Après l'ouragan, nous sommes rentrés chez nous le plus vite possible, dès qu'on nous l'a autorisé, parce que nous avions peur des pillards.

Elle soupira.

— Dire nous nous sommes précipités pour ça. Pour quelques objets ! Rien d'autre. La nuit tombait, et Vince venait de mettre le groupe électrogène en marche. Nous étions en train de déblayer le jardin avec l'aide d'un couple de voisins, quand nous avons entendu un bateau entrer dans la baie.

— Un bateau ?

— Oui. On a tout de suite pensé à des pillards. Vince nous a dit de ne pas bouger. Il a pris son fusil et il s'est dirigé vers le bord de mer.

— Seul ?

— Il avait été commissaire de police et il avait dû prendre une retraite anticipée après son opération à cœur ouvert. Il était têtu et nous n'avons pas pu le convaincre de ne pas intervenir. Il n'a pas voulu qu'Henry l'accompagne, parce qu'il tenait à ce qu'il reste pour nous protéger, Katherine et moi. Le groupe électrogène faisait un bruit d'enfer, mais nous avons entendu Vince crier, pour saluer quelqu'un, plutôt amicalement. Nous avons pensé qu'il s'agissait d'un de nos voisins, ou des autorités. Au bout d'une quinzaine de minutes, le bateau est reparti. Nous avons attendu Vince.

Il y eut de nouveau un temps de pause, et cette fois Mme Coffland éprouva le besoin de s'éclaircir la voix avant de poursuivre.

— Il n'est jamais revenu. Nous l'avons cherché toute la nuit. Nous avons alerté les autorités, mais elles étaient débordées. Mon mari n'était qu'un nom de plus sur une longue liste de disparus.

— Vous avez su si un bateau appartenant aux autorités était passé par là ?

— On nous a toujours dit que non. Mais je vous

assure que Vince se serait battu s'il avait pensé que le pilote du bateau représentait une menace pour notre sécurité.

— Je ne suis pas sûre de comprendre où vous voulez en venir, madame Coffland.

— Vince a salué la personne qui se trouvait sur le bateau. Cela signifie qu'il la connaissait, ou qu'il a jugé que nous n'étions pas menacés.

Après avoir raccroché, Maggie prit quelques minutes pour faire le point sur ce qu'elle venait d'apprendre. L'assassin de Vince Coffland avait accès à un bateau, ou il en possédait un suffisamment petit pour être remorqué par une voiture — ce qui expliquait comment Coffland avait pu disparaître sur la côte Atlantique et finir dans le golfe du Mexique. Elle songea à chercher ce bateau dans la marina de Pensacola, mais sans son nom, ni même une vague description, elle avait peu de chances de l'identifier.

Décidée à appeler Liz Bailey, elle composait déjà son numéro, quand un téléphone sonna dans la pièce voisine. Elle entendit Platt, qui décrochait, et aurait bien voulu tendre l'oreille, mais Liz venait de décrocher, elle aussi.

— Bonjour, fit-elle.

— Liz ? c'est Maggie O'Dell. Je suis désolée, je n'ai pas pu vous rappeler plus tôt.

— Ecoutez… Je ne sais pas si ça vaut quelque chose, mais j'ai vu une glacière identique à celle que nous avons repêchée dans le golfe l'autre jour.

— N'est-ce pas un modèle courant, surtout dans la région ?

— Oui, mais la corde aussi, était identique.

— Vous en êtes sûre ?

— Elle était bleu et jaune. Plutôt épaisse.

Maggie hésita. Il pouvait s'agir d'une coïncidence... Elle eut une pensée émue pour son ancien patron, Cunnigham, qui l'incitait toujours à ne pas croire aux coïncidences. Il y avait de fortes probabilités pour que les deux glacières proviennent du même bateau et appartiennent à la même personne.

— Et ce n'est pas tout, poursuivit Liz sans laisser à Maggie le temps de répondre. Ce qui m'a paru étrange, c'est l'endroit où j'ai vu cette seconde glacière... Euh... Quand on sait ce qu'il y avait dans la première, je veux dire !

— Et où l'avez-vous vue ?

— Dans l'abri de jardin d'une maison funéraire.

49

Ben décrocha son téléphone, sans quitter des yeux le petit sachet de plastique contenant les éclats de métal.

— Colonel Platt, ici le capitaine Ganz.

Platt se figea.

— Capitaine Ganz…

Ne sachant quoi dire, il attendit la suite.

— Je vous dois des excuses, colonel.

Ganz se tut, comme s'il attendait que ses excuses produisent leur effet.

— Vous avez trouvé du nouveau ? demanda Platt.

— Nous avons détecté des bactéries du genre *clostridium sordellii* chez les deux autres soldats décédés, soupira Ganz. Des tests sur les autres patients sont en cours. Nous ne savons pas encore comment cette bactérie a pu les infecter, mais votre hypothèse est la plus probable. Le germe a dû transiter par les greffes osseuses ou les pâtes à base de poudre d'os. A présent, je dois trouver le moyen de soigner les malades qui sont encore en vie…

Il y eut de nouveau un temps de silence. Cette fois,

Platt attendit que Ganz se décide à parler. Il n'allait tout de même pas lui proposer son aide !

— Ben, je me suis conduit comme un crétin, je le reconnais. Si vous n'avez pas encore quitté Pensacola, accepteriez-vous de revenir à la base pour m'aider ?

Platt n'hésita pas.

— Bien entendu, répondit-il.

— Cet ouragan ne sera pas une partie de plaisir. Nous avons des groupes électrogènes, mais pas pour tout.

— Je comprends.

— Et nous n'avons pas suffisamment d'antibiotiques.

— De toute façon, il vous faudra un antibiotique spécifique.

— Dites-moi où vous êtes, j'enverrai mon chauffeur vous chercher.

— Il peut passer me prendre au Hilton. Dites-lui de faire sonner mon téléphone à son arrivée. Je le rejoindrai dans le hall.

Platt venait de raccrocher quand Maggie entra dans le salon. Elle avait eu le temps d'entendre la fin de la conversation.

— Tu t'en vas ?

Elle ne paraissait pas étonnée.

— Oui, soupira-t-il. C'est parfois dur d'être un homme intègre.

— Vous avez raison, commenta Wurth en se levant.

— Moi, je reste ici pour la matinée, annonça Maggie.

— Ce n'est pas une bonne idée, protesta Charlie.

Puis il se tourna vers Platt.

— Dites-le-lui, vous, que ce n'est pas une bonne idée !

Ben haussa les épaules.

— Qu'est-ce qui vous fait croire qu'elle m'écouterait plus que vous ?

— Ils vont fermer les ponts les uns après les autres, insista Wurth en s'adressant de nouveau à Maggie. A 13 heures, il n'y aura plus aucun moyen de quitter Pensacola Beach.

— Ne t'en fais pas pour ça. Liz Bailey m'a promis qu'elle m'aiderait à partir.

— Et pour quelle raison resterais-tu, si je puis me permettre de poser la question ?

— Voyons, Charlie... Tu m'as demandé de venir jusqu'ici pour mener une enquête, il me semble. Tu ne peux pas m'en vouloir de faire un peu de zèle !

— A propos de faire du zèle, fit Platt en agitant le sac de plastique contenant l'éclat de métal. Je crois que ce truc est un éclat d'obus.

Maggie prit le sac pour regarder de plus près.

— Un éclat d'obus ? Tu en es sûr ?

Il acquiesça.

— J'en ai suffisamment retiré quand j'étais en Afghanistan pour le savoir ! Je suis formel. Et je me demande comment cet éclat a pu se trouver dans un pied qui flottait dans le golfe du Mexique.

50

Liz descendit l'escalier menant à sa chambre et laissa tomber son sac dans l'entrée. Elle s'apprêtait à frapper à la porte de son père, quand elle l'entendit dans la cuisine. Elle le trouva à genoux, en train de vider un placard rempli de denrées alimentaires. Il portait son survêtement de marines, celui qu'il mettait pour servir les hot dogs à ses clients.

— Mais… qu'est-ce que tu fais, papa ?

— Oh… Bonjour, ma chérie. Je ne t'ai pas réveillée, j'espère ?

— Non, j'y vais. Je croyais que tu ferais la grasse matinée.

— Ah, les voilà ! s'exclama-t-il en sortant une boîte en carton du placard.

Il se leva et s'essuya les genoux d'une main, tout en lui tendant de l'autre des barres énergétiques.

— Il paraît qu'elles sont vraiment bonnes et bourrées de protéines, en plus. Tu peux emporter la boîte si tu as de la place, sinon mets-en au moins quelques-unes dans ton sac.

Elle prit la boîte qu'elle posa sur le comptoir et le regarda ranger ce qu'il avait sorti.

— Tu as vidé le placard rien que pour trouver ces barres ?

— On va sûrement vous fournir un repas à emporter, mais, ces trucs-là deviennent infects quand on ne les mange pas tout de suite. J'ai acheté ça pour toi la semaine dernière, je me suis dit que ça te serait utile.

Liz se demanda s'il évitait de parler de sa beuverie de la veille ou s'il ne se souvenait de rien. Elle décida de ne pas prendre l'initiative d'aborder le sujet pour ne pas le mettre mal à l'aise.

— Quand as-tu récupéré ta voiture ? demanda-t-il.

Donc il n'avait pas oublié.

— Hier soir. Scott m'a déposée sur la plage.

— Scott ?

— Il était ici quand je suis arrivée avec ta fourgonnette. Il était venu chercher le groupe électrogène que tu lui as prêté.

Walter la contempla fixement.

— Je sais que j'ai un peu trop bu hier, mais je n'ai pas parlé à Scott depuis une semaine, ça, j'en suis sûr !

— Ah bon ? Tu ne l'aurais pas vu au Tiki Bar, par exemple ?

— Non. J'ai pris quelques verres avec un de ses amis — un type qui n'est pas d'ici.

Il referma le placard et alla ouvrir le réfrigérateur.

— Plutôt sympa, d'ailleurs, mais bizarre. Il dit s'appeler Joe Black, mais j'ai bien connu son père, Phillip Norris… Qu'est-ce qui peut pousser un type à éviter d'utiliser le nom de son père ?

— Il n'évite pas forcément. Ses parents n'étaient peut-être pas mariés. Il s'est présente comme un ami de Scott ?

— Non, pas exactement.

Il avait refermé le réfrigérateur et fourrageait maintenant dans un autre placard d'où il sortit un petit mixeur.

— Il m'a dit qu'il était content de boire un coup avec une personne de compagnie agréable parce qu'il avait passé les deux soirées précédentes avec — je ne fais que répéter ses mots — un couillon de directeur de maison funéraire. Ça ne te fait pas penser à Scott ? Il parlait forcément de Scott… Tu l'as rencontré l'autre nuit sur la plage et tu m'as même assuré qu'il était soûl.

Liz se demanda si Joe Black n'était pas le propriétaire de la glacière. Scott n'avait-il pas dit qu'elle appartenait à son ami Joe ?

Walter avait maintenant accumulé sur le comptoir une banane, un flacon de miel, une carafe de jus d'orange, une brique de lait.

— Qu'est-ce que tu prépares, papa ?

— Oh, un petit truc contre le mal de tête.

— Tu as la gueule de bois ?

Il fronça les sourcils et elle n'insista pas.

— Tu ne comptes pas aller sur la plage avec ton fourgon, n'est-ce pas ?

— Si. Juste pour une heure ou deux.

— Mais papa, ils vont fermer le dernier pont à 13 heures !

— Je serai revenu d'ici là. Je suis sûr qu'en ce moment il y a des tas de gens affamés là-bas. Et je veux prendre des nouvelles de quelques amis.

— Promets-moi d'être rentré avant midi.

Il acquiesça.

— Je ne te reverrai qu'après le passage de l'ouragan, si j'ai bien compris, commenta-t-il.

— Je te donnerai un coup de fil dès que nous serons à Jacksonville. Je pense que ça sera pour cet après-midi.

— Sois prudente. Evite les acrobaties. Pas de risques inutiles.

— Toi aussi, sois prudent, papa.

Il sourit en haussant les épaules.

— A plus tard, fit Liz.

Elle posa un baiser sur sa joue. Il se laissa faire, tout en versant du lait et du jus d'orange dans le mixeur. Elle songea que le cocktail avait l'air délicieux — un peu trop pour être uniquement destiné à soigner une gueule de bois, d'ailleurs.

— Je n'arrive pas à croire que Scott a eu le culot de me piquer un groupe électrogène sans rien me demander ! grommela Walter.

— Désolée, papa. En plus, il m'a fait croire que tu étais d'accord, et je l'ai aidé.

Elle saisit la boîte de barres énergétiques et se dirigea vers la porte.

— Bon sang…, marmonna son père. Ce Scott est vraiment un sacré couillon !

51

Puisque Charlie Wurth se sentait coupable de l'avoir entraînée dans une région menacée par un ouragan, Maggie ne s'étonna pas de l'entendre pester parce qu'elle refusait de quitter Pensacola Beach. Il quitta sa chambre en ronchonnant. Il marmonnait encore quand les portes de l'ascenseur se refermèrent sur lui.

En revanche, elle ne s'était pas attendue à ce que Platt lui donne la réplique.

— Tu ne peux pas rester ici, décréta-t-il quand elle le rejoignit dans le salon.

— Je serai en sécurité, protesta-t-elle. Sous la protection de la meilleure équipe de gardes-côtes des Etats-Unis d'Amérique.

Ça ne le fit pas sourire.

— Je ne risque rien, je t'assure !

— Quand l'ouragan va aborder les côtes, il y aura des pluies torrentielles, du vent, peut-être même des tornades. Tu t'es déjà trouvée au milieu d'un ouragan ?

— Non. Mais je me suis déjà trouvée dans un tunnel creusé sous un cimetière, en compagnie d'un tueur en série.

— Ce n'est pas drôle.

— Je ne cherchais pas à être drôle.

Elle lui trouva un air inquiet. Rien à voir avec son air habituel de médecin penché sur une patiente.

— Je suis capable de me débrouiller, assura-t-elle.

— Je le sais.

Il laissa échapper un profond soupir et se frotta la mâchoire, un geste qui trahissait sa fatigue, Maggie le savait. Elle songea qu'il n'avait sans doute pas bien dormi sur le canapé du salon. Ce matin, quand elle s'était réveillée, elle avait été surprise, et même un peu déçue, de ne pas le trouver près d'elle dans la chambre.

— Je me fais du souci pour toi, avoua-t-il.

Elle ébaucha un sourire, puis se rendit compte à son expression que l'aveu lui coûtait. Ils se taquinaient souvent à propos de l'intérêt mutuel qu'ils se portaient, mais cette fois Ben n'avait pas l'air de plaisanter.

— Je t'assure que tu as tort de t'en faire pour moi, insista-t-elle. Je suis parfaitement capable de me débrouiller.

— Je sais. Mais tu es aussi parfaitement capable de te trouver dans le rayon d'action d'une valise piégée, ou dans une zone infectée par le virus Ebola. Sans parler des nombreux tueurs en série que tu fréquentes.

— Il me semble que c'est toi qui t'absentes pour des missions secrètes dans des endroits que tu n'as pas le droit de nommer, rétorqua-t-elle.

Elle se rendit compte que sa voix avait pris une

intonation angoissée, suraiguë. Et elle en fut aussi étonnée que lui.

Mais cette fois, contre toute attente, il sourit.

— Je vois que tu te fais du souci, toi aussi, murmura-t-il.

Elle haussa les épaules, puis acquiesça.

— C'est pénible, n'est-ce pas, comme sensation ? renchérit-il.

Cette fois, il avait adopté un ton taquin. Celui qui les mettait tous les deux à l'aise.

Son téléphone sonna deux fois, puis s'arrêta. Il jeta un coup d'œil au numéro.

— Mon chauffeur est arrivé, annonça-t-il. N'oublie pas de m'appeler régulièrement. Ou de m'envoyer un message. Pour me dire que tout va bien pour toi.

— Je n'y manquerai pas. Tu feras la même chose ?

Il s'empara de son sac de voyage et le jucha sur son épaule. Il se dirigeait déjà vers la porte, quand il fit brusquement volte-face.

— Bon sang…, marmonna-t-il.

En trois pas, il l'avait rejointe.

Il glissa une main derrière sa nuque et déposa un léger baiser sur ses lèvres, tout en retenant son sac de l'autre.

— Prends bien soin de toi, murmura-t-il.

Elle fut heureuse de constater qu'il paraissait troublé. Il s'éloignait d'elle à reculons, quand un téléphone sonna de nouveau. Cette fois, il s'agissait de celui de Maggie, mais elle n'avait pas envie de répondre.

Platt lui sourit.

— Tu ferais mieux de décrocher, dit-il en refermant la porte derrière lui.

Elle secoua la tête, puis se rendit compte qu'elle souriait.

— Maggie O'Dell, répondit-elle.

— Madame O'Dell, bonjour, c'est Lawrence Piper. Vous avez cherché à me joindre, je crois.

Il fallut à Maggie quelques secondes pour se rappeler qui était Lawrence Piper et pourquoi elle l'avait appelé. Décidément, ce baiser lui avait mis la tête à l'envers.

— C'était au sujet d'une livraison, insista-t-il.

Elle hésita. Elle ne pouvait pas annoncer froidement à ce monsieur qu'elle avait trouvé son numéro de téléphone dans une glacière ayant contenu des morceaux de corps humains. Elle décida d'avancer prudemment.

— Oui, une livraison pour le 24 août, répondit-elle.

Sauf que le 24 août était déjà passé. Elle en prit conscience trop tard.

— Je ne comprends pas. J'ai pourtant dit à Joe que nous étions contraints d'annuler Destin à cause de l'ouragan !

Maggie jugea que le ton ferme et décidé était celui d'un homme d'affaires. Elle n'avait pas encore eu le temps d'effectuer des recherches sur le CETMA, mais son interlocuteur ne lui parut ni louche ni menaçant. Elle décida d'appliquer la technique des interrogatoires de témoins : moins on leur posait de questions, plus ils en disaient. Elle se tut.

— Vous travaillez avec Joe ? demanda Piper.

— J'essaie, répondit-elle.

La réponse fit rire Piper.

— Ça fait un moment que je lui conseille d'engager une secrétaire. Ecoutez, Maggie... Vous permettez que je vous appelle Maggie ?

Homme d'affaires, sans doute, mais il manquait de classe. Il venait de dégringoler dans la catégorie des marchands de soupe.

— Pas du tout.

— J'ai déjà expliqué à Joe que la livraison de Destin était annulée, mais je dois fournir une douzaine de chirurgiens qui participent à celle de Tampa, après la fête du Travail. Je vais avoir besoin d'au moins vingt-deux cerveaux, avec la base du crâne intacte, pour une démonstration sur le rachis cervical.

Maggie songea aux parties de corps humains de la glacière et au plastique qui les protégeait. Ça paraissait limpide. Peut-être même un peu trop facile. La glacière aurait appartenu à un type qui fournissait des parties de corps humains pour des conférences médicales ? Elle n'avait que de vagues connaissances dans ce domaine, mais ça n'avait *a priori* rien d'illégal. Les lois fédérales concernaient surtout les dons d'organes. Pour le reste, il existait un certain flou juridique.

— Je ne veux pas perdre Joe, reprit-il comme elle ne répondait pas.

Apparemment, le silence de la secrétaire de Joe Black le déconcertait.

— Dites-lui bien que je tiens à travailler avec lui, insista-t-il. J'ai essayé de le contacter, mais il a encore changé de numéro, ce n'est pas pratique.

— Oui, je sais, fit-elle d'un ton sibyllin. Il aime bien être celui qui appelle.

— Mais j'apprécie notre collaboration, sachez-le, parce qu'il est fiable, efficace. De plus, il est rare de trouver des gens qui se chargent de la livraison et de la préparation. Vous le lui direz ?

— Oui.

En raccrochant, elle s'aperçut qu'elle avait raté un appel du Dr Tomitch.

Un courtier en organes. C'était plausible. Et ça expliquait sans doute aussi la présence d'une de ses glacières près d'une maison funéraire. En revanche, ça n'expliquait pas la disparition de Vince Coffman.

Elle rappela le médecin légiste.

— Tomitch, fit-il du ton brusque de quelqu'un qui aboie une insulte.

— Docteur Tomitch, c'est Maggie O'Dell. Je n'ai pas pu décrocher.

— Ah, oui, l'agent O'Dell.

Elle allait lui annoncer que les échantillons de sa salle d'autopsie avaient été destinés à une conférence médicale, mais il ne lui en laissa pas le temps.

— Apparemment, vous aviez raison, dit-il.

— Pardon ?

— Au cours d'un examen aux rayons X, j'ai découvert une balle dans le tronc de Vince Coffland.

— Vous êtes certain qu'il ne s'agissait pas plutôt

d'un éclat d'obus ? Il semblerait que ce soit le cas pour le pied.

— Non, pas un éclat d'obus, une balle. J'en suis certain, parce que je l'ai extraite moi-même. Elle provient d'un revolver calibre 22. D'après ce que j'ai pu reconstituer de sa trajectoire, elle aurait pénétré par la zone située entre l'os occipital et les vertèbres cervicales.

— Vous voulez dire qu'on lui aurait tiré une balle dans la nuque ?

— Malheureusement, sans la tête et le cou, je ne peux qu'émettre des suppositions. Mais en tenant compte de l'endroit où la balle s'est arrêtée et du trajet parcouru, je dirais que la victime était penchée en avant quand on l'a visée. Vous voyez ce que je veux dire.

Oui, elle voyait… On avait abattu Coffland dans le style « exécution sommaire ». Maggie remercia le Dr Tomitch et raccrocha.

Les échantillons étaient sans doute destinés à une honorable conférence médicale, mais le courtier qui fournissait ce brave M. Piper était vraisemblablement un assassin.

52

Charlotte Mills emballa le dernier bac en plastique et le traîna à l'étage. Elle avait protégé tout ce à quoi elle tenait : ses bijoux et ses souvenirs, ses albums photos, ses romans dédicacés. Et surtout ses documents. Des documents importants : les articles de journaux et de magazines mentionnant la mort accidentelle et prématurée de son mari — d'après les journalistes — ou son meurtre — d'après elle. Ils remplissaient tout un bac.

Après une enquête sommaire, le gouvernement fédéral avait décrété que l'accident d'avion dans lequel Georges avait trouvé la mort était dû à un regrettable incident de moteur. Aucun rapport avec le fait que cet avion aurait dû l'emmener jusqu'à Tallahassee pour témoigner devant un grand jury. Charlotte avait pourtant prévenu Georges qu'il n'était pas prudent de s'en prendre à un homme d'Etat. Mais il avait insisté, en prétendant que c'était son devoir de citoyen, et aussi une manière de se racheter pour avoir aidé ce fils de pute à se faire élire. Mais le fils de pute n'avait pas perdu sa place. Georges, lui, avait perdu la vie.

Quinze ans s'étaient écoulés depuis le drame… Charlotte s'était longtemps démenée pour faire éclater la vérité, mais elle n'avait abouti à rien. Cinq ans auparavant, elle avait abandonné sa quête. Ou, plutôt, elle avait épuisé toutes ses idées et n'avait pas voulu épuiser aussi son compte en banque : Georges n'aurait pas été d'accord. Elle avait donc enfin accepté de toucher l'argent de l'assurance-vie contractée par Georges quelques mois avant sa convocation devant le grand jury.

A l'époque, elle avait déjà quitté son travail pour se consacrer à plein temps à son enquête — temps qu'elle avait gaspillé, puisque ça n'avait rien donné. Elle s'était acheté cette maison en bord de mer avec la prime d'assurance. Depuis, elle passait ses journées à ramasser des coquillages sur la plage. La nuit, elle dévorait les romans qu'elle n'avait pas eu le temps de lire autrefois. Cette vie lui convenait. Ce n'était pas un ouragan qui allait l'en priver !

Charlotte prit une longue douche bien chaude car elle savait qu'elle n'aurait peut-être pas la possibilité d'en prendre une autre avant plusieurs semaines. Puis elle enfila des vêtements confortables et rassembla ses cheveux gris en une courte queue-de-cheval. Tout en mettant des piles neuves dans ses lampes de poche, elle vérifia mentalement la liste des précautions indispensables. Il ne lui restait plus qu'à remplir d'eau la baignoire, les éviers et lavabos, la machine à laver. Elle plaça quelques bouteilles d'eau dans le congélateur, un petit truc qu'elle avait appris lors du dernier ouragan et qui lui permettrait de conserver au frais ce qu'elle avait entassé dans ses glacières, ou tout simplement d'avoir de l'eau fraîche à boire.

Elle avait barricadé les fenêtres et le patio avec du contreplaqué. A l'intérieur, il faisait sombre comme en pleine nuit. Cela lui rappela qu'elle devait protéger les bougies et les allumettes dans un sac étanche, et les placer à portée de main. Pareil pour les piles de rechange.

Sa chambre étant la seule pièce qui n'ouvrait pas complètement sur l'extérieur, elle l'avait choisie comme abri principal. Elle y avait rassemblé de quoi tenir un siège : une radio à piles, plusieurs lampes de poche, un téléphone branché, une glacière remplie de sandwichs, ses médicaments, et même une énorme pioche, si lourde qu'elle avait du mal à la soulever. Elle n'avait plus rien à craindre.

Elle allait monter à l'étage quand on frappa à la porte. Les hommes du shérif étaient déjà passés, les voisins partis. Elle jeta un coup d'œil par le judas et son regard tomba sur le galon cousu sur l'épaule de l'homme. Elle poussa un soupir agacé. Sans doute un adjoint du shérif ou quelqu'un du gouvernement fédéral, qui venait pour la persuader d'abandonner sa maison.

— J'ai déjà dit aux autorités que je ne partirai

pas, lança-t-elle en entrouvrant la porte — autant que le permettait la chaîne de sécurité.

— Bonjour, madame Hills, fit l'homme en souriant. On s'est rencontrés hier devant le fourgon de M. B. Vous vous souvenez de moi ? Joe. Joe Black.

53

Walter gara sa fourgonnette le plus près possible de la marina, où il régnait encore une intense activité. Quand il avait franchi le pont, l'employé du péage l'avait prévenu qu'ils fermeraient l'accès à partir de 13 heures. Il avait croisé, dans la direction opposée à la sienne, une file impressionnante de voitures roulant pare-chocs contre pare-chocs. Il avait vaguement pensé qu'il aurait peut-être dû rester chez lui pour terminer ses préparatifs… Sauf qu'il y avait tant à préparer qu'on n'en venait jamais à bout. Sans compter qu'il n'avait pas envie de rester enfermé. Dans quelques heures, ils seraient tous coincés, terrés chez eux comme des rats. Autant en profiter d'ici là.

La marina était saturée de bateaux que leurs propriétaires tentaient d'amarrer le mieux possible. Quelques-uns les mettaient à sec et les chargeaient sur une remorque. D'autres, moins nombreux, les courageux ou les inconscients, prenaient la mer en dépit de la houle, sans doute pour s'écarter au plus vite du chemin de l'ouragan.

L'air était chargé de tension — une tension

presque aussi palpable que les émanations des pots d'échappement. Les gens s'emballaient pour un rien. On les sentait prêts à en venir aux mains à la moindre altercation. Après une longue attente, ils avaient enfin admis que le nord de la Floride était sur la route d'Isaac, et que ce dernier fonçait droit sur eux. Plus moyen d'échapper au monstre. Il ne restait plus qu'à bâcher les bateaux en priant pour que l'ouragan ne ravage pas tout sur son passage.

Walter choisit un coin du parking d'où il serait visible depuis la marina, sur l'un des emplacements appartenant à Howard Johnson, lui-même pêcheur en eaux profondes, qui l'avait autorisé à s'y installer chaque fois qu'il le désirait. En échange, Walter avait toujours dans sa fourgonnette une bouteille d'un excellent cognac qu'ils sirotaient ensemble de temps à autre, à la fin d'une dure journée, en se racontant leur vie.

Vu les circonstances, Walter n'avait pas l'intention de s'éterniser. Il servirait gratuitement ce qu'il avait dans son fourgon pendant une heure — voire moins, s'il écoulait son stock plus tôt.

Au début, il ne prêta pas attention à la camionnette qui se gara près de l'allée menant aux quais. Puis il remarqua que le conducteur se débattait pour en sortir un énorme sac, qu'il fit glisser tant bien que mal sur le trottoir, puis entreprit de tirer.

Walter avait déjà vu des sacs comme celui-là. Les pêcheurs s'en servaient pour mettre leurs grosses prises, celles qui ne rentraient pas dans les glacières.

Ils étaient solides, étanches et isothermes, mesuraient environ deux mètres de long sur un mètre de large, et ressemblaient à une sorte de fourre-tout géant doublé d'une housse lavable.

Walter trouva tout de même étrange que l'on sorte un poisson d'une camionnette pour l'emporter sur un bateau. D'habitude, la manœuvre s'effectuait plutôt en sens inverse, non ? Le type portait une casquette bleue, un short, des chaussures antidérapantes et une chemise kaki négligemment enfilée, avec les boutons défaits et les pans libres. Un galon en chevron attira son attention. Qu'est-ce qu'un officier de marine faisait dans ce port, en uniforme, en train de traîner ce gros sac ? Puis, brusquement, il identifia le type.

— Hé, Joe !

Le brouhaha était tel que Joe ne l'entendit pas.

Il s'escrimait toujours à tirer ce sac, qui paraissait diablement lourd.

Walter jeta un coup d'œil alentour. Il n'avait pas encore allumé ses appareils ni garni le moindre hot dog. Il n'en avait pas pour longtemps, de toute façon. Il verrouilla les portières et se dirigea vers la camionnette pour donner un coup de main à Joe.

— Hé, Norris !

Cette fois, Joe tourna la tête pour regarder derrière lui, une première fois distraitement, puis une seconde fois, comme s'il l'avait reconnu après-coup. Il était rouge et il transpirait. Il balaya le port d'un regard inquiet, visiblement contrarié de s'être fait remarquer.

— Laissez-moi vous aider, fit Walter en attrapant un côté du sac.

— C'est très gentil, monsieur B., mais ce n'est vraiment pas la peine. Je m'en sors très bien tout seul.

Joe tira de son côté, mais Walter ne lâcha pas.

— Vous avez un bateau ? demanda-t-il.

Walter était curieux de nature. Pourquoi Joe portait-il une des vieilles chemises de son père ? Et aussi sa casquette. Il venait de reconnaître le logo de l'US Navy brodé au-dessus de la visière.

— Un yacht, fit Joe en désignant du menton un bateau sur leur droite, au deuxième emplacement.

Walter laissa échapper un sifflement admiratif.

— Il est magnifique, commenta-t-il.

Le nom, écrit en lettres or et noir sur la proue, lui arracha un sourire : *Le Goujon voyageur.*

— C'est mon père qui me l'a légué, expliqua Joe. Je vais le mettre à l'abri, à Biloxi.

— Maintenant ? Vous plaisantez ?

— D'après les prévisions, le centre de l'ouragan se dirige vers Pensacola. Peut-être même un peu plus à l'est. On peut raisonnablement tabler sur des vents violents dans un rayon de cent vingt kilomètres autour de ce centre.

Il ne paraissait pas essoufflé. Walter, lui, haletait. Il ne put s'empêcher de remarquer que le gamin jouissait d'une excellente condition physique.

— Mais nous avons déjà une forte houle, fit-il remarquer en essayant de ne pas ahaner comme un vieillard.

— J'ai vu pire. C'est dans le nord-est de la Floride que ça va se déchaîner. En allant vers l'ouest, je m'éloigne. Mais je reconnais que j'aurais voulu partir plus tôt. J'ai été retardé.

Walter aida Joe à hisser le sac sur le pont du bateau. A présent, son survêtement était trempé et son front dégoulinait de sueur. Il aurait voulu s'essuyer, mais il lui fallut ses deux mains pour soulever le sac en descendant les deux marches qui menaient à la cabine.

Joe lâcha l'extrémité qu'il tenait. Un peu brutalement. Quelque chose à l'intérieur remua en gémissant. Walter leva des yeux interrogateurs vers Norris. Il tenait toujours le sac quand celui-ci appuya sur son ventre le canon d'un petit revolver de poing.

— Désolé, monsieur B., mais je crois que vous allez devoir m'accompagner.

54

Maggie était sur la marina, elle aussi. Bien décidée à mener l'enquête. Après l'ouragan, les gens seraient dépassés par le chaos laissé par Isaac. Personne ne se souviendrait d'une glacière blanche avec une corde jaune et bleu, ni de son propriétaire, un certain Joe, qui avait peut-être amarré son bateau dans le port avant la catastrophe. De plus, elle avait promis à Liz Bailey de la retrouver sur les quais. La jeune femme n'était pas encore arrivée… Autant en profiter pour poser quelques questions.

L'état des échantillons humains trouvés dans la glacière laissait supposer qu'ils y n'avaient pas séjourné longtemps. Par ailleurs, Maggie savait — elle avait malheureusement de l'expérience en ce domaine — qu'il fallait entre quatre et cinq heures pour dégeler un torse d'adulte. Quand les gardes-côtes avaient trouvé la glacière, il n'y restait plus de glace. Elle estima donc, en tenant compte de la température de l'eau et du soleil, que les paquets se trouvaient là depuis deux jours. Trois tout au plus.

De plus, même si les colis étaient destinés aux

conférences chirurgicales de M. Piper, ça n'expliquait pas comment Vince Coffland était devenu donneur d'organes malgré lui.

Avant de quitter l'hôtel, elle avait effectué sur internet une rapide recherche sur les activités du CETMA. Il s'agissait d'une société organisant des séminaires en Floride pour présenter de nouvelles techniques médicales en chirurgie. Le CETMA annonçait des démonstrations. Bien entendu, la loi sur l'anonymat des donneurs était respectée et il n'était pas possible de savoir où se fournissait le centre pour ses travaux pratiques.

Après avoir visité quelques sites d'entreprises concurrentes, Maggie avait pu constater que le CETMA était le seul centre à ne pas mentionner ses fournisseurs, et donc, probablement, à faire appel à un vendeur indépendant comme Joe. Une rapide analyse lui avait permis de déduire que la demande était supérieure à l'offre. Elle songea aussitôt à l'hypothèse de Platt : Joe profitait peut-être des ouragans pour s'approvisionner en victimes. Vince Coffland avait-il été assassiné de sang-froid, pour un motif vénal ?

Il y avait encore foule sur la marina, surtout dans les boutiques qui s'efforçaient de satisfaire les demandes des propriétaires de bateau aux abois. Maggie parvint à se glisser entre deux clients pour engager la conversation avec Howard, le propriétaire d'un magasin qui vendait des articles de plongée. Howard était un homme aux épaules larges, beaucoup plus grand que Maggie. Seule son épaisse chevelure blanche témoignait de son âge — la soixantaine probablement. Sa barbe bien taillée était encore du même blond que celui du surfeur aux cheveux dorés que l'on pouvait admirer sur les photos exposées au mur. Il portait une chemise orange et bleu, ornée de poissons stylisés.

Le magasin était bien tenu et proposait un matériel insolite et coloré. Fascinée, Maggie passa en revue les maquettes de bateaux alignées sur la plus haute étagère qui courait le long des quatre murs. Puis elle ouvrit son badge pour le présenter à Howard. En le voyant, celui-ci changea d'attitude : l'une de ses mains alla se réfugier dans une poche de son short, tandis qu'il posait l'autre bien à plat sur le comptoir, comme s'il se préparait pour un interrogatoire. Apparemment, les agents du FBI lui inspiraient de la méfiance. Maggie avait l'habitude et ne s'en formalisa pas. Elle lui montra des clichés de la glacière, dont un gros plan de la corde jaune et bleu.

Il haussa les épaules.

— J'en vois des douzaines par jour, des glacières comme celle-là, dit-il. J'ai la même, en plus grand, pour la pêche en eaux profondes.

— Et la corde ?

— J'utilise un câble de métal.

— Vous en avez déjà vu une comme celle-ci ?

Il haussa de nouveau les épaules, mais se pencha tout de même sur la photo. Puis il se redressa et croisa les bras sur son large torse en fronçant les sourcils.

— On a tous un petit accessoire pour personnaliser notre équipement, dit-il. Ça évite de le confondre avec celui du voisin quand tout le monde décharge en même temps. Comme pour les bagages, vous voyez ce que je veux dire ? Quand ils voyagent, les gens marquent leurs valises et leurs sacs avec des rubans ou des sangles, pour les repérer plus vite sur le tapis roulant.

Maggie n'y avait pas pensé. Rechercher le tueur à partir de la corde s'avérait donc encore plus pertinent qu'elle ne l'aurait cru.

— D'après vous, pourquoi une glacière de cette taille finirait par-dessus bord ?

— Par accident ?

Elle acquiesça.

Howard fronça les sourcils à s'en déformer le visage et se gratta vigoureusement la tête, comme si la question lui donnait à réfléchir.

— Il arrive qu'on attache une de ces glacières en remorque derrière un bateau, quand il est trop chargé. Elles flottent, même quand elles sont pleines. Mais faut les arrimer solidement. Sans doute que le lien qui retenait celle-ci a lâché. Le propriétaire du bateau s'en est aperçu trop tard et il l'a perdue.

— Maggie !

Liz Bailey venait d'entrer dans la boutique en courant.

— Howard, tu n'aurais pas vu mon père ?

55

Benjamin Platt soutenait un jeune soldat qui vomissait un liquide verdâtre dans une bassine en Inox. Le patient était trop faible pour se tenir debout. Platt remarqua les auréoles de sueur qui tachaient son lit.

— Nous allons vous faire une piqûre, annonça-t-il.

Il aida le soldat à se recoucher. Celui-ci avait un regard vitreux et ne faisait plus l'effort de répondre quand on lui parlait. Ben fit signe à l'infirmière qui l'assistait, afin qu'elle prépare l'injection d'antibiotique.

— Nous allons procéder à d'autres analyses pour ajuster votre traitement, si nécessaire, expliqua-t-il au soldat tout en prenant une serviette pour lui essuyer la bouche.

— Merci, fit le jeune homme.

Ce simple lui avait coûté tant d'énergie que Platt fut surpris de l'entendre poursuivre.

— C'est presque pire que quand j'ai perdu mon pied !

— Ça va aller mieux, je vous le promets, assura Ben.

Il surprit l'expression sceptique de l'infirmière,

mais ne fit aucun commentaire. Pas question de montrer au jeune homme qu'ils mettaient en doute sa guérison.

Avant d'examiner le patient suivant, il changea de gants dans la salle de préparation.

— La situation est sous contrôle, annonça Ganz en le rejoignant.

— Si vous le dites, soupira Platt.

— J'ai commandé des bêta-lactamines, comme vous me l'avez recommandé. Vous croyez que ça marchera ?

— Pour se développer, le *clostridium sordellii* doit d'abord sporuler. Et pour ça, il lui faut des enzymes. Je compte sur les bêta-lactamines pour inhiber ces enzymes.

— Je comprends… Pour empêcher la bactérie de se développer.

— Et de se reproduire.

— Et pour les soldats chez qui elle a déjà proliféré, vous avez une solution ?

Platt prit une longue inspiration.

— Pas encore. Nous ne pouvons pas nous appuyer sur un protocole de soins déjà existant… Nous avançons à l'aveugle.

Il se tourna pour regarder Ganz droit dans les yeux.

— Ça vous pose un problème ?

— Non. Au point où nous en sommes, nous n'avons rien à perdre.

— J'espère que les bêta-lactamines freineront

l'action de la bactérie dans les cas avancés… mais je ne peux rien garantir.

Platt songea soudain au soldat qu'il venait d'ausculter. Quelque chose le tracassait, qui n'avait aucun rapport avec sa maladie.

— Que faites-vous des membres amputés ? demanda-t-il.

— Pardon ?

— L'un des patients a été amputé d'un pied. Qu'avez-vous fait de ce pied ?

— Parfois, la famille réclame le membre amputé. Quand ce n'est pas le cas, nous l'envoyons dans une banque de dons d'organes.

— A Jacksonville ?

— Oui.

— Et quand il reste un éclat d'obus dans le membre en question, qu'en faites-vous ?

— Je l'ignore. Ce n'est pas vraiment de mon ressort.

— Si ça l'était, l'enverriez-vous dans cette banque d'organes ? insista Platt.

— Oui. C'est eux les spécialistes, non ? J'imagine que ça leur poserait un problème… mais ils pourraient peut-être s'en servir quand même.

Platt songea brusquement au dossier sur lequel enquêtait Maggie. Et si le pied découvert dans la glacière à poisson avait appartenu à un soldat blessé ?

56

En apercevant la fourgonnette de son père, Liz s'était d'abord mise en colère. Où avait-il la tête, bon sang ? Il lui avait pourtant promis de rentrer avant midi. Venir ici avant l'ouragan, passe encore. Mais rester jusqu'au dernier moment, ça non ! Tout ça pour ne pas s'ennuyer ou pour satisfaire sa curiosité... Pas de doute : Walter était un vrai casse-cou. Elle tenait de lui, d'ailleurs. Elle aussi, quand il s'agissait de prendre des risques, montrait un certain empressement. Face au danger, il devenait difficile de la freiner.

Sa colère se mua en inquiétude quand elle jeta un coup d'œil à l'intérieur et aperçut le plateau de hot dogs et de condiments. Il avait verrouillé les portières, mais, de toute évidence, il était parti avec l'intention de revenir quelques minutes plus tard. La réponse que lui fit Howard ne fit qu'accroître son anxiété.

— Je l'ai aperçu il y a une heure environ. Il aidait un type à charger un gros sac sur un bateau.

— Il est toujours là, ce bateau ?

Maggie s'était approchée de la vitrine et contemplait la marina d'un air angoissé, elle aussi Le ciel était de plus en plus sombre. Les gens avaient allumé leurs phares sur le parking. Il n'était pas encore midi, pourtant.

Howard fronça les sourcils.

— Non. Il était amarré à l'emplacement numéro deux.

— C'est un peu risqué de partir en bateau, non ? demanda Maggie.

— En effet. C'est très risqué, assura Liz d'un ton fervent.

— Risqué et complètement stupide, renchérit Howard. J'ai beau le leur dire, ils ne m'écoutent pas. Tu connais ça, Liz, je suppose. C'est toi qui vas chercher les inconscients qui font n'importe quoi et t'obligent ensuite à risquer ta peau !

— Cet emplacement t'appartient, Howard ?

— Evidemment, répondit-il en tapant sur le clavier de son ordinateur.

Liz avait entendu pas mal de rumeurs sur le compte d'Howard Johnson. On prétendait qu'il avait fait du trafic de drogues pendant des années et qu'il avait cessé au moment où les fédéraux s'apprêtaient à démanteler le réseau auquel il appartenait. On assurait aussi que plusieurs millions de dollars provenant de ce trafic avaient disparu et que c'était Howard qui les avait cachés. Mais Walter s'en moquait : il répétait à qui voulait l'entendre qu'Howard était un type bien.

— Il s'agissait du *Goujon voyageur*, annonça-t-il. Le nom du propriétaire, c'est Joe Black. Il est arrivé vendredi, et il m'avait loué l'emplacement pour la semaine.

— Il a peut-être pris son bateau pour aller chercher de l'essence de l'autre côté de la baie, suggéra Maggie.

— D'après ce que je sais, de l'autre côté de la baie, il n'y a plus d'essence, rétorqua Howard. Mais il avait peut-être un tuyau que je n'ai pas.

— Attends une minute, intervint Liz. Joe Black ?

Elle se tourna vers Maggie.

— Mon père a bu hier quelques verres avec un certain Joe Black. D'après lui, Joe était un ami de mon beau-frère.

La panique lui nouait le ventre.

— Scott, mon beau-frère, m'a dit que la glacière appartenait à son ami Joe. Je parle de la glacière qui ressemble à la nôtre. Celle que j'ai vue à l'arrière de la maison funéraire.

Maggie la contempla fixement pendant quelques secondes. Liz comprit qu'elle la prenait au sérieux et qu'elle partageait son inquiétude.

— Vous savez d'où venait ce Black et où il allait ? demanda enfin Maggie à Howard.

Le regard d'Howard passa de Maggie à Liz, puis revint se poser sur Maggie.

— Je ne peux pas vous communiquer son adresse à Jacksonville sans un mandat, dit-il.

Puis il agita la main pour désigner les clients qui attendaient.

— Veuillez m'excuser, marmonna-t-il. J'ai du monde.

Liz se pencha vers Maggie.

— Papa pensait que Joe Black n'était pas le véritable nom de cet homme.

— Moi non plus, je ne pense pas qu'il s'agisse de son véritable nom, répondit posément Maggie.

— Vous pensez qu'il pourrait être le propriétaire de la glacière que nous avons trouvée dans le golfe ? insista Liz.

— Oui.

— Dans ce cas, mon père serait en danger ?

— Il n'est pas forcément parti avec ce Joe Black, vous savez ? Il est peut-être tout simplement en train d'aider quelqu'un d'autre.

Liz acquiesça pensivement. Son père savait ce qu'il faisait. Maggie avait raison : il avait probablement décidé d'aider quelqu'un d'autre. Il avait servi dans la marine pendant plus de trente-cinq ans et connaissait quelques trucs utiles pour sécuriser un bateau. Sans doute avait-il voulu mettre son expérience au service d'un plaisancier dépassé par les événements.

Une rafale de vent plus forte que les autres courba les palmiers et emporta tout ce qui n'était pas attaché — notamment des seaux et des bidons d'essence vides, qui roulèrent sur les quais. Le silence se fit dans la boutique. Quand la pluie commença à tomber, elle résonna comme une volée de pierres contre les murs extérieurs.

La porte s'ouvrit et Kesnick entra, vêtu d'une cape de pluie jaune fluo.

— Bailey, il faut y aller ! annonça-t-il en lui tendant deux capes encore pliées.

— On va vraiment sortir là-dessous ? demanda Maggie.

Liz se souvint qu'il s'agissait d'une première pour l'agent du FBI.

— Ce n'est que la première bande de pluie, expliqua-t-elle. Elle va cesser dans quelques minutes. Pendant six à dix heures, nous assisterons à une alternance de trombes d'eau et d'accalmies. Mais, chaque fois, la pluie augmentera en durée et en intensité.

La dernière phrase fit pâlir Maggie.

— J'ai encore des gélules de gingembre dans mon sac, ajouta Liz pour la rassurer.

Avant de quitter le magasin, Liz revint vers Howard. Il était en train d'encaisser un client, mais il comprit et lui jeta un regard entendu.

— Si je le vois, je prendrai soin de lui. Et ne t'en fais pas pour la fourgonnette. Je m'en charge.

57

Le roulis était tel que Walter glissait d'un bout à l'autre de la cabine. Joe Black lui avait lié les pieds et les mains avec une corde tressée, puis il l'avait abandonné, couché sur le côté, face aux lambris de bois. Le gros sac était toujours là, pas très loin, entre lui et les marches menant au cockpit, mais il devait se tordre le cou pour l'apercevoir. Et avec ce bateau qui ne cessait de remuer, il n'arrivait pas à se déplacer. Il savait déjà qu'il y avait quelqu'un là-dedans. Tout à l'heure, ce quelqu'un avait gémi. A présent, il ne l'entendait plus.

— Comment ça va, monsieur B. ? demanda Joe en hurlant pour se faire entendre.

Comme il n'obtenait pas de réponse, il se baissa pour jeter un œil dans la cabine. Walter n'aperçut que le coin de son front. Le gamin n'osait pas quitter le cockpit et restait à la barre pour manœuvrer. Aux mouvements amples du bateau, Walter pouvait évaluer les creux et les vagues. La mer était de plus en plus déchaînée : Joe n'allait pas tarder à être complètement dépassé.

Walter entendit un grésillement au-dessus de lui, puis la voix de Joe sortit d'un boîtier accroché au mur, juste au-dessus de sa tête.

— Walter, je sais que vous ne pouvez pas appuyer sur le bouton pour me répondre, mais je voulais vous expliquer quelque chose. Je n'ai rien contre vous, vous savez ? C'est une question de boulot.

Walter se démena pour mieux voir le boîtier qui se trouvait à un mètre au-dessus de lui. S'agissait-il d'un Interphone ou d'une radio ? Impossible à dire, il faisait trop sombre. La cabine n'était pas éclairée et la lumière du jour y pénétrait à peine à travers les hublots martelés par les vagues. Il se recroquevilla contre le mur et tenta de se redresser au moment où le bateau faisait une embardée. Cela fut suffisant pour l'envoyer valdinguer sur le mur d'en face — et pour lui faire voir trente-six chandelles quand sa tête heurta les lambris.

— Tout ce que je vous ai dit sur mon père était vrai, Walter, poursuivit la voix de Joe. Il était dans l'US Navy. Il en était fier et heureux. Pourtant, l'armée ne lui a pas fait de cadeau ! Il s'est décidé à acheter ce bateau quand il a appris qu'il était malade. C'est à peine s'il a eu le temps d'en profiter.

Une vague plus forte que les autres faillit faire chavirer le bateau et le gros sac vint rouler contre Walter, le heurtant violemment. Walter se cala entre deux murs, en poussant sur ses pieds d'un côté et sur ses épaules de l'autre et, quand le bateau se rétablit, le sac repartit du côté des marches, mais lui, Walter, ne bougea pas d'un millimètre.

Walter avait déjà compris que le gamin n'avait pas peur de la tempête et qu'il s'amusait comme un fou. Des gars comme Joe Black, qui aimaient l'aventure et le danger, il en avait croisé un certain nombre dans la marine.

Liz aussi aimait le danger. Elle tenait ça de lui. Pour les gens comme eux, il en fallait toujours plus. Plus d'adrénaline. Que lui avait dit Liz, récemment, déjà ? Qu'il fallait regarder la bête en face et foncer. Bien sûr. Et aller plus loin. Et prendre des risques de plus en plus fous.

Non, Walter n'était pas surpris que Joe ne soit pas effrayé par l'ouragan.

— M'sieur B. ? Je regrette d'avoir été obligé de vous attacher, parce que je vous jure que vous auriez apprécié le spectacle. Vous avez dû en essuyer, des tempêtes, quand vous étiez dans la marine !

La voix de Joe fut interrompue par une série de grésillements, puis par un déclic, et Walter crut que la communication était coupée.

Mais Joe ne tarde pas à reprendre son monologue.

— Il faudrait que je change cette radio, marmonna-t-il.

Walter attendit la crête de la vague suivante — le bateau s'éleva, s'éleva, s'éleva — puis redescendit brusquement. Le gros sac roula d'un côté, puis de l'autre.

— J'ai beaucoup appris en observant mon père,

Walter. Et notamment qu'il faut profiter de la vie tant qu'il en est encore temps. Je ne fais pas comme lui, vous pigez ? Je prends, je me sers. Lui, il n'a eu droit à rien. Alors, disons que j'égalise le score.

De nouveau, le bateau s'éleva.

— Et vous savez quoi, Walter ? J'ai appris à aimer les ouragans. Il faut juste savoir en tirer profit.

Walter crut d'abord que Joe faisait allusion au plaisir que lui procurait le danger. Mais quand il vit remuer ce qui se trouvait à l'intérieur du sac, puis la fermeture à glissière descendre lentement, il songea que le gamin parlait d'autre chose.

— J'ai gagné un fric monstre avec les ouragans, cet été. Et vous savez comment ? Très simple. Après un ouragan, on signale toujours des disparus. Et moi, je transforme des disparus en donneurs d'organes. Ça passe inaperçu. Vous savez combien ça vaut, un corps ?

Le cœur de Walter se mit à cogner dans sa poitrine. Il battit des paupières. Etait-il victime d'une hallucination ? Il se tortilla pour se retourner et faire face au sac. Non, il ne rêvait pas. Couverte d'ecchymoses, l'air meurtri, Charlotte s'extirpait du sac en rampant.

58

Maggie le savait : les cachets au gingembre de Liz ne lui seraient pas d'un grand secours, cette fois-ci. Bailey se chargeait de son évacuation, certes — mais ce ne serait pas de tout repos. Depuis qu'elle avait vu la bande de pluie obscurcir l'horizon, elle comprenait pourquoi Charlie n'avait pas répondu quand elle lui avait naïvement demandé si un ouragan c'était « si terrible que ça ».

D'après ce que tout le monde disait, les réjouissances ne faisaient que commencer... Pourtant, l'air était déjà si épais qu'elle avait peine à respirer. On avait l'impression que le monde était dévié de son axe. Les arbres s'inclinaient. La pluie vous attaquait à l'horizontale. Les quelques personnes qui s'aventuraient hors des bâtiments vacillaient d'un côté, puis de l'autre, courbées contre le vent pour ne pas être emportées. Maggie devait lutter pour conserver son équilibre, tandis que des milliers de grains de sable percutaient sa peau comme autant d'aiguilles.

Puis, aussi soudainement qu'elle était venue, la pluie cessa. Maggie crut même entrevoir un coin de ciel bleu à travers l'épaisse couche de nuages gris. Ils avaient rejoint l'héliport depuis quelques minutes, à présent. Liz avait fini de préparer son matériel, et la fixait avec une expression pleine de sollicitude.

— Ça va aller ? demanda-t-elle.

— Pas de problème, mentit Maggie.

Tout en souriant, elle fit descendre la fermeture Eclair de sa combinaison de vol, juste assez pour laisser entrevoir son Smith & Wesson glissé dans son étui, au niveau de son épaule.

— J'ai l'essentiel, plaisanta-t-elle.

Liz sourit, mais ses yeux trahissaient son inquiétude. Elle songeait à son père, sans doute. Maggie avait tout fait pour la rassurer, mais si Walter Bailey était monté dans le bateau de Joe Black, il était probablement en danger. Pour l'instant, on ne pouvait rien pour lui, hélas.

De toute façon, Liz prenait sur elle. Elle n'avait pas le choix. Elle avait endossé son costume de garde-côte… et tout le reste passait après.

— Où puisez-vous tant de courage ? reprit Maggie.

Liz sourit de nouveau, avant de comprendre que la question était sérieuse.

— Je ne pense pas au danger. J'essaie de survivre, c'est tout.

Maggie haussa un sourcil. L'explication lui paraissait un peu sommaire.

— Ce n'est pas parce que je descends d'un hélicoptère suspendue à un treuil que je suis courageuse, poursuivit Liz. La vérité, c'est que je suis inconsciente. Et peut-être un peu folle.

Elle eut un rire bref.

— Vous aussi, vous affrontez des situations qui me terroriseraient, assura-t-elle. Sauver quelqu'un en pleine mer ou défier un tueur en série, au fond, je ne vois pas la différence. Dans les deux cas, ce n'est pas le courage, c'est l'instinct de survie qui vous pousse à agir.

Elle haussa les épaules.

— Je n'ai pas le temps d'avoir peur. Vous non plus, je suppose.

Maggie eut envie de demander à Liz d'où elle tenait tant de sagesse, puis elle comprit que la jeune femme attendait un assentiment. Elle se contenta d'acquiescer.

— Ne vous en faites pas trop pour ce vol, ajouta Liz. Nous n'aurons probablement pas d'appels de détresse avant d'arriver à Jacksonville, et les autorités ne nous laisseront pas longtemps là-haut. Dès que le vent atteindra quarante nœuds, on nous demandera de dégager.

Mais Maggie venait de voir le lieutenant-commandant Wilson, suivi d'Ellis, son copilote, monter dans l'hélicoptère. Bientôt, il faudrait les rejoindre. Déjà, Pete Kesnick leur faisait signe. Liz énonça des recommandations qu'elle n'entendit pas. Elle ne pensait plus qu'à la vitesse avec laquelle le ciel avait viré au noir.

57

— Seigneur, Charlotte ! Ça va ?

Walter n'en croyait pas ses yeux.

Le côté droit du visage de Charlotte n'était plus qu'une ecchymose violacée. Des mèches de cheveux gris s'échappaient de sa queue-de-cheval, et sa lèvre inférieure était fendue. Elle fixa Walter d'un air hagard, sans paraître le reconnaître, puis elle tira sur sa jambe droite pour la sortir du sac. Walter remarqua sa cheville enflée, dont la peau boursouflée — et comprimée par le bord supérieur de sa chaussure montante — évoquait de la pâte à pain en train de lever.

— Charlotte, murmura-t-il, atterré.

Il jeta un regard inquiet vers les marches qui menaient au cockpit. La voix de Joe ne sortait plus du boîtier. Il pria pour que le gamin ne décide pas de lâcher la barre.

— Vous savez où nous sommes ? demanda Walter à Charlotte.

Elle repoussa le sac d'un coup de pied et s'agrippa

vivement à une lanière en cuir arrimée au sol quand le bateau tangua sur le côté.

A part son visage tuméfié et sa cheville enflée, elle n'avait pas de blessures apparentes.

— Vous m'entendez, Charlotte ? insista-t-il à voix basse.

Il savait ce qu'on ressentait quand on était coincé dans une cale. Se réveiller enfermée dans un sac devait être pire. Il craignit qu'elle ne soit trop sonnée pour pouvoir l'aider.

— Charlotte ?

— Je vous entends, oui. Et j'ai aussi entendu chaque mot que ce salaud a prononcé après m'avoir frappée.

Walter faillit en rire de soulagement.

Elle rampa jusqu'à lui et commença à défaire les nœuds qui le maintenaient prisonnier, mais Walter l'arrêta d'un signe.

Il désigna du menton le boîtier fixé au-dessus de sa tête.

— Vous savez vous servir d'une radio ? demanda-t-il.

60

Ils volaient depuis quelques minutes quand ils interceptèrent un appel de détresse. Pendant que Wilson réclamait des précisions au poste de contrôle, Liz jeta un œil vers l'agent du FBI. O'Dell avait enduré le décollage avec une relative sérénité… mais dès que la bande de pluie s'était abattue sur l'appareil, elle avait agrippé sa sangle pour ne plus la lâcher. Elle n'en menait pas large.

Depuis l'hélicoptère, le vent et la pluie étaient encore plus impressionnants. Wilson ne pouvait pas traverser la couche de nuages : l'appareil n'avait pas la puissance d'un jet ou d'un gros avion de ligne. Et sa maladresse n'arrangeait rien : ils avaient l'impression de progresser par bonds.

Liz se prépara pour le déploiement. D'après l'appel, il s'agissait d'une urgence médicale. Le bateau, un yacht de neuf mètres, était intact. Il ne prenait pas l'eau et son moteur fonctionnait, ce qui faciliterait un peu l'intervention.

La mer était démontée, avec des vagues de trois à

six mètres. C'était de la folie de sortir par ce temps, même pour un sauveteur aguerri.

— Il ne faut pas lâcher la nageuse dans l'eau, fit Wilson.

Liz se sentit mortifiée d'être encore appelée *la* nageuse, mais ils survolaient maintenant le bateau, et l'adrénaline se mit à couler dans ses veines. Ce n'était pas le moment de s'apitoyer sur son sort : elle devait se concentrer sur sa mission. Et oublier ce goujat de Wilson.

Une vague souleva le bateau à angle droit. Puis il plongea dans le creux, parut comme avalé… et s'éleva de nouveau sur la vague suivante.

— Laisse le pont monter jusqu'à toi, fit Pete Kesnick à travers le casque. Mais saute avant la crête, parce qu'il te faudra le temps de t'accrocher avant la descente.

Elle acquiesça et il chercha son regard, une façon de lui demander si elle était d'accord pour y aller.

Une mer déchaînée représentait toujours un danger. Le vent et ce bateau instable augmentaient encore la difficulté de la manœuvre.

— On ne peut pas faire descendre la nacelle avec ce vent, fit remarquer Wilson.

— On a des précisions, sur l'état du blessé ? demanda Kesnick.

— Non. Ils ont perdu le contact avant d'avoir pu demander des détails.

— Pas plus de trois essais, reprit Kesnick en

s'adressant à Liz. Si je vois que c'est trop difficile, je te remonte. C'est compris ?

— Pas d'héroïsme, Bailey, renchérit Wilson. On ne veut pas perdre notre nageuse avant l'arrivée de l'ouragan.

61

Dès qu'il entendit le moteur de l'hélicoptère, Joe Black fit irruption dans la cabine.

— Qu'est-ce que tu as foutu, vieil imbécile ?

Charlotte avait réussi à délier les mains de Walter, mais, même à deux, ils n'étaient pas encore venus à bout de la corde qui entravait ses pieds. Walter ne pouvait donc pas se lever sans perdre l'équilibre. En revanche, il pouvait accueillir leur ravisseur d'un crochet du droit en plein visage. Ce qu'il fit. Charlotte ne voulut pas être en reste. Elle se leva et approcha de Joe Black — en sautillant à cause de sa cheville — afin de lui balancer son poing dans la figure.

Mais le bateau se souleva, les envoyant tous à terre.

Quand il se stabilisa, Joe tenait Charlotte par l'arrière de son col et pointait le canon de son revolver sur la poitrine de Walter.

— Je préférerais éviter de vous tuer avant d'arriver à Biloxi. Il ne faudrait pas que ça pue le cadavre dans mon bateau.

Il poussa Charlotte à terre et elle alla rejoindre

Walter. Puis il se leva et jeta un coup d'œil vers les marches menant au cockpit. A son air, Walter comprit qu'il avait peur de sortir.

Walter songea que l'hélicoptère ne prendrait peut-être pas le risque d'hélitreuiller quelqu'un par ce temps, surtout s'il ne recevait pas d'autre signal de détresse. Il pria, en tout cas, pour que ce ne soit pas l'équipe de Liz qui se trouve en ce moment au-dessus d'eux. *Pas Liz.*

— Mais s'il le faut, je vous loge une balle dans le crâne, reprit Joe. En général, j'évite le couteau et les armes à feu qui endommagent trop les tissus. Je n'aime pas remplir mes glacières avec des échantillons esquintés.

Il en faisait un peu trop, et Walter se demanda s'il n'était pas en train de craquer sous l'effet du stress. Les fous étaient difficiles à maîtriser, mais il décida de tenter tout de même sa chance. Il n'était peut-être pas trop tard pour faire entendre raison à ce gamin.

Il posa sa main bien à plat sur le mur et tenta de se relever.

— Ne bougez pas, Walter, ou je vise votre main. Des mains, j'en ai suffisamment. Je peux me permettre d'en gaspiller une ! On m'en demande moins depuis les opérations du canal carpien.

— C'est fini, monsieur Norris, fit Walter. Laissez tomber.

Il l'avait appelé Norris, du nom de ce père qui avait servi dans l'US Navy et pour lequel il semblait nourrir une certaine affection. Puis il chercha son regard. Joe était aussi le charmant jeune homme qui lui avait acheté des hot dogs. Il était sûr de l'émouvoir.

Il se redressa lentement.

Mais Joe éleva son arme. Il prit le temps de viser la main gauche de Walter. Puis il tira.

62

Scott avait décidé d'ignorer les appels de sa femme. Il éteignit son portable et le jeta d'un geste hargneux sur la table d'embaumement.

Trish cherchait son père depuis plus d'une heure. Comme elle ne le trouvait pas, elle voulait que quelqu'un passe chez lui pour s'assurer que tout allait bien. Elle recommençait à paniquer. Scott lui avait déjà dit qu'il devait rester à la maison funéraire. Si une fenêtre explosait, il voulait être là pour la calfeutrer afin d'éviter que l'eau fasse des dégâts. Mais rien à faire : elle refusait de comprendre. Elle lui avait même reproché de ne pas avoir levé le petit doigt pour protéger leur toute nouvelle maison.

Il avait tenté de lui expliquer que son entreprise était plus importante. Si leur maison était détruite, ils pourraient toujours s'installer à l'hôtel pendant quelque temps. Par contre, s'ils perdaient leur gagne-pain, ils n'auraient plus un sou. C'était pourtant évident. Pourquoi refusait-elle de le comprendre ?

Il venait de se laver les mains, mais il constata une fois de plus qu'il ne s'était pas débarrassé de l'odeur qui l'obsédait. Une puanteur de chair en décomposition. Il vérifia dans les armoires. Nettoya de nouveau la salle d'embaumement et vaporisa du désinfectant sur toutes les surfaces. Rien à faire : ça puait toujours. Lors d'une conférence, il avait entendu parler des hallucinations olfactives dont étaient parfois victimes les employés des maisons funéraires. Sur le moment, il avait souri. A présent, il se demandait si ce n'était pas de ça qu'il souffrait.

Dehors, l'atmosphère était de plus en plus sombre. Les fils à haute tension dansaient dans le vent. Des pluies sporadiques mais diluviennes laissaient les rues inondées. Certains pins étaient déjà fendus en deux. A chaque nouvelle vague de pluie, l'orage gagnait en intensité et en violence. Scott avait entendu à la radio qu'il y en avait pour cinq à dix heures. Puis douze à quinze, après l'œil du cyclone.

Il dut reconnaître qu'il commençait à avoir peur. Cette tempête lui donnait la sensation d'étouffer — un peu comme le jour où, enfant, il avait été enfermé dans un coffre de voiture par des plus grands auxquels il avait voulu tenir tête.

Un bruit formidable venant du dehors le fit courir à la fenêtre.

— Saloperie ! s'exclama-t-il.

Une branche du grand chêne, près de la porte de derrière, venait d'être arrachée. Elle serait tombée si les lignes à haute tension ne l'avaient pas retenue. Des étincelles crépitèrent dans le ciel sombre. Les lumières de la maison funéraire clignotèrent plusieurs fois, mais l'électricité ne sauta pas.

Scott comprit que d'autres branches pouvaient tomber sur le toit et le transpercer. Il n'était donc pas en sécurité à l'intérieur. Trish le lui avait expliqué, mais il avait cru qu'elle exagérait.

Il se munit d'une lampe de poche et chercha un endroit où se réfugier. Il songea au local technique… Il avait entendu ça, à la radio, ces jours-ci : pendant l'ouragan, il fallait s'installer, dans la mesure du possible, dans une pièce sans fenêtre. Il sortit et fit quelques mètres dans le couloir. Puis il s'arrêta net.

La chambre froide. Elle était en acier. Elle résisterait à la pluie et au vent. Pourquoi n'y avait-il pas pensé plus tôt ?

Il alluma la lumière à l'intérieur, y installa une chaise, poussa contre le mur la table sur laquelle il avait allongé l'oncle Mel. Joe Black avait rempli deux étagères avec des échantillons humains. L'autre table était occupée par le jeune homme qu'il avait cru voir remuer.

Il referma la porte et se laissa tomber sur la chaise. C'était parfait. Là, il serait à l'abri de tout.

Les lumières clignotèrent de nouveau. Il entendit un déclic, suivi de deux autres. La fermeture électronique de la chambre froide ! Il courait vers la porte quand les lumières s'éteignirent. Son estomac se noua. A présent, il allait devoir attendre que l'électricité revienne pour ouvrir cette fichue porte.

63

Liz essuya ses lunettes, mais les verres furent aussitôt recouverts de gouttelettes. Elle n'y voyait rien, ou presque, et le vent la ballottait en tout sens. Une première fois, ses pieds effleurèrent le pont du bateau en détresse, mais Kesnick la tira trop haut et elle rata sa manœuvre. A la vague suivante, elle parvint à se poser. Cette fois, Kesnick donna correctement du mou au câble. Elle se laissa tomber sur le pont et roula sur elle-même quand le bateau plongea dans le creux, mais elle faillit passer par-dessus bord et sentit le câble se tendre au moment où elle se rattrapait à la rambarde. Elle se hâta de signifier à Kesnick que tout allait bien, pour éviter qu'il la remonte de nouveau.

La communication avec l'équipe serait difficile. De là-haut, avec toute cette pluie, ils risquaient de ne pas voir ses gestes ou de mal les interpréter. Mais elle ne s'inquiéta pas. Si le bateau menaçait de couler, Kesnick actionnerait le câble pour la ramener.

Elle rampa sur le pont en s'agrippant aux crochets et aux cordes qui se présentaient à sa portée. Elle ne vit personne à la barre, mais resta concentrée sur sa progression. Ce n'était pas le moment de paniquer.

Elle tenta d'ouvrir la porte de la cabine, mais le vent était contre elle et elle dut abandonner quand une vague s'écrasa sur le bateau. Au niveau de sa taille, le câble la reliant à l'hélicoptère tira d'un coup sec. Kesnick s'impatientait. Il était nerveux. Elle prit le temps de lui faire signe. Mais pouvait-il distinguer son pouce ?

Le laps de temps entre deux vagues devenait de plus en plus court. Environ douze secondes, pour l'instant. Liz tira de nouveau sur la porte du cockpit. Cette fois, le battant céda.

Les moteurs étaient arrêtés. Le propriétaire avait dû se rendre compte qu'il n'était plus de taille à lutter.

— Il y a quelqu'un ? appela-t-elle.

Aucune réponse. Derrière elle, une radio grésillait.

— Il y a quelqu'un ? répéta-t-elle.

Elle ôta ses lunettes et les laissa pendre autour de son cou. Le temps de reprendre son souffle, et elle descendit les marches qui conduisaient à la cabine.

Elle s'arrêta net en sentant le canon d'un revolver appuyer sur sa tempe.

64

— Elle est entrée dans le cockpit, annonça Kesnick.

Maggie ne le quittait pas des yeux. Il ne semblait pas soulagé que Liz ait mené à bien la moitié de sa mission. Au contraire. Leur nageuse était hors de vue et ils ignoraient ce qui l'attendait en bas.

— Si elle trouve un blessé grave, elle ne pourra peut-être pas utiliser les sangles, reprit Kesnick en se penchant dangereusement.

Il était pratiquement hors de la cabine, suspendu à son câble, exposé à la pluie et au vent, pour tenter de voir ce qui se passait sur le bateau.

Il avait tout de même pris soin de vérifier que le câble était bien positionné, cette fois. Heureusement, parce que Maggie n'aurait pas pu l'aider. Pas avec le vent qui bousculait l'hélicoptère et dont le rugissement rendait la communication difficile, même avec les casques.

— Il faut qu'elle se dépêche, s'énerva Wilson.

Sa voix était aussi tendue que le câble de Kesnick.

— On ne peut pas s'éterniser, poursuivit-il. Le

centre de contrôle me dit que nous devons avoir quitté la zone dans dix minutes tout au plus.

— On n'aura pas terminé dans dix minutes, protesta Kesnick. Elle doit être en train de prodiguer des soins d'urgence, en bas.

— Nous n'avons pas le choix. Tu le sais très bien.

— Personne ne peut descendre l'aider ? demanda Maggie.

Ils ne répondirent pas, comme s'ils refusaient de tenir compte de sa présence à bord. Wilson avait râlé quand il avait su qu'elle montait avec eux. Il avait reproché à Liz de le lui avoir proposé. Devant elle. Sans la moindre délicatesse.

— Nous n'avons pas le droit de quitter l'appareil, lâcha-t-il enfin. Nous pouvons lui envoyer du matériel, tout ce qu'elle nous réclame ou que nous jugeons utile, mais nous devons rester dans l'hélicoptère. Si nous sommes obligés de partir, nous lui enverrons un bateau.

— Vous seriez prêt à l'abandonner ?

De nouveau, il y eut un silence.

— J'applique la procédure. Je suis responsable de l'ensemble de l'équipage, pas uniquement de ma nageuse.

— Mais avec l'ouragan qui…

— Justement, coupa-t-il.

Il soupira.

— Il ne reste plus que sept minutes, Kesnick.

— Vous ne pouvez pas la laisser, protesta de nouveau Maggie.

— Agent O'Dell, à bord de cet appareil, vous n'avez pas votre mot à dire. C'est moi qui commande. Compris ?

— Je ne la vois pas, hurla Kesnick.

— Tire sur son câble.

— Je tire, mais rien ne vient !

Ils attendirent en silence.

Le cœur de Maggie cognait violemment contre sa cage thoracique. Elle frissonnait, malgré la sueur qui dégoulinait dans son dos. Elle contempla le profil de Wilson. Il avait la mâchoire crispée. Sa visière dissimulait ses yeux, mais elle remarqua que ses mains agrippaient fermement les commandes. Son calme contrastait avec les mouvements d'Ellis, qui s'agitait pour tenter de voir ce qui se passait en dessous, sur le bateau.

— Ici, les gardes-côtes, hurla Ellis dans la radio. *Goujon voyageur*, m'entendez-vous ?

— Plus que cinq minutes, fit la voix de Wilson. Qu'est-ce qu'elle fout, merde ?

— *Goujon voyageur*, vous m'entendez ? hurla de nouveau Ellis.

Seul un grésillement lui répondit.

Le Goujon voyageur ? songea soudain Maggie. N'était-ce pas le nom du bateau de Joe Black ?

— Ça ne répond pas, dit Ellis.

— Kesnick ?

— Je l'ai perdue de vue.

— On ne peut plus rester, trancha Wilson. Kesnick, tu la remontes. Kesnick ! Remonte-la !

L'intéressé obéit.

Maggie vit le câble se tendre, puis commencer à remonter. Elle s'attendait à ce que Liz grimpe à bord de l'appareil. Mais Kesnick attrapa l'autre extrémité du câble et se tourna d'un air effondré vers les pilotes pour le leur montrer. Il n'y avait rien au bout. On l'avait sectionné.

65

Impuissante, Liz vit le câble quitter la cabine. Son lien avec l'hélicoptère avait disparu.

De toute façon, elle ne serait pas remontée maintenant. Pas sans son père.

Elle demanda la permission de lui bander la main, qu'il tenait serrée contre son torse. Sa veste de survêtement était déjà imbibée de sang.

— Ça va, ma chérie, ne t'inquiète pas, protesta-t-il.

Elle avait reconnu la femme pour l'avoir déjà vue sur la plage. L'homme s'était présenté d'un ton dégagé. Il s'appelait Joe Black. Il appuyait toujours le canon du revolver sur sa tempe.

— Nous allons rester tranquille, le temps que l'hélicoptère s'en aille, dit-il.

Il semblait presque serein.

— Ils ne partiront pas sans leur nageuse, fit remarquer Walter.

Liz ne pouvait pas expliquer à son père que le règlement leur imposait de partir, au contraire. Ça lui était arrivé une fois, après Katrina, avec un hélicoptère chargé de rescapés et manquant de carburant. Liz avait fait signe à l'équipe de s'éloigner pendant qu'elle attendait sur un toit en terrasse, avec une douzaine d'autres personnes furieuses d'être laissées sur place. Ils n'étaient revenus la chercher que plusieurs heures plus tard, à la tombée de la nuit.

— Finalement, je ramène trois spécimens en parfait état, ricana Joe. Je n'ai pas assez de glace pour vous conserver tous les trois, mais je pourrai en attacher deux à l'arrière du bateau. Avec des bouées de sauvetage.

— Des *spécimens* ? cracha la femme d'un ton écœuré.

Liz fut surprise par son sang-froid et son courage.

— Vous avez l'intention de brader mon corps par petits morceaux ?

Elle tenait sa cheville blessée à deux mains et grimaçait de douleur, mais sa colère était intacte.

— Sachez que mon mari a été tué pour des millions de dollars, lui ! Vous m'entendez ? Des millions.

Joe Black ne prit même pas la peine de lui répondre. Il se leva et se planta sur les marches, d'où il pouvait leur barrer la route tout en gardant un œil sur eux. Il s'était attaché et n'avait plus à lutter pour conserver son équilibre. Quand Liz faillit tomber, il fut capable de suivre son mouvement avec le canon de son revolver.

Les mouvements du bateau s'amplifiaient : il s'élevait, puis retombait dans un craquement assourdissant. Il y eut un bruit sourd au-dessus de leurs têtes, comme si quelque chose venait de tomber sur le pont. Ils levèrent les yeux… et entendirent l'hélicoptère s'éloigner. Puis le bruit du rotor devint de plus en plus faible, avant de se fondre dans le hurlement du vent et le fracas des vagues.

Le regard de Liz croisa celui de son père. On n'enverrait jamais un bateau à leur recherche dans de telles conditions. Elle devait se rendre à l'évidence. On les avait abandonnés.

Joe Black devait penser la même chose, parce qu'il souriait de toutes ses dents.

— A qui l'honneur ? demanda-t-il.

Liz songea à se jeter sur lui, mais il aurait probablement tiré avant qu'elle l'atteigne. Elle se souvint de ce qu'elle avait dit à Maggie O'Dell à propos du courage. Elle n'avait pas peur de se battre contre des vagues ou un câble suspendu à un hélicoptère. Elle avait toujours fait confiance à son instinct de survie et à son entraînement. Même avec les récalcitrants. Il y avait peut-être un moyen de déstabiliser ce type.

Joe Black pointa le revolver sur Liz, comme s'il avait lu dans ses pensées.

— Ils ont sûrement envoyé un bateau, mentit-elle. C'est la procédure. Il est probablement tout près de nous… C'est pour ça que l'hélicoptère lui a passé le relais.

Elle vit qu'il réfléchissait. De nouveau, quelque chose craqua au-dessus de leur tête. Une vague heurta violemment le bateau. Le grincement aigu de quelque chose qui dérape se fit entendre sur le pont.

— Le bateau est en train de lâcher, hurla la vieille dame.

— La ferme, lui cria Black.

Il se tourna de nouveau vers eux et se prépara à viser.

— Non ! protesta Walter.

Mais son cri fut suivi d'une déflagration.

Liz crut que Joe Black avait tiré sur elle et ferma les yeux. La douleur ne venant pas, elle les rouvrit — juste à temps pour le voir tomber en avant. Il se tenait la jambe d'une main. L'autre était toujours crispée sur le revolver.

— FBI, fit une voix depuis le pont. Lâchez votre arme.

Il hésita.

Une balle fit un trou dans le tapis, tout près de lui. Il n'hésita plus, cette fois. Et laissa tomber son revolver au sol.

Tétanisée, Liz vit apparaître Maggie : elle descendait les marches, son Smith & Wesson pointé sur Black.

— Ramassez son arme, Liz.

Elle obéit.

— Il est seul ? demanda-t-elle.

Ses yeux balayèrent la cabine, si rapidement qu'elle quitta à peine Black du regard. Puis elle s'arrêta sur Liz, qui se contenta d'acquiescer en silence.

— Pas de blessé grave ? demanda Maggie.

Liz entendit le rotor de l'hélicoptère. Tous les yeux se levèrent vers le plafond de la cabine.

— Comment avez-vous réussi… ?

— Dépêchez-vous, coupa Maggie. Wilson est d'une humeur de chien.

Jeudi 27 août

66

Pensacola, Floride

Quand Liz ouvrit les yeux, les derniers rayons du soleil éclairaient encore la pièce. Elle avait dormi profondément. Elle avait la bouche sèche, les paupières lourdes. Elle mit quelques secondes à comprendre où elle se trouvait. Au premier étage. Dans la maison de son père. Son ancienne chambre avait été transformée en chambre d'amis. Il y restait tout de même quelques souvenirs de son enfance — une poupée en porcelaine sur la commode et des coussins brodés, ainsi que des objets ayant appartenus à sa mère.

En dépit du ronronnement du boîtier de climatisation, elle distinguait, venant du dehors, le moteur d'une tronçonneuse. Son père avait installé l'air conditionné dans la chambre quand elle était rentrée à la maison après la fin de l'ouragan, vers midi. Il avait dû pour ça faire passer par la fenêtre un câble électrique orange qui contournait la maison et traversait le jardin, avant d'aller le brancher sur le groupe électrogène du garage. Un luxe, quand on savait qu'un tel appareil pompait à lui seul presque autant d'énergie qu'un réfrigérateur.

Elle avait vaguement protesté, mais il n'avait rien voulu savoir.

— Tu as besoin de dormir, lui avait-il rétorqué.

Elle ne lui avait pas demandé comment il s'y était pris pour accomplir cet exploit de sa seule main droite, la gauche étant enveloppée dans un plâtre souple qui ressemblait à une manique.

Mais il avait raison : elle avait bien mérité un vrai repos. Au cours des quarante-huit heures, elle avait à peine somnolé quelques heures dans les baraques réservées aux équipes de sauvetage, sur la base aéronavale de Pensacola.

En atteignant les côtes, l'ouragan avait perdu de sa virulence, se classant dans la catégorie 4, avec des vents de 235 km/h. Mais il avait tout de même fallu secourir des douzaines de personnes dont les maisons étaient inondées. Certains avaient protesté. Les gens tenaient parfois à rester chez eux pour protéger ce qui n'avait pas encore été dévasté. Un homme avait refusé de quitter son toit sans emporter quatre valises pleines à craquer de ce qu'il considérait comme des objets de valeur. A la fin de la première journée, Wilson avait cessé de pester contre les nombreux chats et chiens qui montaient dans l'hélicoptère auprès de leurs maîtres blessés. Il se renfrognait un peu plus à chaque sauvetage, voilà tout. Quant à Liz, elle ne frémissait presque plus avant de sauter.

Depuis qu'elle avait échappé à un assassin, tout lui semblait facile.

Il y avait encore des gens à évacuer, mais la jeune femme était consignée à terre, à présent. Le règlement lui imposait de s'arrêter pour se reposer.

Elle se leva, enfila un short et un T-shirt, et se pencha à la fenêtre pour observer les dégâts. Les fils électriques étaient encore emmêlés aux branches des arbres, des débris s'empilaient de chaque côté de l'impasse que les voisins se chargeaient de déblayer. Ils ramassaient les branches des grands chênes, dont certains étaient déracinés. La Cantine de Coney Island trônait au beau milieu de ce chantier, entourée de chaises de jardin. Walter et Trish préparaient le dîner. Walter avait annoncé à Liz son intention d'offrir un repas chaud aux voisins privés d'électricité. Il avait de quoi, grâce aux provisions amassées dans ses trois réfrigérateurs… Il proposait des steaks grillés, des hamburgers, des hot dogs, des côtes d'agneau. L'électricité ne serait pas rétablie avant une semaine.

Liz le vit s'essuyer le front, penché sur le gril. Elle songea au moment où elle l'avait découvert dans le bateau de Joe Black, avec sa main ensanglantée, sa chemise trempée, son visage blême. Elle avait eu si peur pour lui… On l'avait hospitalisé, mais il avait aussitôt appelé Trish pour qu'elle vienne le chercher dès que les routes seraient praticables. D'après ce que Liz avait cru comprendre, sa sœur l'avait beaucoup soutenu et ne le quittait plus.

La pauvre Trish se refusait à tout commentaire au

sujet de Scott. Tout ce que Liz savait, c'était qu'il avait passé les quarante-huit heures de l'ouragan enfermé dans sa chambre froide. On l'y avait retrouvé avec un corps et des échantillons laissés par Joe Black. L'enquête était en cours. Scott était actuellement entendu par la police et sa maison funéraire avait été mise sous scellés.

En quittant l'atmosphère climatisée de sa chambre, Liz fut surprise par la chaleur et l'humidité qui régnaient au-dehors. Le temps de rejoindre son père dans la rue, elle était déjà en sueur.

Il l'accueillit d'un sourire.

— Tu n'as pas dormi très longtemps, ma chérie.

— J'ai faim.

— Assieds-toi. Tu t'adresses à la bonne personne.

L'arôme du steak grillé et des épices couvrait les odeurs d'essence émises par la tronçonneuse et les groupes électrogènes. Le soleil disparaissait à l'horizon. Dans une heure ou deux, il ferait complètement nuit. Des voisins commençaient à installer des lampes dans leur jardin. Ils ne craignaient pas les moustiques : après le passage d'un ouragan, il n'y avait pas d'insectes. Et pas d'oiseaux non plus.

— Ah ! tu arrives au bon moment, fit Trish. Si tu mettais la table ?

— Il faut qu'elle se repose, protesta Walter.

Elles en furent toutes les deux étonnées. D'habitude, il laissait Trish régenter sa sœur : c'était plus facile que de devoir jouer les arbitres entre elles.

— Demande à Wendy de t'aider, conclut-il.

Trish le contempla fixement pendant quelques secondes, puis céda sans faire de commentaires.

— Tu as des nouvelles de ton amie du FBI ? demanda Walter quand Trish se fut éloignée.

— Elle m'a appelée ce matin, mais la communication n'a pas été facile. Apparemment, de nombreuses antennes relais ont été endommagées, ce qui perturbe les transmissions des appareils portables.

— C'est une femme courageuse, poursuivit-il.

Il sortit une bouteille de bière de la glacière posée à ses pieds.

— Toi aussi, tu es une femme courageuse, ajouta-t-il en la tendant à Liz.

67

Jacksonville, Floride

Maggie arrêta sa voiture de location devant la guérite du gardien et lui tendit son badge. Pendant qu'il téléphonait, elle voulut réajuster son rétroviseur, mais une douleur au coude lui arracha une grimace. Elle avait mal partout. Jamais elle n'aurait cru que sauter d'un hélicoptère soit si éprouvant.

Le gardien lui rendit son badge.

— Premier bâtiment sur votre droite. On vous attend.

Elle s'était levée tôt pour filmer les dégâts de l'ouragan. A la dernière minute, Isaac avait faibli et viré sur la droite. Il avait fait moins de dégâts que prévu en atteignant le nord de la Floride. Charlie Wurth prétendait que les gens de Pensacola avaient eu de la chance, mais tout de même… Le vent avait arraché les toits, emporté les fenêtres, déraciné des arbres. La pluie avait inondé les maisons. Plus d'un millier de personnes étaient privées d'électricité et le seraient encore pendant une semaine.

Elle avait eu au téléphone Liz Bailey, qui l'avait rassurée sur l'état de Walter et de Charlotte. Walter retrouverait le plein usage de sa main, même s'il devrait pour cela se soumettre à plusieurs mois de rééducation. Liz lui avait paru complètement épuisée, mais elle s'en était bien sortie, elle aussi.

Au moment où Maggie se garait devant le bâtiment qu'on lui avait indiqué, un avion-cargo survola la voiture, qui fut secouée de vibrations. Maggie s'extirpa lentement de l'habitacle et soupira de soulagement en constatant qu'elle n'avait que sept marches à grimper. Puis elle eut honte. Dire qu'elle se considérait comme une sportive accomplie... Elle n'aimait pas beaucoup se souvenir de son hélitreuillage. Chaque fois qu'elle y pensait, la terreur lui nouait le ventre. Il lui semblait encore entendre le vent l'envelopper en hurlant, sentir la pluie lui battre le visage.

Mais sans doute avait-elle simplement besoin de se reposer. Et surtout de dormir. La nuit dernière, elle avait rêvé de mains sectionnées qui sortaient de l'eau pour s'agripper à elle. D'accord. Ce qui lui manquait, avant tout, c'était un sommeil sans rêves. Peut-être qu'avec un massage de Platt...

Elle ne put s'empêcher de sourire.

Après avoir franchi la porte, il lui fallut de nouveau sortir son badge. Une petite femme lui fit traverser un couloir menant à une salle de réunion. Benjamin Platt était là, en uniforme. Elle ne connaissait pas les deux hommes qui se trouvaient avec lui.

Ben fit les présentations.

— Agent Maggie O'Dell, voici le capitaine Carl Ganz et le Dr Samuel McCleary.

Le Dr McCleary adopta l'attaque comme tactique de défense.

— Joseph Norris travaillait pour nous depuis dix ans et nous n'avons jamais rien eu à lui reprocher, dit-il.

Maggie vit Platt se hérisser.

— Dans ce cas, docteur McCleary, cela signifie que vous acceptez sans doute des tissus et des os contaminés depuis dix ans, répondit-elle sèchement.

— Nous effectuons des tests sur tous nos tissus.

— Vos tests visent uniquement à détecter la présence de quelques virus, fit remarquer Platt.

— Personne n'aurait pu prévoir ce qui est arrivé à la base navale de Pensacola, insista McCleary en secouant la tête. Il s'agissait d'une erreur. Quand on fait des milliers de manipulation, une erreur est toujours possible. Nous avons vérifié : les vis osseuses et la pâte infectée utilisées par le capitaine Ganz provenaient du même donneur.

Il désigna un document ouvert sur une pile.

— Un donneur pour lequel le délai de douze heures n'a peut-être pas été respecté, ajouta-t-il en soupirant.

— C'est le moins qu'on puisse dire, intervint Platt. Nous pensons que le délai a été allongé jusqu'à vingt et une heure.

— Rien ne permet de l'affirmer, nuança le Dr McCleary.

— Il était mort depuis suffisamment de temps pour que ses intestins commencent à se décomposer sous l'influence des bactéries, notamment du *clostridium sordellii*, qui a trouvé un milieu favorable pour se développer.

— Vous n'avez aucune preuve de ce que vous avancez.

— Et les donneurs que Joe Black a obtenus sans certification ? demanda Maggie.

— Joseph Norris, corrigea McCleary. Et je suis sûr que M. Norris a suivi les procédures. C'est mon assistant depuis des années : je peux vous certifier que…

— Le shérif du comté d'Escambia a trouvé deux corps, dont un en morceaux, dans la chambre froide d'une maison funéraire de Pensacola, interrompit Maggie. Il s'agit de deux personnes sans domicile fixe qui ont disparu peu avant l'arrivée de l'ouragan. Le directeur de cette maison funéraire assure que c'est Joe Black qui a déposé chez lui ces cadavres pour les découper, afin de fournir une société qui organise des conférences de démonstration de matériel médical.

Cette fois, McCleary ne trouva rien à répondre.

— Joe Black gagnait beaucoup d'argent avec des à-côtés de ce genre, poursuivit Maggie. En plus de son travail d'assistant chez vous, il occupait son temps libre à vendre des échantillons humains. Il a avoué avoir utilisé des parties amputées quand il n'avait pas de quoi satisfaire ses clients, et aussi quelques-uns de vos donneurs pour son compte personnel. Les conférences payaient bien. Il avait du mal à refuser une commande.

— Il va falloir vérifier tout ce qu'il nous a livré, fit Ganz à McCleary. Norris a reconnu avoir effectué des substitutions entre nos échantillons et les siens.

Le Dr McCleary acquiesça, mais Maggie devina qu'il n'était pas convaincu.

— Très bien, dit-il en les entraînant dans un long couloir. Je vais vous montrer ce qui vous attend.

Il s'arrêta devant une porte et sortit de sa poche la carte magnétique qui permettait de l'ouvrir. Puis il leur fit signe d'entrer dans une vaste salle qui rappela à Maggie celles où la police entreposait les pièces à conviction — sauf que les étagères étaient remplacées par d'interminables rangées de tiroirs réfrigérés.

— Vous préférez commencer par les pieds ? fit-il en montrant un bout de la pièce. Ou par les yeux ? ajouta-t-il en pointant le doigt vers l'extrémité opposée.

Avec Maggie O'Dell,
vous n'êtes jamais au bout de vos surprises…

Avant l'ouragan

Les coups qui troublaient le silence semblaient provenir de si loin… Maggie O'Dell lutta pour ouvrir les yeux. Elle était couchée dans un lit, le souffle court. Il lui fallut quelques secondes pour comprendre qu'elle émergeait d'un rêve. Ou plutôt d'un cauchemar, dans lequel elle fuyait. Puis il y avait eu ces coups insistants… Elle tendit l'oreille, tout en balayant la pièce du regard. Cette chambre baignée de lune ne lui était pas familière. Où était-elle ?

Le souffle d'air chaud qui entrait par le balcon, agitant ses cheveux trempés de sueur, lui rappela qu'elle se trouvait à l'hôtel Hilton, et que sa chambre donnait sur la plage de Pensacola. L'odeur iodée de la mer emplissait ses narines.

Elle tourna les yeux vers le réveil à affichage digital posé sur la table de nuit. Les chiffres luisaient dans la pénombre. Il était 0 h 47. Ses supérieurs l'avait envoyée ici en mission, en dépit de l'ouragan de catégorie 5 qui se dirigeait en ce moment même vers le nord de la Floride. Quarante minutes plus tôt, quand elle avait sombré dans le sommeil, la pleine lune éclairait un ciel sans nuages, mais de hautes vagues se brisaient déjà avec fracas sur le rivage — vagues qui, lui avait-on expliqué, précédaient un ouragan. Elle avait laissé la porte-fenêtre du balcon entrouverte, en espérant que le ressac de la mer l'aiderait à dormir. Ce stratagème lui avait permis de savourer trois quarts d'heure de sommeil réparateur. Quoique… Pouvait-on considérer comme « réparateur » un sommeil peuplé de glacières métalliques remplies de pieds et de mains coupés ?

Sans doute était-elle encore sous l'influence de sa plus récente mésaventure, survenue dans l'après-midi : un survol du golfe de Pensacola, à deux cents pieds d'altitude, dans l'hélicoptère des gardes-côtes. L'équipage de l'appareil avait repêché quelques jours plus tôt une glacière qui dérivait dans l'océan. En l'ouvrant, ils n'y avaient pas découvert du poisson, comme on aurait pu s'y attendre, mais des parties de corps humains — un torse, trois mains, un pied. Le tout soigneusement enveloppé dans du plastique.

Maggie soupira. En dormant quarante minutes, elle avait eu le temps d'entamer ce qu'elle appelait son « cycle paradoxal de cauchemars », allusion à la phase de sommeil paradoxal qui consistait pour elle non pas à rêver, mais à mettre en mouvement des clichés sortis de l'album-photos de sa mémoire. Pourtant, l'angoisse qui avait déclenché ses cauchemars avait une tout autre source que les morceaux de corps humains. Le vrai responsable, c'était ce survol du golfe en hélicoptère. Des corps démembrés, Maggie en avait vu un certain nombre au cours de sa carrière, et s'y était presque accoutumée. En revanche, elle n'avait pas supporté d'être suspendue dans le vide, prisonnière d'une machine volante, sans le moindre contrôle sur la situation. Si elle avait ouvert tout à l'heure la porte-fenêtre du balcon afin d'entendre les vagues, c'était aussi pour oublier le bruit assourdissant de l'appareil.

Les coups résonnèrent de nouveau dans la nuit. Identiques à ceux qui l'avaient réveillée. On frappait à la porte, comprit-elle enfin. Qui venait la déranger à une heure pareille ?

— Madame O'Dell ? lança une voix d'homme.

Une voix haut perchée, chargée d'angoisse, qu'elle ne parvint pas à identifier.

Elle se leva en trébuchant, puis enfila à la hâte le short kaki et le T-shirt qu'elle avait ôtés tout à l'heure. Ils se collèrent aussitôt à sa peau moite, gênant ses mouvements. Quand elle avait ouvert la porte du balcon, elle avait aussi coupé l'air conditionné. Il faisait aussi chaud dedans que dehors, à présent. Bon sang… Qu'est-ce qui lui avait pris de vouloir se passer de la clim en plein mois d'août ?

Elle se dirigea vers la porte, tout en attrapant son revolver au passage. Elle ne le sortit pas de son étui, mais empoigna fermement la crosse et enroula son index autour de la détente.

— J'arrive ! répondit-elle. Qui est là ?

Plaquée contre le mur, elle agita une main devant le judas. C'était une vieille ruse destinée à tromper celui qui attendait dans le couloir et qui guettait peut-être du mouvement pour tirer à travers la porte. Avait-elle des tendances paranoïaques ou simplement un instinct de conservation particulièrement développé ? Sans doute un peu des deux, décida-t-elle.

— Je suis le veilleur de nuit, fit l'homme. Je m'appelle Evans. Robert Evans.

Sa voix trahissait une panique que Maggie jugea sincère.

— Nous avons un gros problème, poursuivit-il. Mon patron m'a dit de m'adresser à vous, parce que vous êtes du FBI. Je suis désolé de vous tirer du lit en pleine nuit, mais, vraiment, il s'agit d'une urgence.

Cette fois, Maggie colla son œil au battant. Déformé par le judas, Robert Evans paraissait sans doute plus grand et plus maigre qu'il ne l'était en réalité. Il se dandinait nerveusement d'un pied sur l'autre, ce qui ajoutait encore à la bizarrerie du personnage. Il glissa un doigt entre son cou et sa cravate aux couleurs de l'hôtel, comme s'il luttait contre un étranglement.

— Quel genre d'urgence ? répliqua Maggie d'un ton méfiant.

La petite tête de Robert surmontait son long corps comme un pompon. Elle vira à droite, puis à gauche, produisant un effet des plus comiques. Il tenait probablement à s'assurer qu'il n'y avait personne dans le couloir et qu'il ne risquait pas d'être entendu. Ce devait être le cas, car il s'approcha de la porte et murmura d'un ton que la panique rendait grinçant :

— Je crois que nous avons un décès dans la chambre 347.

Installé sur un tabouret du Tiki Bar, Glen Karst sirotait un bourbon. A sa gauche, il avait vue sur la porte de service de l'hôtel. A sa droite, des vagues couronnées de reflets argentés frissonnaient sous la lune et venaient lécher une plage de sable blanc. Un paysage de carte postale. S'il décidait un jour de s'offrir des vacances, ce serait peut-être dans cet endroit merveilleux — à condition qu'il supporte de transpirer en permanence. Il était plus de minuit et il avait la sensation de porter une serviette mouillée autour du cou.

Il suait comme un bœuf et il était crevé, ce qui n'arrangeait rien. Tous les vols à destination de Pensacola ayant été annulés à cause de l'ouragan Isaac, il s'était levé aux aurores pour prendre un vol Denver-Atlanta. Il avait ensuite roulé six heures durant dans une voiture de location, une petite compacte — la seule disponible dans un délai aussi court, mais bien trop exigüe pour un homme de sa corpulence. Il espérait qu'il ne s'était pas trompé et que ce fichu périple ne serait pas vain. Glen était un vieux briscard de la police. Il avait appris à se fier à son instinct. Or, cet instinct lui avait conseillé de venir. Mais il avait fait un sacré pari en se déplaçant aussi loin, alors que l'ouragan ne lui laissait que vingt-quatre heures pour aboutir.

Un flash venait de crépiter derrière lui et il jeta un coup d'œil derrière son épaule. Un groupe d'étudiants prenait la pose devant un appareil photo : ils levaient en souriant de grands verres à cocktail contenant une boisson rouge vif. Glen secoua la tête, un peu déconcerté. Rien ne laissait supposer qu'un ouragan s'apprêtait à frapper la ville. Les restaurants et les bars de la plage étaient bondés, les promeneurs déambulaient paisiblement le long du rivage, les parkings étaient pleins. Il remarqua tout de même que la plupart des pick-up et des camionnettes étaient chargés à bloc, signe d'un départ imminent. Les gens d'ici avaient l'habitude. Ils ne sous-estimaient pas le danger, et ils avaient effectué les préparatifs nécessaires, mais ils entendaient profiter pleinement de leurs dernières heures de loisir.

Il sortit une brochure de la poche de sa chemise, la posa sur le comptoir, et la lissa du plat de la main pour la défroisser. La photo qui l'intéressait sur cette brochure était celle d'un homme. Il la contempla d'un air songeur. Depuis la dernière fois qu'il l'avait vu, cet homme avait pris quinze kilos. Ses cheveux autrefois blonds étaient teints en noir, avec des mèches grises au niveau des tempes, et coupés plus court. Une barbe récente, probablement destinée à camoufler un double menton, dissimulait en partie ses traits. On ne reconnaissait pas tout de suite le Dr Thomas Gruber, mais après un examen attentif, les yeux bleus, froids et enfoncés dans leur orbite, ne laissaient aucun doute. Le brave docteur n'avait pas jugé utile de modifier ce qu'il avait de plus caractéristique dans son visage. Grave erreur…

— Ils ont annulé, annonça une voix masculine.

Karst leva les yeux vers le type qui venait de s'adresser à lui. Il était installé au bar, quelques tabourets plus loin. Il montrait du doigt la brochure.

— De quoi parlez-vous ? demanda-t-il.

— De la conférence. Ils l'ont annulée à cause de l'ouragan.

— Bon sang ! Vous en êtes certain ?

— Vous avez l'air déçu… Pourtant… Surtout, ne le prenez pas mal… Vous n'avez pas l'air d'un médecin.

— Tant mieux. Je hais les médecins.

Le type se leva en prenant son verre et désigna du menton le tabouret voisin de celui de Glen.

— Vous permettez ?

— Je vous en prie, fit Glen. Je n'attends personne.

Il se remit à siroter son bourbon, mais son œil d'expert avait eu le temps d'enregistrer quelques détails significatifs lui permettant de situer l'inconnu. Avec ses cheveux presque rasés, on aurait pu le prendre pour un militaire, mais il portait une Rolex, des mocassins, un polo Ralph Lauren sur un large bermuda kaki. Il n'avait pas plus de trente ans et il était plein aux as, conclut-il.

— Je m'appelle Joe Black, fit l'homme en trinquant contre le verre de Glen en guise de salut.

Il buvait lui aussi un bourbon ou un whisky, sans eau ni glaçons.

— Glen, répondit-il sobrement.

Il n'eut pas besoin de se retourner pour savoir

que Joe Black le jaugeait. Il affecta un air calme et détendu.

— Vous vous intéressez à ce genre de conférences ? reprit-il en montrant le prospectus posé entre eux.

— C'est le moins qu'on puisse dire. En fait, je suis un habitué, répondit Joe Black.

Glen lui jeta un regard en coin.

— Ah bon ? Pourtant, vous non plus, vous n'avez pas l'air d'un médecin !

Sa remarque déclencha l'hilarité de Joe, mais il ne répondit pas. Ses yeux se posèrent de nouveau sur le prospectus, avec insistance, puis il se redressa sur son siège et tendit le bras pour saisir son verre.

— Vous connaissez ce médecin ? s'enquit Glen. Le docteur…

Il tapota la photographie comme s'il fouillait dans sa mémoire pour retrouver le nom du médecin en question.

— Eric Foster, acheva-t-il comme Joe ne disait rien.

Il se souvenait parfaitement du nom de Foster, *alias* Gruber, et de tout ce qui le concernait. En fait, la seule chose qui lui échappait à son sujet, c'était ce qui avait bien pu le décider à prendre le risque de revenir sur le territoire américain.

Gruber avait fui le Colorado un an plus tôt, alors qu'il était le suspect numéro un dans une affaire de triple homicide. Il avait mis sa maison en gage, empoché un million de dollars en échange, et abandonné sa femme et son cabinet de chirurgien pour se réfugier au Brésil, où des rumeurs l'impliquaient dans un trafic d'organes : on racontait qu'il achetait des reins à de pauvres gens qui n'avaient rien d'autre à vendre.

La conférence dans laquelle il intervenait présentait, d'après le prospectus, de nouvelles techniques de chirurgie. Rien d'illégal. Glen avait déjà vérifié. Des conférences organisées par des sociétés fabriquant du matériel chirurgical, il y en avait dans tout le pays. Enfin, presque... Elle se déroulaient le plus souvent dans des hôtels de luxe en bord de mer, histoire de motiver la clientèle qu'on invitait, tous frais payés, à découvrir des techniques de pointe. Et à acheter des appareils, bien entendu.

Pour en revenir au triple homicide du Colorado, le dossier n'était pas bouclé. Tout accusait Gruber, mais ce salaud avait réussi à filer avant de se faire coffrer. Depuis, Glen était obsédé par l'idée de le coincer.

— Oui, je connais Foster, répondit Joe Black. Très bien même. C'est l'un de mes principaux concurrents.

Dans quel domaine ? Black ne le précisa pas, hélas. Il héla le barman, tout en montrant son verre vide.

— Un autre Johnnie Walker, s'il vous plaît. Un Black Label.

Puis il se tourna vers Glen.

— Et vous ? Un autre Buffalo Trace ?

Glen dissimula sa surprise en acquiesçant sobrement à l'intention du barman. Joe Black savait ce que contenait son verre. Depuis combien de temps l'observait-il ?

— Qu'est-ce que vous lui voulez, au Dr Foster ? demanda Joe Black.

— Discuter gentiment avec lui, rien de plus.

— Vous êtes flic ?

— Vous trouvez que j'ai l'air d'un flic ? ricana Glen.

Joe haussa les épaules. Le barman approchait avec leurs verres. Il attendit que celui-ci s'éloigne pour répondre.

— Non. Vous n'avez pas l'air d'un flic, affirma-t-il. Seriez-vous un mari jaloux ?

Cette fois, il chercha le regard de Glen pour guetter sa réaction.

Glen tapota son verre et ne répondit pas. Dans ce genre de circonstances, le silence laissait croire à votre interlocuteur qu'il avait deviné juste, tout en le dissuadant de demander des précisions.

La méthode fonctionna avec Joe Black, qui prit un air entendu avant d'enchaîner :

— Je l'avais pourtant prévenu que les femmes mariées finiraient par lui attirer des ennuis. La belle blonde couverte de bijoux serait donc votre épouse ?

Glen n'en espérait pas tant.

— Elle est avec lui ? s'exclama-t-il vivement.

Joe acquiesça d'un air solennel, avant de vider son whisky d'un trait.

— Terminez votre verre, suggéra-t-il. Ensuite, je vous montrerai leur chambre.

Glen fut si interloqué qu'il ne chercha pas à dissimuler sa méfiance, cette fois.

— Qu'est-ce qui vous pousse à me rendre ce service ?

— Disons que j'ai de bonnes raisons de ne pas apprécier ce salaud, répliqua Black avec un sourire en coin.

Maggie vit tout de suite que le type allongé sur le grand lit de la chambre 347 n'était pas mort de mort naturelle. Ses yeux injectés de sang fixaient le plafond, sa bouche s'était figée dans un rictus mauvais, son pantalon gisait en boule sur le sol, la ceinture à moitié sortie des passants.

— C'est vous qui l'avez découvert ? demanda-t-elle à Evans.

Elle lui jeta un coup d'œil par-dessus son épaule. Il avait commencé à pâlir en arrivant devant la porte. Puis il avait refusé d'entrer et s'était posté sur le seuil. De là, il ne pouvait pas voir le cadavre.

— Non, répondit-il. C'est une femme de chambre. Il avait réclamé des serviettes supplémentaires.

Maggie avança prudemment vers le lit, en veillant à ne rien toucher. Le cadavre portait un boxer bleu et une chemise à moitié déboutonnée. Elle remarqua sa peau écarlate, tellement rouge qu'on aurait pu la croire brûlée par le soleil.

— C'est une crise cardiaque, n'est-ce pas ? s'enquit Evans d'un ton plein d'espoir.

— Il était seul ? fit Maggie en montrant la bouteille de vin vide et le verre abandonnés sur la table de nuit.

— Apparemment, oui. Aucun autre nom que le sien ne figure sur la fiche qu'il a remplie en arrivant.

— Il était pourtant accompagné, lança une voix depuis le couloir.

Maggie se retourna. Deux hommes avaient rejoint Evans et tentaient de passer leur tête dans l'embrasure de la porte.

— Vous êtes du bureau du shérif ? demanda-t-elle.

— Je n'ai pas appelé le shérif, intervint Evans en posant sa main sur le chambranle de la porte, de façon à interdire l'entrée aux deux hommes.

— Et le 911 ? insista Maggie.

— Non plus. Je n'ai prévenu personne.

Il se pencha vers elle d'un air de conspirateur.

— Mon patron m'avait demandé de m'adresser à vous, chuchota-t-il.

— Je suis l'inspecteur Glen Karst, annonça l'un des deux hommes.

Il passa une main par-dessus le bras d'Evans et tendit un badge à Maggie. Elle le prit sans un mot, puis, laissant l'entrée dans la pénombre, elle alluma le plafonnier de la salle de bains pour mieux l'examiner.

— Vous êtes loin de votre juridiction, inspecteur Karst, commenta-t-elle en rendant le badge à son propriétaire.

Elle se planta face à la porte, les poings sur les hanches, attendant une explication, tandis qu'Evans, solidaire, maintenait fermement en place sa ridicule barrière.

— L'homme qui occupe cette chambre est le

suspect numéro un dans une affaire de triple homicide, fit l'inspecteur. Je voudrais juste lui poser quelques questions. Le monsieur que voici m'assure que…

Karst s'arrêta net et regarda autour de lui comme s'il avait perdu quelque chose ou quelqu'un. Mais l'homme avec lequel il était arrivé s'était brusquement éclipsé.

Maggie consulta sa montre. Il était tard et elle était épuisée. Elle avait roulé la moitié de la journée, puis survolé le golfe en hélicoptère. Une fois couchée, elle n'avait bénéficié que de quarante minutes de sommeil agité de cauchemars terrifiants. Et ce macchabée n'appartenait pas à sa juridiction.

— Monsieur Evans, vous devriez appeler le bureau du shérif, conseilla-t-elle.

Elle posa une main apaisante sur son épaule squelettique, et attendit qu'il laisse retomber son bras, toujours tendu en travers de la porte.

— Le bureau du shérif ? répéta Evans comme si l'idée lui paraissait saugrenue.

— Oui, le bureau du shérif, insista-t-elle en le fixant avec douceur et indulgence. Et en attendant l'arrivée des hommes du shérif, je veux bien m'occuper de sécuriser le périmètre avec l'inspecteur Karst.

Evans s'éloigna sans un mot. Maggie et Karst le suivirent du regard. Sa longue silhouette oscillait dans le couloir, évoquant celle d'un homme qui a trop bu, mais tente de conserver un semblant de dignité. Il passa devant les ascenseurs sans s'arrêter, fit demi-tour quand il s'en rendit compte, puis leur adressa un petit signe embarrassé, tout en se redressant, comme s'il émergeait brusquement de sa torpeur.

Maggie attendit le signal sonore annonçant la fermeture de la porte de l'ascenseur.

— Ne touchez à rien, dit-elle à l'inspecteur Karst, tout en l'invitant d'un geste à la suivre à l'intérieur.

— Ne vous en faites pas pour ça, répondit sèchement Karst. Au fait, je n'ai pas bien entendu votre nom ?

— Maggie O'Dell.

— Vous n'êtes pas de la police locale.

Il ne s'agissait pas d'une question, mais d'une affirmation. Surprise, Maggie s'arrêta net. Elle faillit lui demander comment il savait, puis décida que ça n'avait aucune importance.

— FBI, répondit-elle. Je suis ici pour une enquête. Rien à voir avec lui, ajouta-t-elle en montrant le cadavre. Il se trouve que le veilleur de nuit a jugé commode de me réveiller, parce qu'il m'avait sous la main.

— Merde ! s'exclama Karst en s'avançant dans la pénombre. Ne me dites pas qu'il est mort ?

— C'est le suspect que vous cherchiez ?

Karst n'eut pas besoin de se pencher sur l'homme pour s'en assurer.

— Oui. Sans le moindre doute. Il se fait appeler Eric Foster, mais son vrai nom est Thomas Gruber. Quelle est votre opinion ? Suicide ?

— Non.

— Vous me paraissez bien catégorique.

Cette fois, elle lui sourit.

— C'est mon boulot, les cadavres, inspecteur Karst.

— Je ne mettais pas vos compétences en doute, répondit Karst. Je vous demandais simplement comment vous aviez abouti à cette conclusion.

Maggie désigna du doigt les yeux du mort.

— Pétéchies oculaires.

Karst s'approcha du lit.

— Je ne vois pas de traces de strangulation au niveau du cou, fit-il remarquer.

— La rupture des vaisseaux a dû être provoquée par des convulsions ou une crise d'épilepsie. Personne ne l'a étranglé, mais il est mort étouffé.

Il haussa un sourcil, pour signifier qu'il attendait la suite.

— Observez le rictus de la bouche et la peau d'un rouge presque cerise, poursuivit Maggie. J'ai déjà vu cette coloration sur un cadavre. C'est très caractéristique, et ça ne s'oublie pas. C'est le signe que les cellules ont été privées d'oxygène. La mort survient rapidement, en dix à quinze minutes.

— Vous pensez à un empoisonnement ?

Elle acquiesça. Ce flic comprenait vite.

Devinant qu'il l'avait impressionnée, Karst sourit, lui aussi.

— Les cadavres, c'est mon boulot, ironisa-t-il.

Il se pencha sur les oreillers pour les examiner.

— Normalement, il aurait dû vomir, ajouta-t-il en reniflant les draps, puis le visage du mort.

Il se raidit.

— Cyanure, fit-il seulement.

— Pardon ?

— Je sens une odeur d'amande amère. C'est du cyanure.

Maggie le rejoignit et il s'effaça pour lui laisser la place. Comme Karst, elle faisait partie des cinquante pour cent de la population qui détectent la discrète odeur du cyanure — une capacité transmise génétiquement.

— Je m'en doutais un peu, commenta-t-elle. Sous l'effet du cyanure, les cellules cessent d'assimiler l'oxygène du sang. Le sujet a l'impression de suffoquer, puis il est pris de vertiges. Ensuite survient un état de confusion mentale entrecoupé parfois de convulsions. Le stade final est l'arrêt cardiaque. Tout ça en quelques minutes.

— Le cyanure de potassium est un composé cristallin incolore, fit Karst d'un air songeur.

Son regard fouilla la pièce, puis il désigna la bouteille d'un doigt accusateur.

— On a dû en verser dans son vin. Où peut-on se procurer du cyanure de nos jours ?

Maggie prit le temps de réfléchir. L'information se trouvait quelque part dans la banque de données de sa mémoire… L'affaire à laquelle elle avait fait allusion quelque minutes plus tôt, en parlant de la peau du cadavre, était très ancienne. Six jeunes hommes, obéissant aux ordres de leur chef, avaient choisi de se donner la mort en avalant du cyanure plutôt que d'aller en prison. Le jour où le FBI avait pris d'assaut la cabane dans laquelle ils s'étaient réfugiés, Maggie avait perdu un de ses collègues — un ami proche. Ce n'était pas un bon souvenir, et elle évitait d'y penser. Elle dut faire un effort pour exhumer les détails du dossier.

— Le cyanure de potassium est utilisé dans plusieurs industries, fit-elle enfin. Dans certains procédés de développement en photographie, pour fabriquer des matériaux composites, du plastique… En bijouterie, aussi, pour faire des articles en plaqué or…

Elle avait dit tout ce qu'elle savait et se dépêcha de renvoyer ce sinistre épisode dans le recoin de son esprit où il avait sa place.

Elle jeta un coup d'œil circulaire à la chambre, puis elle prit un mouchoir en papier dans la boîte posée sur la table, et l'utilisa pour tâter délicatement la mâchoire de l'homme, puis son cou.

— Pas de rigidité, annonça-t-elle.

— Il est donc mort depuis moins de douze heures.

— Je dirais moins de six. La rigidité survient plus rapidement dans les cas d'empoisonnement au cyanure. Vous disiez qu'il n'était pas seul ?

Elle se tourna vers Karst, qui s'était approché du bureau et se servait de la pointe d'un stylo pour ouvrir un portefeuille.

— J'ai rencontré un type qui m'a assuré avoir vu Gruber monter avec une blonde.

— Celui qui a filé quand vous avez sorti votre badge ?

Il leva les yeux vers Maggie.

— J'ai sorti mon badge, mais ce n'est pas forcément ça qui l'a incité à filer.

— Je ne crois pas aux coïncidences, rétorqua-t-elle.

— Moi non plus. Et je parierais volontiers qu'il s'est présenté sous un faux nom. Sans doute a-t-il menti à propos de la blonde.

Maggie se servit de nouveau du mouchoir pour s'emparer de la corbeille à papier qui se trouvait sous la table de nuit. Elle ne contenait qu'un mouchoir maculé d'une trace de rouge à lèvres. Elle le prit par un coin et l'éleva pour le montrer à Karst.

— J'ai plutôt l'impression qu'il disait vrai pour la blonde, commenta-t-elle. Le Dr Foster n'était tout de même pas travesti à ses heures ?

— Pas que je sache, répliqua Karst en secouant la tête.

Maggie examina attentivement la trace de rouge à lèvres en l'approchant de la lampe de chevet, puis elle reposa le mouchoir où elle l'avait trouvé.

— De quoi était-il soupçonné ? demanda-t-elle en désignant le cadavre du menton.

Karst croisa les bras sur la poitrine, tout en contemplant fixement Gruber.

— Son infirmière, qui était aussi sa maîtresse, le trompait avec un richissime ex-patient. Il l'a tuée et, tant qu'il y était, il a tué aussi le patient et sa femme. Puis il a mis le feu à la maison de l'infirmière, sans doute pour éliminer des preuves de leur relation. Il a dû paniquer, parce qu'il s'est enfui en Amérique du Sud. Je n'ai même pas eu le temps de l'interroger.

— Vous n'êtes peut-être pas le seul à avoir envie de le retrouver, si je comprends bien…

— Vous ne croyez pas si bien dire. D'autant plus qu'il s'était fait de nouveaux ennemis, récemment. L'homme qui m'a conduit jusqu'ici s'est présenté comme l'un de ses concurrents, et l'a traité de salaud.

Il se tut, absorbé dans ses pensées. Maggie comprit à l'expression de son visage qu'il passait en revue les éléments de l'affaire. De nouveau, elle consulta sa montre.

— Je crois que vous allez devoir clore ce dossier, inspecteur Karst, fit-elle remarquer.

On frappa à la porte.

— Département du shérif, fit une voix d'homme.

Vingt minutes plus tard, Glen Karst était de nouveau au Tiki Bar de l'hôtel — près de Maggie O'Dell, cette fois. Il lui avait proposé de prendre un verre et s'était étonné de l'entendre commander un Pepsi Light. Il avait demandé un deuxième Buffalo Trace, tout en cherchant Joe Black du regard.

La houle avait forci et la lune était montée dans le ciel. Rafraîchi par une brise venue de la mer, l'air était presque supportable, à présent. Il y avait encore du monde, mais pas autant que tout à l'heure.

— Quand je pense que je suis venu de Denver pour ramener ce salaud et qu'il me glisse entre les doigts au dernier moment ! C'est dur de lâcher prise, croyez-moi.

— Vous pouvez faire confiance au shérif Clayton : c'est un type sérieux, assura Maggie. Et si ça peut vous consoler, sachez que votre présence ici n'est pas tout à fait inutile : vos renseignements permettront sans doute à Clayton de faire aboutir son enquête.

Glen se frotta les yeux. La journée avait été longue.

— Je suppose que ce salaud n'a eu que ce qu'il méritait, soupira-t-il.

— Un médecin m'a fait un jour un commentaire que je n'ai jamais oublié : nous mourons comme nous avons vécu.

— Il voulait sans doute dire : « Qui sème le vent récolte la tempête. »

Elle sourit et trinqua avec lui.

— Exactement, approuva-t-elle.

Il allait porter son verre à ses lèvres, quand une femme qui venait de s'installer au bar attira son attention. Il lui sembla l'avoir déjà vue, mais où ? Par chance, la réponse affleura à son esprit. Quand il l'avait rencontrée, un an plus tôt, elle avait des cheveux plus courts et paraissait plus mince, mais il n'avait oublié ni sa démarche ni son allure.

— Vous la connaissez, ou vous aimeriez faire sa connaissance ? demanda Maggie.

— Pardon ? Oh, désolé… Non. Je pense que je la connais.

Il sirota lentement son bourbon, tout en observant la femme à la dérobée. Elle était avec des amies, trois femmes installées à une table, et elle s'était approchée du bar pour passer commande.

— Elle n'est pas blonde, fit remarquer Maggie comme si elle avait lu dans ses pensées.

Puis elle coula un regard vers la femme.

— Mais je dirais que le rouge à lèvres correspond, ajouta-t-elle.

Karst s'autorisa à sourire. Apparemment, ils avaient la même idée en tête.

— Et nous ne croyons pas aux coïncidences, n'est-ce pas ? murmura-t-il.

— L'affaire ne dépend plus de votre juridiction, lui rappela Maggie. Elle portait une perruque, elle a emporté son verre en quittant la chambre, et elle n'a pas oublié d'essuyer la bouteille, j'ai eu le temps de vérifier. Jamais ils ne pourront tirer un échantillon d'ADN de ce mouchoir en papier.

— Rien ne m'interdit d'aller la saluer, fit Karst.

Il se leva et marcha vers le bar. La femme lui tournait le dos et ne le vit pas arriver. Il commanda un autre bourbon et un deuxième Pepsi, puis il attendit qu'elle remarque sa présence. Au début, elle lui jeta un regard en coin, presque aguicheur. Puis une lueur de compréhension illumina ses pupilles et il comprit qu'elle l'avait reconnu.

— Bonjour, madame Gruber, dit-il.

— Inspecteur, répondit-elle sans même se tourner vers lui. Je suis désolée, je ne me souviens pas de votre nom.

Il ne la crut pas, mais il se présenta tout de même.

— Karst. Glen Karst. Vous êtes ici en vacances ?

— Avec des amies, oui. Du moins, nous étions en vacances avant que cet ouragan nous chasse de notre petit paradis… Nous partons demain, comme tout le monde.

— Et pourquoi Pensacola ? insista-t-il.

Il attendit qu'elle se tourne vers lui et la dévisagea attentivement pour guetter sa réaction. Elle ne cilla pas, mais, l'espace d'une seconde, il crut lire dans ses yeux qu'elle avait parfaitement compris le sens de sa question, qu'elle savait ce qui l'avait amené à Pensacola, et qu'elle savait aussi qu'il avait déjà découvert le cadavre.

— Je suis venue ici pour m'amuser et me détendre. Mes amies peuvent en témoigner.

Le barman apporta à Mme Gruber un plateau chargé de cocktails. Avant de le prendre, elle sortit de sa poche une carte de visite et la posa sur le comptoir.

— J'ai monté mon affaire, déclara-t-elle.

Elle tendit au barman un billet de cinquante dollars.

— Gardez la monnaie, mon chou, minauda-t-elle.

Puis, sans un autre regard pour Glen, elle regagna la table où l'attendaient ses amies.

Quand Glen rejoignit Maggie, il approcha son tabouret du sien et posa la carte de Mme Gruber entre eux.

— Vous êtes un chanceux, commenta posément Maggie. Elle vous a donné son numéro de téléphone ?

— J'avais déjà son numéro et, pour être franc, elle m'a plutôt battu froid. On ne peut pas dire qu'elle se soit montrée coopérative. C'était l'ex-femme de Gruber.

— Vous trouvez qu'elle ne s'est pas montrée coopérative ? s'étonna Maggie, qui était en train de lire la carte de visite.

Elle la lui tendit sans un mot et il la lut à son tour.

Elaine Gruber avait monté une affaire, en effet. Elle était dans la bijouterie fine. Et s'était spécialisée dans les articles en plaqué or.

Postface de l'auteur

Pour avoir passé le plus clair de ma vie dans des zones dévastées par les ouragans, j'ai appris à m'incliner devant les forces de la nature. En 2004, désireuse de m'isoler pour écrire, j'ai fait l'acquisition d'une maison près de Pensacola. Six mois plus tard, l'ouragan Ivan atteignait les côtes de Floride.

Il est difficile de décrire les dégâts causés par un ouragan, et plus encore de montrer à quel point les ravages qu'il laisse derrière lui se situent au-delà des pertes matérielles. Après un ouragan, les rapports entre les gens se modifient. Il faut passer de longs jours en pleine chaleur, sans eau courante ni électricité, en se contentant des provisions d'essence et de nourriture que l'on a déjà. De plus, le nettoyage est très éprouvant sur le plan physique et émotionnel. Mais on découvre la solidarité, la satisfaction de lutter au sein d'une communauté. Je connaissais à peine mes voisins. Pourtant, ce sont eux qui m'ont appris le courage et la persévérance.

Neuf mois après Ivan, l'ouragan Dennis a frappé nos côtes, plus violemment encore. De nouveau, les habitants de Pensacola ont retroussé leurs manches pour tout déblayer.

C'est donc avec un infini respect et beaucoup d'admiration que j'ai décidé de faire de leur petit coin de paradis le cadre de ce récit.

Comme tous mes romans, *Au cœur du danger*

s'inspire de faits réels. Permettez-moi de démêler avec vous le vrai du faux.

Il est vrai qu'au cours de l'année 2001 un homme de trente-cinq ans est décédé des suites d'une opération du genou incluant une greffe de cartilage. L'autopsie a révélé qu'il avait été infecté par une bactérie rare — le *clostridium sordellii* —, probablement transmise par son donneur.

Les banques de tissus et d'os sont soumises à une réglementation moins stricte que les banques d'organes. La FDA (Food and Drug Administration, administration américaine supervisant la commercialisation des nouvelles substances alimentaires, ainsi que des nouveaux médicaments ou appareils médicaux) a mis en place une section spéciale — la Human Tissue Task Force — qui contrôle les dons de tissus humains et d'os. Mais, de son propre aveu, cette structure manque encore de personnel pour réguler le vaste secteur en pleine expansion dont elle a la charge.

La loi sur le don d'organes interdit le trafic de cadavres, mais elle ne prévoit rien pour empêcher les sociétés funéraires de rentabiliser leurs activités. En matière de dons d'organes, la demande est plus élevée que l'offre. C'est cette différence qui crée la faille dans laquelle se glissent les trafiquants — comme dans l'affaire de la maison funéraire de New York qui remplaçait les os de ses clients par des tuyaux en PVC.

Cette forte demande n'a pas que des effets

négatifs : elle génère aussi de grandes avancées techniques. Biomedics, ma société fictive, s'inspire de sociétés réelles ayant notamment inventé les procédés que je mentionne — les vis et la pâte à base d'os —, procédés qui ont évité l'amputation à de nombreux soldats blessés en Afghanistan ou en Irak.

C'est bien le centre médical du Maryland, appartenant à l'US Navy, qui a le premier effectué des transplantations osseuses et créé une banque d'organes à partir d'os congelés. Mais une telle banque n'existe pas à Jacksonville, en Floride. De même, le programme de recherche en chirurgie du capitaine Ganz est sorti tout droit de mon imagination. Vous n'en trouverez aucun à la base aéronavale de Pensacola.

Je dois des excuses aux gardes-côtes et aux pilotes de la base aéronavale de Pensacola, pour avoir pris quelques libertés avec la réglementation concernant les décollages et atterrissages sur le banc de sable de Pensacola Beach.

Il est exact que, avant l'ouragan Dennis, la population de Pensacola Beach s'est adressée à Jim Cantore, le célèbre présentateur de la chaîne météo, en lui suggérant de « se tenir à distance » ou de « rentrer chez lui ». Mais je suis certaine qu'il a saisi l'humour qui se cachait derrière de telles manifestations et compris qu'elles constituaient aussi un hommage à ses compétences.

Enfin, je tiens à rectifier une petite erreur. Charlie

Wurth aurait dû trouver le Coffee Club fermé le dimanche. Mais si vous passez par Pensacola Beach en semaine, n'oubliez pas de vous y arrêter pour goûter le délicieux gruau de maïs qu'on y sert.

REMERCIEMENTS

Merci aux hommes et aux femmes des forces armées des Etats-Unis, et particulièrement aux gardes-côtes qui sauvent chaque jour des vies humaines. Un grand merci et bravo aux quelques femmes nageuses-sauveteuses qui osent s'imposer dans ce métier d'hommes.

Merci également :

Aux membres de la merveilleuse équipe de Doubleday — Jackeline Montalvo, Judy Jacoby, Alison Rich, Suzanne Herz, Lauren Lavelle, et John Pitts — pour leur accueil chaleureux, leur enthousiasme, leur dévouement, leurs compétences.

A David Shelley et à ses collaborateurs de Little Brown UK.

A Amy Moore-Benson, mon agente, parce que les mots « jamais » et « impossible » ne font pas partie de son vocabulaire.

A Lee Child, Steve Berry, Tess Gerritsen, trois des auteurs les plus généreux que je connaisse.

A Ray Kunze, pour avoir prêté son nom au patron de Maggie. Sachez tout de même que le véritable Ray Kunze est un gentleman, doublé d'un brave homme, et qu'il n'aurait jamais envoyé Maggie dans l'œil d'un cyclone.

A Lee Dixon, pour m'avoir suggéré d'identifier le torse grâce au pacemaker de la victime.

A Darcy Lindner, directeur de maison funéraire, pour avoir partagé avec moi son expérience.

A mes amis — Sharon Car, Marlene Haney, Sandy Rockwood, Leigh Ann Retelsdorf, Patti et Martin Bremmer, Patricia Sierra —, parce qu'ils m'aident à garder la tête sur les épaules et les pieds sur terre.

A ma famille : Patricia Kava, Bob et Tracy Kava, Nancy et Jim Tworek, Kenny et Connie Kava, Patti Carlin.

A mes voisins de Floride : Lee et Betty Dixon, Terry et Bea Hummel, Sharon et Steve Kator, Elaine et Kelly McDaniels, Lee et Carol McKinstry, Mike et Jana Nicholson, Steve et Anna Ratliff, Bill et Barb Schroeder, Larry et Diane Wilbanks.

Aux distributeurs, aux libraires et aux bibliothécaires qui diffusent et recommandent mes livres.

A vous, mes fidèles lecteurs, merci de consacrer votre temps et votre argent à lire mes romans.

Et, comme toujours, un grand merci à Deb Carlin. Pour tout. Tu es mon rocher de Gibraltar.

Enfin, merci à Walter et Emilie Carlin. Emilie est décédée en novembre 2005 et Walter en septembre 2008, mais ils continuent à m'inspirer. Walter aurait adoré voir revivre sa chère « Cantine de Coney Island » rouge, blanc et bleu, entre les pages d'un de mes livres.

BestSellers

A paraître le 1er mai

Best-Sellers n°462 • suspense

L'ombre du maléfice - Heather Graham

Sarah MacKinley est sur le point de réaliser un rêve d'enfance : restaurer l'ancien manoir dont elle vient de faire l'acquisition dans la petite ville de Saint-Augustine, en Floride. Mais à peine s'est-elle lancée dans les travaux qu'une sinistre découverte brise son élan : de vieux ossements humains, emmurés… Quel épouvantable drame s'est produit ici autrefois ? Prête à tout pour le savoir, Sarah se plonge dans l'étude de l'étrange manoir et de son passé et découvre avec effroi de sombres légendes dont elle n'aurait jamais soupçonné l'existence. Désemparée, elle décide alors de se confier à Caleb Anderson, un détective venu enquêter sur de mystérieuses disparitions de jeunes femmes dans la région. Des disparitions qui, à la grande surprise de Sarah, ne tardent pas à lui évoquer celles survenues des années plus tôt parmi les habitants de sa demeure. Comme si le temps ne suivait plus son cours habituel, mêlant étrangement le passé au présent – jusqu'à faire de Sarah et Caleb les proies vivantes de malédictions depuis longtemps oubliées

Best-Sellers n°463 • suspense

Le poids du doute - Laura Caldwell

Et si son père n'était pas mort ? Cette question hante Izzy McNeil depuis qu'un inconnu lui a sauvé la vie dans une ruelle sombre de Chicago. Un inconnu dont elle n'a pas eu le temps de voir le visage mais dont la voix lui a semblé étrangement familière. Plus troublant encore : il l'a appelée par le surnom que son père lui donnait lorsqu'elle était enfant jusqu'au jour tragique de sa disparition, peu de temps après ses huit ans. Perturbée, elle doit quand même poursuivre son travail et boucler au plus vite l'enquête qu'elle mène au cœur d'un dangereux réseau de gangsters. Une tâche qui devrait être facilitée par la présence du séduisant Theo, l'homme qui lui a rendu le sourire et sur qui elle peut vraiment compter. Mais à peine Izzy parvient-elle a faire passer au second plan ses préoccupations personnelles que d'incroyables révélations concernant son père vont venir bouleverser à tout jamais son existence et faire peser sur elle le poids du doute…

Best-Sellers n°464 • thriller

A l'heure où tombe la nuit - Andrea Ellison

Après plusieurs années de carrière, Taylor Jackson, commissaire à la brigade des homicides de Nashville, pensait avoir tout vu en matière de meurtre. Jusqu'au jour où elle doit se rendre en pleine nuit sur une scène de crime située sur les hauteurs de la ville. Une scène effroyable qu'elle n'oubliera jamais. Profondément choquée, elle se sent prête à tout pour élucider ce meurtre. Mais malgré l'aide précieuse de son fiancé John Baldwin, célèbre profileur du FBI, et du brillant et charismatique inspecteur James Highsmythe de New Scotland Yard, Taylor se retrouve prise dans un engrenage infernal qu'il semble impossible d'arrêter. Car si le meurtrier n'en est pas à son premier crime, une raison inconnue semble désormais le pousser à céder totalement à sa folie. Une nouvelle victime est retrouvée, et toujours aucun indice. Guidée par son intuition, Taylor commence à entrevoir un scénario. Un scénario tellement insensé qu'elle a du mal à y croire elle-même…

Best-Sellers n°465 • suspense

Les secrets de Rosewood Lane - Debbie Macomber

A Cedar Cove, tout le monde connaît et apprécie Grace Sherman, qui dirige la bibliothèque de la petite ville. Et personne ne comprend, pas plus que Grace elle-même, pourquoi son mari a disparu du jour au lendemain. Malgré sa douleur et son incompréhension face à cet abandon, Grace a décidé de se battre pour retrouver sa joie de vivre. Et elle peut compter sur sa meilleure amie Olivia, toujours prête à l'épauler. Olivia qui, pour l'heure commence une relation sentimentale avec Jack, un homme audacieux et sensible. Et puis il y a Charlotte, la mère d'Olivia, qui va devoir elle-même faire face à une véritable épreuve Quant à Maryellen, l'une des filles de Grace, elle n'en fait qu'à sa tête, comme toujours ! Bref c'est tout un univers chaleureux qui aide Grace à traverser cette période de doute et de remise en question. Un univers où les gens finissent toujours par se retrouver car, à Cedar Cove, on n'est jamais très loin les uns des autres…

Best-Sellers n°466 • paranormal

Le guerrier des ténèbres - Gena Showalter

L'immortel Aeron, prince des seigneurs de l'ombre, est sur ses gardes : depuis quelques semaines, il sent roder autour de lui une redoutable présence féminine. Comme un être vengeur qui chercherait à le tuer. Quand Olivia apparaît enfin, si belle et si pure ce n'est pourtant pas pour l'assassiner avec son épée de feu, mais pour le supplier de l'initier à l'amour et aux plaisirs de la chair. Peut-il se laisser séduire ? Car même si cet ange aux yeux bleus éveille en lui un besoin d'aimer qu'il ne soupçonnait pas, il ne peut abandonner Legion, la petite démone qu'il aime comme sa fille et qui ne supporterait pas une autre femme dans leur vie. De plus, comment être sûr que les cheveux d'ébène et les lèvres si attirantes d'Olivia ne sont pas un piège mortel destiné à l'abuser et l'anéantir ? Déchiré par des pulsions contradictoires, Aeron est pourtant loin de se douter que ce combat entre le devoir et la passion le rapproche de dangers bien plus sombres et bien plus terribles encore.

Best-Sellers n°467 • thriller

l'hiver assassin - Lisa Jackson

Encore une victime au cœur de l'hiver. Un hiver glacial et de jour en jour plus meurtrier à Grizzly Falls, dans le Montana. En effet, c'est la quatrième femme morte de froid que l'on retrouve attachée à un arbre, un étrange symbole gravé au-dessus de la tête. Horrifiées par cette série macabre, Selena Alvarez et Regan Pescoli, toutes deux inspecteurs de police, se lancent dans une enquête qui a tout d'un cauchemar. Au même moment, Jillian Rivers est en état de choc : son mari, qu'elle croyait mort depuis des années, est peut-être encore en vie. Partie à sa recherche dans le Montana, elle se retrouve prisonnière d'une violente tempête de neige. Un homme étrange surgit alors pour la secourir avant de la conduire dans une cabane isolée par le blizzard. Malgré son soulagement, Jillian éprouve instinctivement pour cet être taciturne un sentiment de méfiance. Et si ses intentions n'étaient pas aussi bienveillantes qu'il y paraissait ? Et s'il se tramait quelque chose de terrible dans ces forêts inhospitalières ?

Best-Sellers n°468 • historique

Noces secrètes - Margaret Moore

Ecosse, 1235.

Marianne Beauxville rumine avec colère le malheur qui la frappe : pour conclure une alliance durable avec les Ecossais, son frère, seigneur normand, n'a rien trouvé de mieux que de la fiancer à l'un de ces barbares, un vieillard vil et pervers. Et bientôt, elle est emmenée de force puis enfermée sur les terres hostiles et inconnues de son futur époux. Ulcérée, Marianne guette la moindre occasion de s'enfuir. Une occasion qui se présente enfin sous les traits du séduisant Adair MacTaran, fils d'un chef de clan écossais. Certes, en dépit de son charisme indéniable qui le distingue des autres barbares, Marianne n'a aucune raison de faire confiance à Adair, mais a-t-elle vraiment le choix ? Puisqu'il est son seul espoir, elle se risque à lui exposer son plan d'évasion et, contre toute attente, Adair accepte de l'aider à échapper à cette union forcée... pour mieux la réclamer comme sienne !

Best-Sellers n°469 • historique

L'intrigante - Rosemary Rogers

Angleterre et St-Petersbourg, Régence.

Pour entrer dans les bonnes grâces de son père, Leonida, fille illégitime du tsar Alexander Pavlovitch, accepte une mission secrète : subtiliser, par tous les moyens, des lettres que sa mère a adressées à une vieille amie, la duchesse de Huntley, et qui contiendraient des secrets d'Etat. Bien que peu enthousiaste à cette idée, Leonida est déterminée à remplir sa mission. Mais sitôt arrivée en Angleterre, dans le domaine des Huntley, elle perd sa belle assurance. Car le maître des lieux, l'énigmatique Stephan Summerville, exerce d'emblée sur elle une dangereuse fascination. Une fascination telle que, fatalement séduite, Leonida se sent bientôt déchirée entre l'accomplissement de son devoir et l'élan de son cœur…

Composé et édité par les
éditions Harlequin

Achevé d'imprimer en février 2011

BRODARD & TAUPIN

La Flèche
Dépôt légal : mars 2011
N° d'imprimeur : 61397

Imprimé en France